天下第一奇書
幻波・妖屍
紫青雙劍錄
4
倪匡 新著
還珠樓主 原著

目錄

【本冊簡介】

本卷一開始的銅椰島紛爭，長江大河，始自濫觴，是日後一場驚天動地大門法的先聲。作者輕輕一提，隨即放下，卻已伏下危機。

幻波池，是本卷極重要的一處地方。讀這一節，尤其是幻波池的內中情形，第一二三遍，大可囫圇吞棗，不求甚解，只注意故事情節，而不理會環境的背景——並非原作者描寫得不好，而是那環境實在太複雜，不仔細看三遍以上，無法弄得清楚。那並不影響欣賞，因為發生在幻波池中的故事，人物之間感情恩怨的交纏，已經看得人喘不過氣來。

聖姑伽因，妖屍崔盈，匪夷所思的種種情節，一個曲折又一個曲折，

到了最後，還有意想不到的轉折，寫的雖然是神仙故事，但是卻仍然是人的感情。

原著中，忽然情節中斷，寫了一個新的人物凌雲鳳，經過刪改之後，盡快和原來的情節接上。從凌雲鳳又引入卷中另一次寶物出世的情節——元江金船。妖屍谷辰再次出場，爭奪寶物；玉清太師及葉繽，連用佛門無上法力之玉石燈檠，才堪堪擊退妖屍。

卷中九烈神君的愛子黑丑，化成美少年，和淫娃史春峨在桃林之中，幕天蓆地，追逐尋歡的那一段，是全書中最綺旎的文字，寫得動人之極。

還珠樓主能著，無所不能，寫軟性文字，一樣寫得好！

——倪匡

【上卷提要】

神駝乙休甫出現便懲戒了淫娃施龍姑，但施仍不知悔改，和淫妖馮吾與一干妖人會合，以都天烈火陣攻凝碧仙府。

凝碧崖中，齊金蟬、李英瓊俱已離山，只剩齊靈雲、秦紫玲等留守，知敵人勢盛，只仗長眉真人留下的靈符暫時應付著敵人。秦寒萼、朱文輕敵，出陣挑戰，被妖人所困，更值藏靈子來尋秦家姐妹報殺徒之仇，驚險萬分，幸得乙休出面解圍，相約異日再算舊賬。

李英瓊、周輕雲、嚴人英得了青索劍和溫玉，回峨嵋救余英男，兼助解困。紫郢青索一出，妖人敗退。

寒萼惱了紫玲，逕與司徒平私赴藏靈子之約，為離合神光所困，二人

心生幻相，不能自持，自破元貞。幸乙休趕到，二人不致給神光煉化。

李英瓊、申若蘭受餐霞大師所託，往雁湖助妙一真人夫婦之女、優曇大師弟子齊霞兒誅神鯀，取神物禹鼎，更免去一場大洪水。

天狐寶相夫人脫劫期至，女兒紫玲、寒萼偕司徒平往助，鄧八姑更以雪魂珠相助。天孤仇人翼道人耿鯤前來報復，幸為神駝乙休出手趕走。寶相夫人成道飛升，須由姐妹二人及司徒平護守，抵擋乾天真火、風雷及天魔三關。第三關天魔之劫陰柔險毒，專挑起七情六慾，若把持不定，便元神受創。紫玲姐妹先後失守，幸司徒平道心堅定，不為所動，終保寶相夫人脫劫。

余英男眼見開府在即，自己連口好劍也沒有，遂離府往尋，得達摩所傳南明離火劍，但須以紫雲宮天一真水點化封泥，金蟬與石生奉命往借。紫雲宮為紫雲三女佔住，大鳳二鳳本也向道心堅，惜三鳳與許飛娘勾結，為其所惑，不允相借。輕雲、英瓊往援，途中遇女神嬰易靜，得其相助。紫雲宮禁制重重，五人闖宮奪寶不果，更險些葬身其中。後得改投峨嵋的甄艮、甄兌兄弟及矮叟朱梅相助，大破紫雲宮，更救回石生之母陸蓉波。朱梅收了三女所煉的無形神沙，金蟬等取得天一真水，把舊宮主所留寶物一一處理，回轉峨嵋。

第一回 元磁真氣 椰島受困

眾人正準備回山之際，朱梅笑對英瓊道：「你的神鵰佛奴呢？」英瓊聞言方想起來，連忙引吭長呼了兩聲尋找，不見神鵰飛下，正要飛空，輕雲攔道：「你那神鵰耳目最是靈敏，平時數百里內聞呼即至，你連喚數聲不見影子，不是不耐久候飛轉峨嵋，便是出了別的事故，朱師伯既那般說法，必然知道，為何捨近求遠？」

英瓊聞言忙向朱梅拜問，朱梅道：「你那神鵰本就通靈，自來峨嵋，道行益發增長。有兩個許飛娘約請赴宴的妖人從崇明島趕來赴宴，被牠在遠處看見，不等近前便迎上去。那妖人是姑侄兩人，一老一幼，初見神鵰妄想收牠。不料一照面便被神鵰將小的一個爪裂海中，那老的一個便即往回路遁走。神鵰貪功不捨，展翼追去。恰值我從峨嵋趕來，無心中看見，認得那逃的妖人是江蘇崇明島『金線神姥』蒲妙妙，邪法頗非尋常，如今未歸，必在島上被妖法陷住。」

英瓊一聽神鵰有難，立時欲和輕雲趕往崇明島去。眾人查點人數，不見了易鼎、易震。石生說起，曾見他們兩人駕了「九天十地避魔梭」去追一個青色遁光的妖人遠去。

朱梅聞言，略一皺眉，道：「這人是南海銅椰島天癡上人的弟子，易氏弟兄現在必是被困在銅椰島上。島主天癡上人門徒眾多，雖是異派，並不為惡多事。他門徒少年任性不知進退，咎有應得。我與島主曾有數面之交，既不便前去，又不能不去，事出兩難。只可暫由易靜、蓉波、紅藥三人前去通名拜島，看他如何發付，相機行事，我自在暗中趕去相助。餘人由金蟬、石生率領回轉峨嵋覆命便了。」

朱梅說罷，又吩咐易靜等三人一些應付機宜，分別起身。

且不說金蟬、石生展動「彌塵旛」回轉峨嵋覆命，卻說易靜、紅藥、蓉波三人，駕遁光離了迎仙島，照朱梅所說方向往銅椰島飛去。先是大海茫茫，波濤浩瀚，渺無邊際。飛行了好一陣，才見海天相接處隱隱現出一點黑影，浮沉於驚濤駭浪之中，知道離島已近，連忙按落遁光，凌波飛行。

眼看前面的島愈顯愈大，忽見島側波浪中突出許多大小鯨魚頭，一個個口吻刺天，紛紛張翕之際，便有數十來道銀箭直往天上射去。再往島上一看，島岸上椰林參天，風景如畫。岸側站定二、三十個短衣敞袖、赤臂跣足的男女，每人拿著三、五個椰子之類，彈丸一般往海中躍去，正在戲鯨為樂。

正要近前，那些男女想已看見三人來到，倏地有四個著青半臂（注：半臂，衣服之一種，今稱「背心」。）的少年往海中躍去，俱都踏在一條鯨魚項上，將手一揮，那四條鯨魚立時撥轉頭，沖破逆浪，直向三人泅來，其行如飛，激得海中波濤像四座小山一般，雪花飛湧，直上半天，聲勢浩大。

三人早得「矮叟」朱梅指教，不等來人近前，忙即由易靜為首，按劍光飛身迎上前去說道：「煩勞四位道友通稟，南海玄龜殿易靜奉了家父易周之命，偕了同門師姊妹陸蓉波、廉紅藥專誠來此拜謁天癡上人，就便令舍侄易鼎、易震負荊請罪。」

那四人見易靜等三人面生，正要喝問，一聞此言，立即止鯨不進，互相低語了幾句。為首一人說道：「來人既拜謁家師，可知銅椰島上規矩？」

易靜恭身答道：「略知一二。」那人道：「既然知道，就請三位道友同上鯨背，先至島岸見了我們大師兄，再行由他引見家師便了。」說罷，其餘三條鯨項上所站的青衣少年，俱往為首那人的鯨背上縱來，讓出三條巨鯨，請三女乘行。

三女也不客氣，把手一舉，飛向三鯨項上立定。那四人將手一揮，在前引導，同往海岸前泅去。這時海面群鯨俱已沒入海中，岸上二十多個男女也都住手迎賓。等三人由鯨背上飛身抵岸，人群中便有一個長身玉立、丰神挺秀的白衣少年從人群中迎上前來。這人便是島主天癡上人的大弟子柳和。上人收了四十七個弟子，獨他在眾弟子中最得鍾愛。上人島規素嚴，門人犯規，重則飛劍梟首，輕則鞭笞逐出門牆。

在紫雲宮中，被易氏弟兄追來的，是上人第十九名弟子哈延，是許飛娘約來，在鬥法之際，損了幾件法寶，一時情急，拚著乃師責罰，易氏弟兄又窮追不捨，便將他們引到島上來，當時一方逃，一方追逐，自然沒有好聽言語。

易氏弟兄越追越怒，明知敵人口出狂言，必有所恃。但想乃祖易周曾說道「九天十地避魔神梭」如果用來和人交戰，真要是遇上道行法力絕高的異派中數一數二的能手，雖未必能勝，要是專用來逃遁，卻是無論被困在什麼天羅地網，鐵壁銅牆之中，俱能來去自如，決受不著絲毫傷害。能夠剋制此寶的，只有南北陰陽兩極精英結凝的玄磁，此外別無所慮！

這裏雖是南海，距離南極磁峰尚有數萬里之遙。即使妖人果真想將自己引到那裏，借用太陰玄磁暗算，見機抽身也來得及。否則便追到他的巢穴之中，勝了固好，如不能盡可衝破妖法而出，有何妨礙！既有了易勝難敗之想，自然益發加緊追趕。

追未多時，銅椰島已是相隔不遠，易氏弟兄正追之際，眼望前面敵人由遠而近，再有片時，不等到他巢穴便可追上，絕不致趕到南極去，越更放心大膽。只見前途海面上波濤洶湧，無數黑白色像小山一般的東西時沉時沒，每一個尖頂上俱噴射起一股水箭，恰似千百道銀龍交舞空中。二人生長海岸，見慣海中奇景，知是海中群鯨戲水。

二人再往前定睛仔細一看，漫天水霧溟濛中，現出一座島嶼影子。島岸上高低錯落，成行成列全是百十丈高矮的椰樹。易鼎見島上椰樹如此之多，好似以前聽祖父、母親說過，正在回憶島中主人翁是誰，還未想起。說時遲、那時快，就這樣一存思之際，不覺又追出老遠。前途景物愈發看得清清楚楚，倏見島岸上椰林之內縱出五個身著青白二色的短半臂，袒肩赤足，背上各佩著刀叉劍戟葫蘆之類，似僧非僧、似道非道，與所追妖人裝束差不多的少年來。

五人一現身，便縱上鯨背，前面逃人好似得了救星，早落在那為首一人的鯨背上面，匆匆說了幾句，仍駕遁光往前飛走。沒有多遠便有一隻巨鯨迎了上來，用背承了他，回身往島內泅去。易氏弟兄見了這般陣仗，仍然無動於衷，算計來的這五個騎鯨少年定是妖黨，不問青紅皂白，更不答話，一按神梭衝了上去，又從那旋光的梭門中將寶鉤、寶玦一齊發出，直取來人。

那五個騎鯨少年在島上聞得師弟哈延求救訊號，連忙騎鯨來救。一見哈延神色甚是張惶，後面追來的乃是一條梭形光華，有兩個人影隱現。

哈延與為首一個見面，又只匆匆說道：「我闖了禍，敵人業已追來，大師兄呢？」為首的一個才對他說了句：「大師兄現在育鯨池旁！」言還未了，哈延便駕遁騎鯨往島上逃去。

五人聽他這一說，又見來人路數不是左道旁門，以為哈延素好生事，定是在外做錯了事，或是得罪了別派高人，被人家尋上門來。銅椰島名頭高大，來人既有這等本領，又從這麼廣闊的海面追來，必知島上規矩和島主的來歷，決無見面不說話就動手之理。

他們師門規矩，照例是先禮後兵，欲待放過哈延迎上前去，問明來歷與起釁之由再行相機應付，所以並未怎樣準備。及見那梭形光華快要追到面前不遠，為首一個忙喊：「道友且慢前進，請示姓名，因何至此？」誰知來人連理也不理，不等他話說完，倏地光華往下一沉，竟已衝來。

五人不知此寶來歷，見來勢猛烈迅疾，與別的法寶不同，適才哈延又是那等狼狽，不敢驟然抵禦，一聲招呼，各人身上放出一片青光，連人帶鯨一齊護住，齊往深海之中隱去。易震見敵人空自來勢煊赫，卻這等膿包，聯手也未交便自退敗，不由哈哈大笑。一看前面來人已將登岸，便不再追這五個騎鯨少年，竟駕神梭急趕上去，片刻到達，哈延已飛入椰林碧蔭之中。

易氏弟兄仍是一點不知進退，反因那幾個騎鯨少年本領不濟，更把敵人看輕，一催神梭便往椰林中追去。那些椰樹雖俱都千百年以上之物，古幹參天，甚是修偉，哪禁得起神梭摧殘！光華所到之處，整排大樹齊腰斷落，「軋軋」之音響成一片。

入林不遠，因為林樹茂密，遮住目光，轉眼已看不見敵人的青光影子。二人一心擒敵，一切都未放在心上，只管在林中往來衝突，搜尋不休。不消多時，忽聽一聲鐘響，聲震林樾，接著便見前面一大片空地上現出一個廣有百頃的池塘，池邊危石上立著幾個與前一樣打扮的少年，為首一個正和先追的逃人在那裡述說。

二人以為擒敵在即，便追將過去。那些少年見神梭到來，彷彿不甚理睬，眼看相隔只有數十丈左右，為首的一個忽從石旁取起一面大魚網，大喝一聲：「大膽孽障，膽敢無禮！」手揚處，那魚網便化成一片烏雲，約有十畝方圓，直朝二人當頭飛到。二人猜是妖法，正要與他一拼，說時遲、那時快，兩人都是星飛電馳，疾如奔馬，就要碰個迎頭，忽聽空中一聲大喝道：「來人須我制他，爾不可莽撞！」言還未了，那片烏雲倏地風捲雲煙，往前面收去。

這時二人因為敵人就在地面立定，飛行本低，見敵人法寶剛放出來又收回去，正猜不出是何用意，忽聽前面敵人拍手笑語。定睛一看，那些穿半臂的少年業已回身，背向自己，齊朝前面仰頭企望，歡呼不已，好似不知神梭就要衝到神氣。再順著他們所望處一看，只有一座筆直參天的高峰矗立雲中，相隔約有十來里光景，並無別的動靜。

易鼎雖沒有易震那般過於自恃，料出敵人必有詭計，剛自猜想，猛覺所御神梭光華似在斜著往前升起。弟兄二人俱動疑心，百忙中一問並非各人自主，連忙往下一按。誰知那神梭竟不再聽自己運轉，飛得更快，好似有甚大力吸引，休說往下，試一回身轉側都不能夠！晃眼功夫，竟超越諸少年頭上老高，彈丸脫弦一般，直往前上面飛去，愈飛愈快，快得異乎尋常！

不一會，前面雲中高峰愈來愈近，才看出峰頂並非雲霧，乃是一團白氣，業已朝著自己這一面噴射出來。就在二人急於運用玄功制止前進的片刻之間，神梭已被白氣裹向峰頂黏住，休想動轉分毫！忙用收法想將神梭收起逃遁時，那神梭似鑄就渾成，不能分開絲毫！

兩人知道情勢已是萬分危險，急欲待從梭上小圓門遁去，又覺祖父費了多年心血煉成的至寶，就這般糊裡糊塗的葬送在一個無名妖人手裡，不特心不甘服，而且回家也不好交代。略一躊躇，忽覺法寶囊中所藏法寶紛紛亂動，猛想起敵人將自己困住，尚未前來，囊中現有的「太皓鉤」等法寶，何不取出備用，等敵人到來，好給他個措手不及，殺死一個是一個！

二人想到這裡，剛把囊口一開，還未及伸手去取，內中如「太皓鉤」一類五金之精煉成的寶物，俱都不等施為，紛紛自行出囊而往前飛去。因有神梭擋住，雖未飛出，卻都黏在梭壁上面，一任二人使盡方法，也取它不動。

二人這一急真是非同小可，正在彷徨，無計可施，梭上圓門旋光停處，五條黑影伸將進來。易鼎一面寶玦剛取在手中，想要抵禦，已是無及。倏地眼前一暗，心神立時迷糊，只覺身上一緊，似被幾條粗索束住，人便暈了過去。等到醒來一看，身子業已被人用一根似索非索的東西捆住，懸空高吊在一間暗室裡面。知已被擒，中了妖人暗算，連急帶氣，不由破口大罵起來。

二人罵了一陣，不見有人答覆，捆處卻是愈罵愈緊，奇痛無比，罵聲一停，痛也漸止，屢試屢驗，無可奈何，只得強忍憤怒，住口不罵。

這時二人真恨不如速死，叵耐無人答理，始終連那妖人的形相都未見過。就在這悔恨欲絕之際，耳聽遠遠洞簫之聲吹來，也未聽出吹的是什麼曲子，彷如鸞鳳和鳴，愈聽愈妙，幾乎忘了置身險地。

易震忍不住剛說了聲：「這裡的妖人居然也懂得吹這麼好聽的洞簫！」簫聲歇處，倏地眼前奇亮，滿室金光電閃，銀色火花亂飛亂冒，射目難睜。二人以為敵人又要舞弄什麼妖法前來侵害，身落樊籠不能轉動，除了任人宰割外，只有瞪著兩隻眼睛望著，別無法想。

一會功夫金光斂去，火花也不再飛冒，室頂上懸下八根茶杯粗細、丈許長的翠玉筆，筆尖上各燃著一團橄欖形的斗大銀光，照得合室通明。這才看清室中景致，乃是一間百十丈的大小圓形石室。從頂到地高有三十餘丈，約有十畝方圓地面，四壁朗潤如玉，壁上開有數十個門戶。

離二人吊處不遠，中有兩行玉墩，作八字形齊齊整整朝外排開，當中卻沒有座位，只有兩行燦如雲霞的羽扇一直向前排去。盡頭處緊閉兩扇又高又大的玉門，上綴無數大小玉環，看出甚是莊嚴雄麗。待了一會，不見動靜，那八根銀筆也不見有何異狀，正自互相驚異，忽又聽盡頭門裡笙簧迭奏，音聲清朗，令人神往。

晃眼之間，所有室中數十個玉門全都開放，每門中進來一個穿白短半臂的赤足少年，俱與前見妖人一般打扮，只這時身上各多了一件長垂及地的鶴氅。進門之後，連頭也未抬，從從容容的各自走向兩排玉墩前面立足，每墩二人，只右排第十一個玉墩空著。兩排人站定後，上首第一人把左掌一舉，眾人齊都朝著當中大門拜伏下去，那門上玉環便「鏗鏗鏘鏘」響了起來，門也隨著緩緩自行開放。

二人往門中一望，門裡彷彿甚深，火樹銀花，星羅棋佈，俱是從未見過的奇景。約有半盞茶時，樂聲愈聽愈近，先從門中的深處走出一隊人來。第一排四個十二、三歲的俊美童子，手中提燈在前，後面又是八個童子，手捧各種樂器，俱穿著一色的蓮花短裝，露肘赤足，個個生得粉妝玉琢，身材也都是一般高矮，一路細吹細打，香煙繚繞，往門外緩緩行進，還未近前，便聞見奇香透鼻。

這十二個童子後面有八個童子，扶著一個蓮花寶座，上面盤膝坐定一個相貌清癯、裝束非僧非道的長髯老者。四外雲霞燦爛，簇擁著那寶座凌空而行，盡後頭又是六個童子，分捧著弓箭、葫蘆、竹刀、木劍、鉤、叉、鞭、棍之類。這一隊童子剛一出門，便依次序分立在兩旁羽扇之下，放那寶座過去。那寶座到了兩排玉敦中間便即停住，玉門重又自行關閉。那燦若雲錦的兩排羽扇忽然自行向座後合攏，隨座諸童子也都一字排開，恭敬肅立在羽扇底下。

二人細看室中諸人，卻不見從紫雲宮追出來的那個妖人，好生奇怪，俱猜不出這些人鬧甚把戲。明知無幸，剛要出聲喝問，座中長髯老者忽然將右手微微往上一揚，地下俯伏諸人同時起立就位，恭坐玉墩之上。長髯老者說了一聲：「哈延何在？」上首第一人恭身答道：「十九弟現在門外待罪。」長髯老者冷笑道：「爾等隨我多年，可曾見有人給我這麼丟臉麼？」兩旁少年同聲應道：「不曾！不過十九弟哈延今日之事，並非有心為惡，只緣一時糊塗，受了妖婦之愚，還望師主矜原，我等情願分任責罰，師主開恩！」

長髯老者聞言，兩道修眉倏地往上一揚，似有恨意。眾少年便不再請求，各把頭低下，默默無言。

略過了會，上首第一人重又逡巡起立，恭身說道：「十九弟固是咎有應得，姑念他此時知罪，未奉法諭，不敢擅入，弟子不揣冒瀆，敬求師主准其參謁。只要免其逐出門牆，任何責罰俱所甘願。」長髯老者略一沉吟，輕輕將頭點了一下，那為首少年便朝外喝道：「師主降鴻恩，哈延師弟還不走進？」說罷，從石壁小門外走進一個半臂少年，正是紫雲宮所追之人。

二人這才知道對頭名叫哈延，在這一群人當中，中坐長鬚老者方是為首的島主。雖沒聽過哈延是何來歷，看這種排場神氣，必非尋常異派可比！因為他擒來敵人尚未收拾，反怪罪門下弟子，不該受了妖婦許飛娘愚弄，言談舉動甚覺出乎意料，不由看出了神。眼看哈延滿臉俱是憂懼容色，一進門便戰戰兢兢膝行前進，相隔寶座有丈許便即跪倒在地，不敢仰視。

長鬚老者冷冷的道：「無知孽障擅與妖人合汙，私往紫雲宮赴宴。易周老兒家教不嚴，有了子孫不好好教管，既是容他出來參與劫數，就應該把各派前輩尊長的居處姓名一一告知，也免得他們惹禍招災，犯了人家規矩！滿以為他那『九天十地避魔神梭』所向無敵，就沒料到會闖到我的手裡。這雖然是他的不是，若非你這孽障，他也未必會尋上門來晦氣。我處事最講公平，我如不責罰你，單處治易家兩個小畜生，他也不能心服口服。你如不願逐出門牆，便和易家兩個小畜生一般，各打三百蛟鞭，你可願意？」

哈延聞言，嚇得戰兢兢地勉強答道：「弟子罪大，多蒙師父開恩，情願領責！」長鬚老者把頭微點了點，便喝了一聲：「鞭來！」立時便從座後閃出兩個僮子，手中各拿著一根七、八尺長，烏光細鱗的軟鞭，走向座前跪下，將手中鞭往上一舉。

長髯老者指著易氏弟兄道：「你二人雖然冒犯了我，但是此事由我門下弟子哈延所起。當時你們如不逞強窮追，那只有他一人的不是，何致自投羅網！今日之事須怨不得我無情，此鞭乃海中蛟精脊皮所煉，常人如被打上幾鞭自難活命，你二人既奉令祖父之命出來參與劫數，必然有些道行，還熬得起。我先整我家規，打完了我自己的門人，再來打你，省得你說偏向。你二人挨打之後，我保你不致送命，即使真個嬌養慣了，禁受不起，我這裡也有『萬木靈丹』，使你二人活著回去，歸報令祖時就說『銅椰島天癡上人致候』便了。」說罷，便命行刑。

易氏弟兄先聽長髯老者說話挖苦，易震忍不住張口要罵，還是易鼎再三以目示意止住。及至聽到後來，已知長髯老者並非妖邪一流，至少也與乃祖是同輩分的散仙，自己不該一時沒有主見，闖此大禍，悔已無及。再一聽說來歷，不由嚇了個魂不附體！想起祖父昔日曾說，凡是五金之精煉成的寶物，遇上南北陰陽兩極元磁之氣，均無倖理。

那兩極真磁相隔一千零九十三萬六千三百六十五里，精氣渾茫，仙凡俱不能到。又係天柱地維，宇宙所托，真磁神峰長大逾萬里，無論多大法力俱難移動，雖然相剋，不足為害。

惟獨南海之西有一銅椰島，島主天癡上人得道已數百年，被他在島心沼澤下面地肺中，尋著一個磁脈，與兩極真磁之氣相通。他將那片沼澤汙泥用法術堆凝成了一座筆直的高峰，將太乙元磁之氣引上峰尖，幾經勤苦研探，竟能隨意引用封閉。

當初發現時，天癡上人同了兩個門徒身上所帶法寶飛劍，凡是金屬的全被吸去，人也被磁氣裹去，幾乎葬身地底。多虧他一時觸動靈機，悟出生剋至理與造化功用，連忙赤了身子，師徒三人僅仗著一個寶圈護身逃出。

自從築煉成了這座磁峰以後，雖比兩極真磁之母力量少得多，可是除了世間有限的幾件神物至寶外，只要來到島上，招惱了他，將峰頂磁氣開放出來，相隔百里內，不論仙凡，只要帶著金屬兵器，立時無法運用，不翼而飛，並連人一齊吸住，真個厲害已極。當時全家聚談，只當長了點見聞，並沒在意，不想初次出門，無心遇上，料他必與祖父相熟，哪裡還敢再出惡言！

二人正在存想之間，地下哈延一聽上人喝呼行刑，跪在地下，說了聲：「謝恩師打！」早不等那兩個僮子近前，起身兩臂一振，身上穿的半臂便自脫落，再將手往上一舉，從頂垂下一根和捆易氏弟兄長短形色相似的長索，索頭繫著一個玉環，離地約有二十來丈左右。哈延腳點處縱身上去，一把將環抓住，那兩個僮子先用單腿朝寶座前一跪，左手拖著長鞭，右手朝上一揚，便即退回身，揚鞭照定室中懸著的哈延打去。好似練習極熟，打人並非初次，動作進退甚是敏捷一致，姿勢尤為美觀。

那蛟鞭看去長只丈餘，等到一出手卻變成二十多丈長一條黑影，二僮此起彼落，口裡還數著鞭數，晃眼功夫哈延身上早著了十幾下，身上立時起了十數道紫紅，痛得他兩手緊攀玉環，渾身抖顫，牙關挫得直響，兩隻眼睛瞪得差點努出眶外，看神氣苦痛已極。

易震因他是個罪魁禍首，見他受了這般毒打，好生快意。全沒想到天癡上人存心這樣，既保存了銅椰島尊嚴，等異日易周尋上門來時又好堵他的口，還可問他索賠折斷的千年銅椰樹，打完哈延便要輪到他弟兄二人頭上。易鼎雖然知道厲害，但事已至此，也無可奈何，只得懸著心看仇敵受責，聊快一時。

二僮揮鞭迅速，不消片刻，已打了一百餘下。哈延雪白的前胸後背，滿是紫黑色肉槓，交織墳起，二僮仍是毫不徇情的一味抽打不休。正打得熱鬧之間，忽聽遠處傳來三下鐘聲，天癡上人將頭朝左側為首的一個少年一揚，那為首少年便跪下來說了幾句，意思好似代哈延求情，說話聲音極低，聽不清楚，餘人見狀，也都相繼跪下。

上人冷笑道：「既是你等念在同門義氣苦求，且容這孽障暫緩須臾，饒卻饒他不得。現有外客到此，還不快去看來。」當下吩咐止刑，二僮長鞭住處，哈延落了下來，遍體傷痕，神態狼狽已極，一落地便勉強膝行到寶座前，跪伏在地，人已不能動轉。

這時那為首少年業已謝恩退了出去，上人道：「有人拜島，不知是否舊交，這裡不是會客之所，爾等仍在此相候，我到前面會他。」說罷，仍由服侍諸僮扶了寶座往前走去。走到石室前面盡頭，上人將手一指，立時壁間青光亂轉，頃刻間現出一個三丈外高大的圓門。除了兩旁諸少年和那手執刑具的四個僮子外，俱都隨定寶座跟了出去。

易氏弟兄因先前見那裡只是片玉石整壁，通體渾成，並無隙縫，忽又現出圓門，算計外面還有異景。恰巧上人出去並未封閉，扭轉頭順圓門往外一看，這兩間大石室想是依山而築，門外那間要低很多，看得甚是清楚。上人仍然端坐在寶座之上，只兩旁少去兩排的玉墩，添了幾個略為同樣的青玉寶座。盡頭處向外面設有一排台階和兩邊的玉欄杆，有些類似殿階，餘者也都差不多，來客尚未走到。

二人再看室內跪伏的哈延，已由兩個少年扶起。先前行刑二僮，各從一個同伴的葫蘆裏取出幾粒青色透明的丹藥，另一少年取來一玉瓶水，將丹藥捏散化在裏面，搖了兩下，遞與哈延口邊餵了幾口。然後由那行刑二僮各啣了滿口，替換著朝哈延噴到，眼看一條條的鞭傷，竟是噴一處好一處。等到一瓶子水噴完，哈延已可起立，先跪謝了眾同門求情之恩，又向二僮謝了相救之德。

二僮低語道：「恩師法嚴，我兩個奉命行刑，不敢從輕，實出不已。在拚著擔點不是，隨了各位前輩師兄略盡私情，雖可暫時止痛，這新傷初癒，二次責打，還要難熬，師兄休得見怪。」哈延自是遜謝不已。

易鼎正看得出神，易震偶一回頭，忽然「噫」了一聲，易鼎回頭往圓門外一看，適才出去的那個為首少年正領了三個女子恭恭敬敬歷階而升。一見便認出當中走的是自家姑娘「女神嬰」易靜，其餘二女一個是陸蓉波，一個是廉紅藥，俱是同破紫雲宮自己人，料出與自己有關，不由驚喜交集，見易震幾乎要出聲招呼，忙用眼色止住。

易靜早看到兩個侄兒綁吊在裏屋之內，心中雖然有氣，並未形於詞色，仍如未見一般，從從容容隨了引導行近寶座前立定，恭身施了一禮，說道：「晚輩易靜因往紫雲宮助兩位道友除魔，事後才知兩個舍侄追敵未歸，忽奉家父傳諭，命晚輩同了瑛姆門下，廉紅藥、峨嵋齊真人門人陸蓉波來此拜山請罪，就便帶了兩個無知舍侄回去，重加責罰，不知上人可能鑑此微誠否？」

上人聞言微笑道：「我當令尊不知海外還有我這人哩！既承遠道惠臨，總好商量，且隨我去裡面再一述這一次令侄輩在此行為如何？」說罷不俟還言，將手一揚，那寶座便掉轉方向，仍由諸僮扶持往圓門中行進。易靜、紅藥、蓉波三人只得跟著進去。

寶座剛回原位，上人說聲：「看座！」那為首少年將手朝著地下一指，便冒起三個錦墩，一字排開在寶座前側面。

上人命三女落坐之後，才指哈延對三女道：「這便是我那孽徒，因受妖婦許飛娘蠱惑，往紫雲宮赴宴，壞了我門中規矩，咎有應得。叵耐令侄輩一味強猛，見了我的門人，不分青紅皂白，才一照面便即倚強行凶。他們未奉我命，仍是不敢交手，連忙回島稟告時，令侄輩已然追至島上，橫衝直撞如入無人之境，將我數千年銅椰仙木撞折了七十四根！既然令尊得信派你三人來此，代令侄求情請罪，我如不允，未免又是不通情理。不過他三人其罪惟均，要打要罰，須是一樣才妥！」說罷便命行刑。

三女當中，蓉波是轉過一劫之女，又在石室苦修多年，道力雖高，尚無火性。易、廉二女早就按捺不住，想將易氏弟兄救了逃走，剛互相一使眼色，往易氏弟兄飛去，同時地下兩個行刑僮子巴不得師父喊打，手中鞭便揚起，猛聽鐘聲連響，這次卻是起自室後。

天癡上人臉上方有些驚訝，室中一道青光飛入，一個穿白半臂少年現身跪稟道：「磁峰上起了一片紅光，磁氣忽然起火，請師父快去！」

就在這三方亂忙之際，忽見圓門外現出一個赤足駝背的高大老頭，聲如洪鐘大喝道：「癡老頭別來無恙！你這大年紀還欺凌後輩則甚！人我帶走，你如不服，岷山白犀潭尋我，不必與人家為難。」說時早把手一招，易氏弟兄綁索自然脫落，剛巧被易靜一手接住。地下兩僮的蛟鞭已打了上來。易鼎、易震兩人到底還是捱了一鞭，奇痛徹骨，全身發抖，咬緊牙關忍了下來。

天癡上人聞得磁峰有警，本已大吃一驚，又看出圓門中來的那個駝子乃是多年未見的「神駝」乙休，益發又驚又怒。剛要伸手取寶，滿室金霞，紅光照耀，一陣霹靂之聲，連乙休和易靜等五人都不知去向。室後鐘聲更是響之不已，全島命脈，存亡所關，又知「神駝」乙休用的是霹靂光遁法，瞬息千里，追趕不上，還是救護磁峰要緊。只得捨了不追，一指寶座，如飛駛向磁峰一看，一溜火光疾同電閃，一瞥即逝，磁峰仍是好好的並無動靜，才知中了人家調虎離山之計！

磁峰人不能近，只不知用的是什麼法兒會使它起火，自己誤以為敵人勾動地肺真火使其內燃，鬧了個手足無措，枉有那麼高的道行法力，竟吃了這等大虧，不禁咬牙切齒痛恨，從此便與易周、乙休二人結下深仇。日後互相報復，不可開交，如非乾坤正氣妙一真人親率峨嵋長幼三輩同門趕到，以大法力解圍，幾乎被乙休穿通海眼，宣洩地氣，點燃地肺真火，爐天沸海，闖出無邊大禍！此是後話，不提。

且說易靜、紅藥二人，剛剛飛近易氏弟兄身前，易氏弟兄已然脫綁墜落，因為事出突然，只覺身子一鬆，往下落去，等到知遇救脫險，正要飛身逃走，易靜也搶上前來，將他二人一手一個夾起。易靜也覺二侄捱了一鞭，發動雖快，仍難避過，在這倉皇駭顧之間，倏地霹靂大震，滿室俱是金光紅霞。除蓉波一人稍後，看出是「神駝」乙休施展法力外，易靜、紅藥俱當作天癡上人為難，又知道元磁真氣厲害，是金屬的法寶施展不得，方自有些膽寒，未及動作，眼前一暗，身子已凌空而起。

易靜、紅藥仍當落險，還想冒險施為打脫身的主意，猛聽耳旁有人喝道：「爾等三人業已被我救走，不准妄動。」蓉波未受驚駭，又曾見極樂真人用過這種遁法，神智較清，忙喊：「易廉二位姊姊休猜疑，適才敵人正對我們要下手時，來了一位前輩仙人，用霹靂光遁法將我等救出險地了。」

易靜、紅藥聞言，才想起雷聲霞光發動時，彷彿曾聽有人與天癡上人答話，原來竟是救星，不由喜出望外。

約有兩個時辰光景，眼前一亮，身已及地。易靜等五人定睛一看，存身之處乃是一座絕高峰頂，四外氣雲渾茫，千百翼山只露出一些角尖，環繞其下。上面滿是奇松怪石，盤紆攫拿，趁著天風，勢欲飛舞。只偏西角邊上繁蔭若蓋的老松下面，有一塊平圓如鏡的大磐石，石上設有一盤圍棋，殘局未終。

石旁坐定一個丰神挺秀的白衣少年，眾人剛一現身，便忙著上前來，口稱：「老前輩頃刻之間便將五位道友救出羅網，可曾與天癡上人交手麼？」

五人聞言，回頭一看，身後紅光斂處，現出一人。除蓉波外，餘人方得看清來人是個身材高大，裝束奇特的紅臉駝叟。易氏弟兄和紅藥見聞較寡，不知他的來歷。蓉波、易靜雖未見面，久已聞名，一看這等身材裝束，早料出是「神駝」乙休無疑，慌忙一同跪下，謝了相救之德。

乙休只將手一擺，便答那少年道：「我們兩次對弈，俱是一局未終又惹閒事。好笑朱矮子現有龍雀朱環，不敢去招惹癡老頭，偏要請我去替他們解圍，自己卻在暗中搗鬼。我和癡老頭本來無怨無仇，他為人好高，我這回雖未肯傷他，已給他一個大沒趣，日後怎肯干休，這不是無事找事麼！」

乙休說著，伸手在易氏兄弟身上虛按兩下，易氏兄弟本來兀自疼得緊咬牙關，身子發顫，經乙休一按，疼痛立消。

少年笑道：「天癡上人法力道行在諸位前輩中原屬平常，但是他那元磁真氣卻是厲害無比。如非老前輩法力無邊，親展拿雲手，朱師伯一人前去怎能這般容易？如今救了這五位道友，不但齊師伯感謝盛情，便是朱師伯與家師、易老前輩、瑛姆前輩等也感佩無地了。」

乙休笑道：「我昔日受齊道友相助之德，無以為報，給他幫點忙也是應該的，不過朱矮子為人太取巧一點！」

眾人行完了禮，躬身在側，靜聽他說完了話起身。乙休還待往下說時，似聞頭上有極細微的破空之聲，晃眼落下一人，正是「矮叟」朱梅。

眾人慌忙上前拜見，那少年也忙著行禮，口尊：「師叔。」

朱梅先不和乙休說話，劈口便對少年道：「你師父已到了凝碧崖，你還不快去。」少年聞言，慌不迭的便向乙休拜別，行完了禮，和眾人微一點頭，便自一縱遁光，破空飛走。

乙休大聲嚷道：「朱矮子，你這人太沒道理，我下棋向來沒對手，只有諸葛警我和岳雯這兩個小友可以讓他們一子半子，當時抽空到此陪我解個悶兒，適才一局快下完，便接到你從紫雲宮轉來求救的急信，我幫了你的忙，你卻攪散我的棋局麼？」

朱梅笑道：「駝子莫急，近日這些後輩俱都有事在身，又忙著早日赴會，人家不好意思拒卻，你偏不知趣，只遇上定下個不休。他等一來道行未成，正是內外功行吃緊的當兒，又都有個管頭，哪似你道法高深，遊行自在。這孩子無法脫身，又不敢不辭而別，經我這一說，正合心意，你沒見他連我都未行禮告別，就一溜煙的走了嗎？虧你還是玄門中的老手，永留殘局，豈不比下完有趣。如真要下時，他兩人俱是我的師侄，不是小友，用不著客套，等會散會完之後，我命他們輪流奉陪如何？要不，你就同我追到峨嵋，當著許多同輩小輩的道友，逼他二人下去，好麼？」

乙休笑道：「矮子無須過河拆橋，形容我的短處。我這人說做什麼就做什麼，就追在峨嵋下棋，有何不可？我還有點事須辦，又厭鬧喜靜，接了齊道友的柬帖，到了赴會之日不能不去而已。我真要下棋時，他要走得了才怪。」

朱梅道：「以強壓弱，以老逼小，足見高明！這且放過不談，你適才將人救走就罷了，偏和人訂得什麼約會。休看你此時幫了我一個小忙，到時你仍須借重於我。」

第二回　崇明除妖　苗疆惹禍

朱梅說道：「我那無相仙法本可使人看不見你的影子，我去時已然在磁峰上放起幻火，用了個調虎離山之計。你如暗中將人救走，怎會結此深仇？我原因癡老頭人頗正直，家法又嚴，不願過於傷他臉面，才約你相助暗中行事。這一來你不必說，我早晚也不免與他成了仇敵，到時勢必欲罷不能，好了鬧個損人不利己，否則還難保不是三敗俱傷，何苦多此一舉！」

乙休道：「我向來不喜鬼鬼祟祟行事，癡老頭他如識趣，不往岷山找尋便罷，他如去時，休說我不能輕饒了他，便是山荊也未必肯放他囫圇回去。我們素不喜兩打一，總有一人與他周旋便了。」

朱梅笑道：「你少在我面前說嘴，你自與尊夫人反目後，已有多年兩地參商，明明借此為由，好破鏡重圓和尊夫人相見，否則哪裡不好約會，你單約他岷山去？不過是那年將尊夫人兄嫂弟侄盡行誅戮，委實怨你心辣手狠，不給她留點香火之情，已然恨你切骨，立誓與你不再互見，只恐枉用心機罷！」

乙休微笑不答，朱梅又道：「聞得癡老頭近年頗思創立宗教，發奮苦修，道行遠非昔比。他那劫後之身也逐漸凝固，再不多時便可復原，無須驅遣煙雲假座飛行了。我等適才占了上風，一則出其不意，二則故意破壞他的全島命脈，使其心分兩地，所以才鬧得他手忙腳亂。如真要明張旗鼓，以道力法寶比較高下，真無如此容易呢！」

乙休冷笑道：「我自來不知什麼顧忌，也從未向人服過什麼低！既已做了就做了，你不要管，我自有法兒制他！我尚有事他去，煩告齊道友，說我盛會前兩個時辰準到便了。」說罷，袍袖展處，滿峰頂盡是紅雲，人已不知去向，眾人慌忙拜送不迭。

朱梅嘆道：「這駝子真有通天徹地之能、鬼神莫測之妙，只為他性情古怪，任意孤行，已歷三劫，還是如此倔強。此事由我邀他相助而起，如不事前與齊道友商妥，設法代為化解，不特害了他人，又誤自己。一個不巧，雙方都鋌而走險，還要闖出無邊的大禍呢！」

易靜請問道：「弟子來時，家父曾命紫雲事完歸途順道回家一行，就便攜取禮物。不想兩舍侄中途遭難，生了波折，這裡已離峨嵋不遠，本可無須回去，只因家父所煉『九天十地避魔神梭』現在遺陷銅椰島，意欲回家一行，不知可否？」

朱梅道：「此梭為天癡上人收去，令尊先因開府盛會上頗有兩個不願相見的舊識，行止未決，所以才命你歸途繞道回家攜取禮物。如今發生銅椰島的事端，盡可不必回去。我和白道友等四、五人俱受齊道友重託，四處接應小輩門人回山，繁忙已極，此時須往漢陽白龍庵一行。」

易靜又請問英瓊、輕雲崇明島之行吉凶，朱梅道：「我算計英瓊、輕雲二人往崇明島救援神鵰，尚欠一個幫手，先時你是分身不得，此時正可代我前去，一得勝即速同返峨嵋，不可過於貪功，開府盛會相隔已無多日了。」

易靜領命拜辭起身。朱梅又命廉紅藥領了蓉波、易鼎、易震三人同往峨嵋進發，然後一道金光破空飛去。不提。

且說英瓊、輕雲二人辭別「矮叟」朱梅，逕往崇明島去救神鵰佛奴，一路上盡是無邊大海，駭浪滔天，波濤山立。

飛行了好一會才看見前面海天盡處現出幾點黑影，知將到達。正待催著遁光趕去，忽然海面上捲起一陣颶風，天際烏雲密佈，激成一片吼嘯之聲，震動天地。海水被風捲起數百丈高下，化成好些擎天水柱，在陰雲中滾轉不休。二人只當變天，仍然逆風而行，並沒在意。

這時當前島嶼已在陰雲瀰漫之中失了影子，遁光迅速，不消頃刻已與那些水柱相隔不遠。

二人知道這類水柱力量絕大，本未打算衝破，正圖省點事繞越過去，那些水柱好似具有知覺，二人遁光剛剛穿進，倏地發出一片極淒厲的怪吼，風馳電轉，齊往二人擠攏。

輕雲首先覺出嘯聲有異，地隔崇明島又近，不禁心裡一動，疑是妖人弄鬼，忙喊：「瓊妹留神！」

英瓊見四外水柱壓來，除了直衝過去，無可繞越。早嬌叱一聲，運用玄功，一按遁光，直往水柱叢中穿去。

輕雲見英瓊已有了準備，也將身劍合一，跟蹤直穿過去。這一紫一青兩道光華恰似青龍鬧海、紫虹經天，那些水柱雖有妖法主持，如何禁受得住！只聽霹靂也似一聲大震過處，頭一根水柱挨得最近，先被紫光穿裂，爆散倒塌，銀雨飛空。餘下數十根只一挨近，也都如此。

二人所過之處，轉眼功夫紛紛消滅。柱中不少大魚水族，沾著一點劍光即便破腹穿胸，隨浪高擲，橫屍海面。水柱既消，颶風隨息，再一注視前面，青螺浮沉，一座孤島業已呈現面前。

一會到了島上一看，地方甚是廣大，岩壑幽深，花木繁秀，四面洪濤圍繞，頗具形勝，沿海一帶奇石森列，宛如門戶，尤稱奇景。二人重又飛起，駕遁光分途搜尋。幾次發現岩洞，俱是潮濕汙穢，不似修道人居處之所，約有半個時辰過去，已抵全島中心。忽見一座高峰矗立前面，峰頂彷彿平廣，參天直上，二人飛越峰頂一看，峰頂直塌下去，深約百丈。

原來那裡是古時一個大火山口，年代久遠，火已熄滅，又經了人工佈置，把穴底填平開闢，約有百畝方圓，自上望下形若仰盂。當中一片地平如鏡，石比火紅，不生一草一木。只見兩具丹爐，一大一小。四壁上卻盡是奇花異卉鋪滿，蘭草尤多，五色繽紛，無殊錦繡。

近地十餘丈的峰壁都齊齊整整往裡凹進，成了一個大圓圈，北面略高，似有一座洞府隱在壁內。正自端詳，猛聽神鵰一聲長嘯自下面傳來，知道到了妖人巢穴！

英瓊一著急，剛要飛下，輕雲連忙一把拉住，低語道：「我等不知敵人虛實，雖說不怕，也是小心些好。適才海面上旋風來得奇怪，分明敵人已然有了覺察，我等到此一會，他始終沒有露面，必有嚴密準備。你看下面石土和形勢佈置，處處暗合奇門生剋妙用。他在明處，我在暗處，不可不防。你且慢下，待我試他一試。」說罷，便從法寶囊內將在峨嵋無事時煉來當著玩意的法寶取了一件出來，手掐靈訣朝下一擲。

這種法寶原是一班小輩同門煉來取笑之物，實用有限，聲勢卻是不小。一出手便是五彩霞光，帶起千萬團雷火，直朝下面打去。輕雲原因來時遇見颶風惡浪，又遍飛全島，敵人不會不知，想將敵人引了出來，以免中人暗算；或是試探出下面是否實景，再行下去。眼看霞光雷火才行打落地面，竟似點燃了一座火池般，忽然「轟」的一聲大震，千百丈烈火紅光夾著一片煙雲，比電還疾，立時噴將起來。

二人早有準備，忙運劍光護身升起，正待觀察準了路數迎敵時，就在這起落停頓之間，那麼聲勢駭人的烈火煙雲竟如曇花一現，轉瞬消滅。再定睛往下一看，適才所見之處已變作了一座全整的峰頭。上面雜花群樹，綠草油油，紅紫芳菲，爭妍鬥豔，那座火山穴口已不知去向。

心中好生驚異，英瓊只埋怨輕雲做事太小心，適才如果硬衝下去直搗他的巢穴，妖人縱有埋伏，自己有紫郢、青索二劍防身，也決無吃虧之理！如今被妖人堵塞死了門戶，想用的是「五行挪移」妖法，何時才可以攻入妖窟！

輕雲道：「你不要忙，看神氣你說敵人用的是『五行挪移大法』，一點也不假。據我猜料，這裡原有火山穴口也就是他的窟穴，必見我等來勢厲害，不敢輕敵，特地設下埋伏，以逸待勞，說不定神鵰被陷也由於此。他既把我一件玩物當成了真，冒冒失失將埋伏發動，事後必無不知之理。略遲片刻，縱無人出來應戰，也必回了原形。人已尋上門來，豈能一躲了事！不過他志在擒敵，我等人尚未下，他就施為起來，於理不合。不是這裡無人主持，便是另有作用，我們還是不可大意呢！」

二人談論了一會，那峰頭仍是好好的一點沒有可疑之兆。英瓊執意說那峰頭是障眼法，妖人怯敵不出，下面必是妖穴，要和輕雲身劍合一衝峰而下。輕雲想了想也覺不會無理，便依了她，當下雙劍合璧，青紫兩道劍光匯成一條數十丈長的彩虹，照準峰頭往下衝去。

那石土雖然堅硬，怎禁得起兩口煌耀峨嵋、光大門戶的至寶奇珍！只見滿峰頂上花草狼藉、枝柯斷折、沙石驚飛、聲震天地，一條彩虹在塵霧瀰漫中上下衝突，仿如電閃龍飛，不消片刻功夫已攻穿了數十丈深的一個大洞。

二人計算適才所見火山穴口的深度，已將到底，只是上下四方並無異狀。輕雲猛然觸動靈機，忙拉英瓊飛了上來說道：「瓊妹，我們白費力氣，上了人家的大當了！妖人用的是移花接木之計，妖窟必在左近，他見埋伏未將我等困住，已將妖窟移回原處分我心力，遷延時刻，暗中必還另有奸謀尚未完成，否則早已出面，還不快隨我尋去。」說罷招呼英瓊，一同起身空中。

二人飛出約有三十餘里，果然在路上叢山之中尋到先見火山口，所見形勢佈置與前一般無二，仍是不見一人。

二人正要飛下，忽從正面凹壁大洞之中飛出一道白煙，白煙斂處，現出一個周身穿白、容顏妖豔、短衣赤足的少婦，一見面便喝道：「且慢動手，爾等何人？為何來此侵犯，毀損仙景？通名納命！」

英瓊怒道：「你便是金線妖婦蒲妙妙麼？我乃峨嵋門下李英瓊、周輕雲的便是！大膽妖婦，快將我神鵰放出，饒爾不死，否則教你形神俱滅，永世不得超生！」

那白衣少婦怒罵道：「原來你便是那萬惡扁毛畜生的主人麼？我姑母『金線神姥』豈能和你這班無名小輩交手！你仙姑乃是神姥的侄媳『玉飛來鳳』四仙姑。我丈夫往紫雲宮赴宴，與你們有何仇怨，被你那扁毛孽畜所傷，死於非命。我和姑母正等用神火燒死孽畜，再尋你們算帳，還敢大膽尋上門來，今日你死無葬身之地！」

英瓊一聽神鵰現受妖火之危，早發了急，首先一指劍光，飛上前去。鳳四姑想是知道厲害，並不迎敵，只把兩足一頓，仍然是一團白氣圍繞全身，只管隨著劍光追逐，上下左右飛避，竟與紫郢劍一般神速，暫時兀自傷她不了。

英瓊見妖婦既然出面，只管逃避，並不施展法寶飛劍迎敵，正自不解，輕雲早就看破敵人心意，喝道：「大膽妖婦，休使緩兵之策，看我飛劍取爾狗命！」說罷，手一指，一道青光飛上前去。

鳳四姑早知雙劍威名，因奉「金線神姥」之命，恐敵人下去快了，妖法尚未佈置完竣，故使緩兵之計。她哪裡敢和紫郢劍抵拼，只得把她多年煉就專長淫毒之氣施放出來，護住全身，在空中飛馳奔避。仙劍神妙無方，幾次險些送命，本就膽戰心寒，知難持久。進退維谷之際，又是一道青虹飛起，不由得嚇了一個亡魂皆冒，哪裡還敢戀戰！撥回頭，亡命一般往下面洞中逃走。英瓊自是不捨，輕雲明知妖婦這般行徑，還有詭計，無奈英瓊無法喚阻，恐其勢孤失閃，也一按劍光跟蹤追下。

二人因頭一次的經歷，以為下面必有埋伏，俱都留神應變。誰知大出意料之外，落地後一點動靜全無。英瓊當先緊追鳳四姑，眼看追到凹壁正中的洞門，兩下相隔約有十丈左近，忽見洞門裡冒起一團極濃的白霧，敵人在霧影中一閃即逝。等到近前用飛劍驅散妖霧一看，兩扇滿繪符籙的石門業已關得緊緊，耳邊漸聞神鵰長嘯之聲。心中焦急，不問青紅皂白，一指劍光便往門上衝去。

緊接著輕雲趕到，飛劍在旁相助，那石門雖有妖法封固，也禁不住這兩口仙劍的威力，只衝得火花四射，煙霧蒸騰，不消頃刻已將石門攻破。見裡面黑魆魆的，剛要往洞中衝入，猛聽一個鴟鳥般的怪聲大喝道：「無知賤婢，死在目前，還敢在此猖狂麼？」

二人還未看清敵人所在，猛然眼前一陣奇亮，千萬道又長又細的金光似密雨一般撲面飛來。知道敵人發動埋伏，當即飛退出洞，準備破了妖人法寶再行衝進時，倏地又是一陣大震過處，地底火花飛射，四壁凹處無數小洞穴中飛出許多火球。同時那千萬道金光早在空中交織成了一面密層層的光網，當頭罩下！

二人知非善與，忙將雙劍合璧，化成一道長虹，在光網火球之中上下衝突了好一會。那光網破了一層又是一層，地底火花和四壁火球，更是隨射隨發，愈來愈密，風火熊熊，甚是震耳。雖有仙劍護身，不畏傷害，卻也令人心驚目眩。二人見妖人法寶層出不窮，既不能將之一時消滅，又無後退之理，而且鬥了這些時，連妖人形相俱未看見！風火聲中，漸聽神鵰鳴聲愈急。

英瓊恐神鵰被妖火煉死，暗忖照這般相持不下，挨到幾時？不如冒險衝進洞去，將神鵰先救了出來，能將妖人除了更好，不能便仗雙劍之力衝了出來！想了想，把心一橫，忙一招呼輕雲，二次往洞裡面衝進。輕雲不知用意，見她涉險，緊迫中無法攔阻，又不便任其獨往，只得隨著一同往裡衝進。

二人剛一進洞，見那金光千絲萬縷、蓬蓬勃勃往外拋起，二人也不管它，逕自衝破千層光網，直飛進去！

到了裡面一看，地方甚大，合洞光明，不似先前那般黑暗。正中一個矮小法台，台上立著一個大轉輪，飆飛電馳，旋轉不休，那千萬道光絲便從輪中發出。輪後高坐一個穿金色坎肩、赤臂赤足、豹頭環眼的胖大老婦，旁邊立著相貌奇醜的女僮，也是差不多的打扮，正要飛身過去，百忙中忽聞神鵰嘯聲。回頭一看，左首也有一個法台，台上一座和洞外所見相同的丹爐。爐前不遠光絲密網中掛吊著神鵰。適才逃走的妖婦鳳四姑正站爐邊，披髮仗劍，往爐中一指，便從爐中升起一團綠火，往神鵰燒去。

二人見神鵰掙扎狼狽，知道苦難無窮，又急又憐，也不願再和妖人對敵，逕飛上前，劍光繞處，光絲先自衝破，再往神鵰腳上一繞，便自脫綁飛起，二人忙用劍光將牠護住往外衝出。這時「金線神姥」蒲妙妙正和鳳四姑在洞中主持，見敵人仙劍神妙無方，金線烈火不能奏功，也甚驚心。剛準備行使那最惡毒的妖法取勝，不料敵人來得這般神速，才一發現，長虹電轉中，神鵰已被救走，再想施為已是無及！不由勃然大怒，決意與仇敵拼個你死我亡，一聲怪嘯，將手往上舉，霹靂也似一陣炸音過處，洞頂前半截立時爆裂四散，現出那兩座法台。往前一看，敵人業已飛身上去，一時情急，正待棄了法台不用追將出去，一道青紫二色的長虹自天飛墮，敵人二次又飛將下來。

原來英瓊、輕雲二人起初聽「矮叟」朱梅說，妖人姑侄一個為神鵰爪裂海中，一個又被神鵰追走，估量無甚出奇本領。不料蒲妙妙妖法另成一家，邪術也頗驚人，所煉法寶俱有一番設置，不便隨身攜帶。

英瓊、輕雲二人有了剛才這一番經歷，才知妖人並不似自己預料那般易與，又忙著趕向峨嵋與諸同門會晤，只想救鵰逃走，本不想再貪功戀戰。可是及至飛到上面一看，神鵰佛奴已是遍體傷殘，哀鳴不已。

英瓊素來把鵰愛如性命，幾曾見牠吃過這等虧苦！心中痛到了極處，把妖婦恨如切骨，忙從懷中取了兩粒從峨嵋帶出來的靈丹餵與神鵰服了。見牠尚能飛翔，吩咐在上面守候，見機而退，不可下去，免得又遭毒手，一面怒對輕雲道：「周師姊，這兩個妖婦如此可惡！差點將我佛奴燒死，如不殺她，此恨難消！我們適才已領教過了，並無別的伎倆，她那妖光鬼火也奈何我不得，你如能助我一臂之力，一同下去除她為佛奴報仇更好，否則便請護送佛奴回去，我不殺她，誓不為人！」說罷，不俟輕雲答言，便往下面飛去。

輕雲素知英瓊性情剛烈，說得出便做得到，除了尊長，誰也拗她不過。自己比她年長，既攔不住，怎能任其孤身入險！略一尋思，只得雙劍相合，跟蹤同下。

神鵰這一受傷，英瓊簡直氣瘋了心，仗著雙劍護身，不怕妖光邪火，哪還管甚青紅皂白！因為放妖火煉神鵰的是鳳四姑，一落地首先看見妖人前半截洞府業已震揭開去，顯露出那兩座法台。「金線神姥」與鳳四姑一邊一個，正在作勢欲起，仇人見面，分外眼紅，一縱劍光，疾逾飛電，便往鳳四姑射去！

鳳四姑見敵人二次下來，仗有「金線神姥」在前，癡心還在暗幸敵人得了便宜不退，自投羅網，必遭「金線神姥」毒手。誰知敵人比起上次救鵰還要來得神速，剛剛發現影光，轉眼已到身旁！大吃一驚，不及抵禦，忙化白氣飛起時，這次雙劍合璧，威力大長，不比適才上面只是英瓊一人。想逃活命，哪裡能夠！長虹捲處，血肉紛飛！也是鳳四姑平日淫孽太重，應遭惡報，連聲也未出，立時形神俱為仙劍所斬，死於就地。劍光再一繞，斷了台前爐鼎。

英瓊氣憤稍除，忙回劍光從妖光邪火中去殺「金線神姥」時，法台依然，金光如絲，仍見台上妖輪懸轉，千條萬縷，密密層層，拋射不已，敵人卻不知去向。惱得英瓊性起，飛劍光過去朝著妖輪亂繞亂轉，一片爆音，密如串珠，連軸帶輪斬成粉碎，殘餘下來的妖光邪火瀰漫四外，英瓊、輕雲二人合著雙劍上下衝突。

那妖光沒有妖輪主馭，不消片刻又都掃蕩殆盡。英瓊四顧不見妖婦蹤跡，無從洩忿，一眼看見當中那兩座爐鼎隱隱放光，四壁妖火仍發個不休，知是妖婦有用之物，打算毀了洩忿。劍光飛過，先將大的一座斬裂瓦解，正要再破去那座小的，猛聽妖婦在暗中大喝道：「此乃紅髮老祖五行神爐，賤婢毀它不得！看我仙法取你狗命！」

英瓊聞得妖婦語聲，正待跟蹤尋追，忽然天旋地轉，四外塵昏，除劍光所照之處，到處黑霧漫漫，神號鬼哭。輕雲抬頭一看，上面一片沉沉黑影，已是當頭壓下。猛的想起妖婦會大挪移法，適才曾用緩兵之計，自己破敵全仗神速，保不定還有別的妖法，忙拉英瓊先行遁走。英瓊新勝氣銳，又知妖婦尚在暗中藏避，執意搜尋，殺個快意，以為縱有妖法也非雙劍對手，哪裡肯退！

輕雲既不便捨她獨行，眼看暗影愈降愈低，看不出是甚路數，耳畔又遙聞妖婦道：「無知賤婢，已然入我埋伏，叫你一萬年也衝不出去！」輕雲知道不妙，一著急，猛又想起身旁帶有「天遁鏡」，不曾取用，何不取出試試？一面隨英瓊飛馳，一面將鏡取出，百十丈金霞立時脫手而出，頭上暗影立被阻住不下。偶然抽空往四外一照，迥非以前景象，鏡光竟照不見底，敵人更是聲影毫無。先照著上面衝去，衝了好一會，終是不能出險，又往橫裡衝去，亦復如是。

二人飛行何等迅速，算計上下左右衝行均有老遠，毫無結果，英瓊才也著起急來！二人更恐身子被困，神鵰在上面又為妖人擒走，正自焦急，忽聽一陣霹靂，一大團烈火紅光自側面打來。因為寶鏡正照上面，驟不及防，連二人劍光都被震盪了一下。剛剛吃了一驚，連忙回鏡去照時，猛聽一個女子聲音道：「周、李二位姊姊在下面麼？妖婦已被我趕走，她用的乃是『顛倒五行、挪移乾坤、迷形大法』。二位中了她的詭計，以橫為直，以上為下，我發了一粒『滅魔彈月弩』，能給二位引路，照此衝出便即脫困！」

二人一聽語聲，乃是「女神嬰」易靜，心中大喜，忙照火發處衝出！妖婦已走，妖法無人主持，果然轉瞬出險！

三人會面後，易靜道：「我如晚來片刻，她妖法完成，此山便合。二位愈下愈深，勢必陷入地肺，為地水火風所困，除了各諸尊長親來，連我也無法處置了。此法甚是厲害，昔日鳩盤婆曾以此困我，故爾識得。二位姊姊在困中時，無論往何方飛行，均被妖婦行法顛倒，移向下面，她又故意開通地下，引人入陷，如非仙劍、寶鏡功用神妙，她再一使別的邪法異寶，豈能倖免！妖婦想是行法匆忙，上面竟忘了掩蓋，我奉朱真人之命來此相助。」

易靜正說之間，英瓊忽聞神鵰啞聲長鳴。英瓊初上來便望見牠蹲伏在路旁危石之上，神情甚是狼狽，因和易靜相見，想聽完了話再行過去。一聽易靜只將妖婦逐走，並未誅除，本就覺著遺憾，及聞神鵰鳴聲有異，忙回首一看，神鵰已離地低飛，兩爪在攫拿，頗似和人追逐神氣，卻不見有敵人蹤跡。猛聽易靜喝道：「大膽妖婦，不知逃命，還敢暗中弄鬼麼？」說罷，手揚一道寒光，早飛上前。

英、雲二人聞言醒悟，知道妖婦隱身回來，意欲暗算，哪裡容得！英瓊剛指劍光朝神鵰撲抓之處飛去，輕雲因妖人身形隱起，不便追殺，又將「天遁鏡」取出照去。三人法寶飛劍同時發動，蒲妙妙饒是滿身妖術也禁受不起！鏡光照處，首先破了她的隱身之法，妖婦身形一現，三人飛劍便疾如閃電飛逐過去。

易靜生性也和英瓊一般的嫉惡如仇，不過經歷得多，比較持重罷了。先時不追，原是勢難兼顧，妖婦逃回，已然惱恨，再見英雲業已當先飛去，一催遁光，也跟著緊緊追趕。妖婦這時隱身法已被破去，任她飛行迅速，也沒有三人的劍光來得快，不消多時已被三人追去百里以外。眼看首尾銜接，略一遲延，便要身首異處，方自亡命遁逃，忽見西南方一片紅霞疾如奔馬，正從斜刺裡穿過，妖婦定睛一看，驚喜交集，連忙一催妖煙，迎上前去。

後面三人正追之際，見下面山勢愈發險惡，妖婦忽然改了方向。往側一看，高山惡嶺，蜿蜒前橫，山後紅雲，瀰漫如飛，從前面橫湧過來，妖婦業已投入紅雲之中，一同往下落去。

三人追高了興，決意除敵，忙按落遁光追了下去。紅雲開處，現出一夥紅衣赤足、手持長劍旛幢、怪模怪樣的妖人。兩下勢子都是異常迅疾，英瓊當先見妖婦正與為首妖人說話，一落地，不問青紅皂白，早一指紫郢劍，一道紫虹飛將過去，攔腰一繞，便即屍橫就地。

蒲妙妙只說遇見救星，那些來人個個厲害，與峨嵋有淵源，敵人不會不知來歷，即便冒昧動手，有那些寶旛雲幢，也能保得住性命。不想雙方來勢倉猝，為首一人聽她說沒幾句，英瓊劍光已然飛起，不及救護，蒲妙妙已為飛劍所斬。為首妖人不是見機逃避得快，差點也被殃及！不由勃然大怒，一聲怪嘯，將手中長劍一揮，連同手下十餘個同黨，各將旛幢招展，立時紅雲瀰漫，彩霧蒸騰，眾妖人全身隱入雲霧之中。

英瓊斬了妖婦，方覺快意，忽見紅雲瀰漫，密密層層圍將上來，哪放在心上，還想追殺和妖婦對話的為首妖人，忽聞一股異香透鼻，立時覺得神昏體慵，搖搖欲墜，才知那紅雲聲勢不大，卻是厲害。連忙一振心神，一面運用玄功，一面飛轉劍光，繞護全身，四外搜尋敵人蹤跡。輕雲、易靜也雙雙趕到。

易靜閱歷雖較英雲為廣，竟也未看出紅雲的來歷。一見英瓊劍斬妖婦，為紅雲所困，便一同衝殺上前。輕雲青索劍剛剛飛起，易靜微聞異香，估量紅雲中含有毒氣，連忙屏息凝神，手揚處，「滅魔彈月弩」發將出去。

一團光華剛射入紅雲之中，爆裂開來，便聽有一妖人大喝道：「來者便是峨嵋門下，如此欺人，我等還去則甚？他們倚仗紫郢、青索雙劍，我等不可輕敵，且稟告師尊去！」又聽那十多個同黨齊聲喝道：「瞎了眼的無知賤婢，休得逞能，如無膽量，莫要追趕，我等去也！」說罷，聲息寂然。

這時滿地紅雲甚是濃厚，看不見妖人的蹤跡。英、雲二人因恐為邪香所中，業已雙劍合一，輕雲又將「天遁鏡」取出運用，只管上下衝突，掃蕩妖氛。

易靜道高人膽大，見紅雲來得異樣，與別的妖法不同，雖經自己發了一「滅魔彈月弩」，可是那些被震裂的妖雲仍是成團成絮，略一接觸又復凝在一起，聚而不散。除了英、雲合璧的雙劍還能衝裂得五零四散外，連「天遁鏡」的光華也只能逼開，不能消滅，心中好生驚異。一聽妖人要走，暗忖：「英瓊小小年紀，竟能直入敵人群裡，劍誅首惡，如今敵人仗著妖法護身，看不見影子，何不也顯顯神通？縱不能將敵人全誅戮，好歹也殺他兩個！」想到這裡，將身藏七寶取出備用。

哪知來人恨三女到了極點，不過深知雙劍厲害，無法傷害她，又恐紅雲為三女破去，萬分不已，才準備全師而退。

易靜這一念貪功，恰好授人以隙，為首妖人正率眾退卻之際，忽見對面一女從法寶囊內取出一件形勢奇特的寶物，金光閃閃，正在施為，忙取出一根「太白刺」，照易靜下半身打去。接著，將手一揮，率領一干同黨一面收轉火雲，竟往來路上遁去。

那「太白刺」從千年刺蝟身上長刺中抽出，經過紅髮老祖多年修煉，分給眾門人作防身之用，中在人身上，不消多時，便遍體發熱，毒氣歸心，人如癱了一般，不能醒轉。

幸而易靜久經大敵，身帶靈藥異寶甚多，又長於諸般禁制之術，當她手中拿著法寶正要發放，忽見一絲白光朝腿上射來，知是敵人用法寶暗算，躲避不及，連忙運用玄功，一鼓真氣，迎上前去。兩條腿堅如鐵石，那白光也剛巧飛到，左腿著了一下，因得事前機警，敏於應變，就勢用擒拿法一把抄起一看，乃是一根其細如針、其白如銀、約有尺許長短的毒刺。雖沒深進肉裡，左腿浮面一層已覺火熱異常。

當下顧不得再使法寶，一面行法護身，以防敵人再有暗算，一面取了一粒丹藥嚼碎敷上。再查看敵人蹤跡時，匝地妖氣倏地升起，似飛捲殘雲一般，團團滾滾，往前飛去。最前面紅雲簇擁之中，隱現著一夥執長旛的妖人，已然遁出老遠。心中大怒，見英、雲二人尚未發覺敵人在妖雲邪霧掩蓋之中遁去，還在運用雙劍和「天遁鏡」掃蕩殘氛，連忙喝道：「妖人已逃，我等還不快些追去！」一言未了，英、雲二人也看出妖人逃走。

易靜吃虧，三人更是大怒，一縱遁光便追上去，三人只顧窮追，也沒留神前面是什麼所在。三人遁法不比尋常，比較妖雲要快一些，追了有好一陣，快要追上。

英瓊忽想起適才追趕妖婦尚只辰巳之交，神鵰佛奴並未跟來，途中還彷彿聽見牠長嘯之聲，因為殺敵在邇，也未留神。日已平西，又追了不少的路，不知佛奴為妖火所傷，究竟有無妨害？英瓊心剛一動，猛一眼看下面叢崗複嶺，水惡山窮，峭壁排雲，往往相距腳底不過咫尺，但那最高之處竟要飛越而過，不由脫口喊了聲：「好險惡的山水！」

輕雲與英瓊俱極少往來苗疆一帶，聞言只朝下看了一眼，也未在意。易靜卻被這句話提醒，往下一看，不知何時已行近苗疆中洪荒未闢的地界。想起那夥妖人俱是苗疆的裝束生相，自己幼隨師父修道多年，各派有名望的散仙劍仙會過的頗多，只有紅髮老祖未曾謀面。久聞他乃苗疆異派中鼻祖，不但道法高強，極重恩怨，更有「化血神刀」、「五雲桃花毒瘴」和許多厲害法寶，輕易招惹不得。那夥妖人說不定便是他的門下，這事還須仔細些方好！

易靜剛一有了戒心，還未及招呼英、雲二人，忽見妖雲前面一股子紅光，有大碗粗細，直上重霄，約有數百丈高下。晃眼功夫，忽然爆散，化為半天紅雲，與所追妖雲會合，直落下去。紅光映著半邊青天，和新升起又圓又大的新月，愈顯得其赤如血。這時兩下相距本近，三人雖在觀察應變，遁光並未停止。還沒有半盞茶時，紅光紅雲俱都斂盡，飛行中忽聽下面眾聲吶喊：「大膽賤婢，速來納命！」

三人低頭一看，下面乃是一個葫蘆形的大山谷，口狹腰細，谷底極大，盡頭處是座危崖。崖中腰有一個又高又大的怪洞，洞前平地上，妖人平添了兩三倍。先進的一夥居前，各人手持旛幢排開；中間是兩短排，各持刀叉弓箭；後面又是一長排，有的臂繞長蛇，有的腰纏巨蟒，個個紅巾包頭，形式恰是一個「離」卦象，也分不出何人為首。

三人看出敵人佈陣相待，已然追到人家門上，就此望塵卻步，未免不是意思。易靜和英瓊俱以先下手為強的主意，按遁光往下一落，見敵人筆直站在各部位上，毫無動靜，只當中第一人舉手喊了一聲，二人的飛劍早長虹電掣發將出去，輕雲在後看出敵人聲勢太盛，未必能操勝算，不得不多加幾分小心，一面飛劍相助，一面忙把「天遁鏡」朝前照去。

三人飛劍剛一近前，忽見敵人陣後厲聲大喝道：「原來是朱矮子主使你們來的！爾等且退，待我親去擒住三個賤婢，再與她們師長算帳！」

說時一片紅光閃近，所有敵人全都不見，只現出一個面赤如火、髮似朱沙、穿著一身奇怪裝束的苗人。方一照面，便有一道紅光從衣袖間飛起，赤虹夭矯，宛如遊龍，映得附近山石林木都成一片鮮紅，光華電射，芒焰逼人，比起英雲二人的雙劍正也不相上下！

這怪人一出現，再加上兩道紅光，休說「女神嬰」易靜，便連英、雲二人也看出來人是紅髮老祖！知道不是好惹，俱都心驚著忙。英、雲二人又知道此番峨嵋開山盛會，請外教群仙，便有此人。暗忖：「事已至此，如果釋兵相見，對方定然不肯容恕。倒不如以錯就錯，給他一個裝著不知，微一抵禦，便即抽身遁走比較好些。」想到這裡，互相朝易靜一使眼色。

易靜早看出厲害，明白二人心意，便大聲道：「無知妖苗，擅敢與崇明島妖婦蒲妙妙朋比為惡，今日如不將爾等如數掃蕩，決不回去！」一面指揮劍光應戰，暗中卻將七寶取了兩件到手，準備施為。紅髮老祖自以為那把「化血神刀」天下無敵，雖聞紫郢、青索雙劍之名，並未見過，及至交手，才知果然奧妙無窮，「化血神刀」有相形見拙之勢！不由大怒，將手朝紅光一招，一口真氣噴將出來。那紅光立時分化，由一而十，由十而百而千，變成了無數的紅光，電捲濤飛，朝三人包圍上去。

英、雲二人喊一聲：「來得好！」收了「天遁鏡」，各將手一招，身劍慢慢合一，化成一道青、紫二色的長虹迎上前去。雙劍合璧，平添了若干威力，飛入千萬道虹光叢中一陣亂攪，幻成漫天彩霞，轉眼功夫，紅光益發不支。

紅髮老祖一見大驚，知道再延片刻，便要為雙劍所破，暗恨賤婢竟敢到妙相巒上門欺人，看在你師長們分上，只打算生擒爾等送往峨嵋問罪，你卻如此可惡！想到這裡，頓生惡念，準備收回飛刀引三人追入陣地，發動「六陽真火」煉成灰燼！

他這裡剛把手朝空中一指，紅光如萬條火龍紛紛飛墜。滿擬三人劍光隨後追來，便可下手，不料三人早有一番打算。這時一見紅髮老祖一面收轉「化血神刀」，口中卻在掐訣念咒，向陣地上禹步作法，知要誘敵入陣。易靜先將身一起，迎著二人劍光，倏地現身喝道：「窮寇莫追，還不一同回山覆命，等待何時！」大家立時會合一處，向來路遁去。三人遁光迅速，得勝反退，出乎敵人意料之外。

易靜小心過甚，知道紅髮老祖定要隨後追來，未必能以脫身，一面速退，手中的「滅魔彈月弩」連同一粒「除邪九煙丸」，早先後朝著紅髮老祖打去！

紅髮老祖見有一團茶杯大小、碧熒熒的光華打來，未看出那是什麼寶物，冷笑一聲，將手一指，一團雷火迎上前來。滿擬這不似雙劍般神妙，不過是件尋常法寶，一下便可炸開，無足輕重，並未放在心上。雷火發出了手，目光仍注定空中，口裡一聲號令，把手一揮，適才陣地上站定的數十個門徒剛剛現出身來，那團雷火與碧光相撞，霹靂一聲，碧光立時爆發。只聽一陣「嘶嘶」之音，碧光裂處，化為九股青煙，像千萬層濃霧自天直下，籠罩天地，前面只是一片青濛濛的煙霧，將敵人去路遮蔽，什麼也看不見。

紅髮老祖聞見一股子奇香刺鼻，猛想此煙厲害，忙將真氣一屏，大喝：「眾弟子速運玄功，收閉真氣，不可聞嗅，待我破它！」言還未了，前排持旛的門人已聞著香味倒了好幾個。氣得紅髮老祖咬牙切齒，二次將「化血神刀」飛起，化成一片火也似的光牆，打算去阻住青煙侵人，又把兩手一陣亂發，斗大雷火連珠也似朝青煙中打去，霹靂之聲震得山搖地動，那青煙果然被震散了許多。

這些事差不多都是同時發作。說時遲，那時快，紅髮老祖雖然法力高強，因為事均出於倉猝，先前又未安心施展毒手，所有法術法寶均未使用。及至積忿施為，已是無及。加上對方臨變機警，動作神速，處處都是急不如快，所以上了大當！

當第一團雷火震散青光之際，紅髮老祖聞了一點異香，雖然警覺得早，畢竟也受了點害，兀自覺著頭腦有些昏眩。這時一面忙著亂發雷火去破敵人青煙，一面還在想化身追敵。誰知「化血神刀」和手中雷火剛發出去，猛又見紅光雷火中飛來一道光華，業已近身！

紅髮老祖大吃一驚，忙將元神振起，身子一偏，避開胸前要穴。一聲爆響，左臂竟挨著了一點，幾乎齊腕打折！那光華斜飛過去，又中在身後一個心愛門人身上，狂嘯一聲，倒於就地。等到元神飛上重霄，一查敵人蹤跡，星河耿耿，只絕遠天際似有一痕青紫光華飛掣，略看一眼即行消逝不見，哪裡還能追趕得上！只得飛身落地，救治受傷門人，連遭傷敗，益發暴怒如雷，痛恨峨嵋到了極處！

原來先前那一夥苗人乃是紅髮老祖弟子。紅髮老祖接了峨嵋請柬，本想親身前去參預盛會，因聞「妖屍」谷辰元神漏網以後，新近又遁入苗疆蚩尤山一帶極隱僻之處潛伏。自己自從三仙二老收拾綠袍老妖以後，準備在苗疆獨創宗教，大開門戶，已將各處洞府連同眾門人修道之所一齊打通，方圓有數千里地面。

紅髮老祖恐遠遊峨嵋，無人坐鎮，「妖屍」谷辰前來侵犯。師徒商量，決計自身不往，只選了十二個道行較高的門人前去送禮觀光。

這十二名弟子之中，為首的叫雷抓子，和鳳四姑相識已久，私借紅髮老祖寶鼎，正擬索回，英瓊、輕雲等三人已追蒲妙妙下來遇上，雷抓子傷了易靜一下，才引得二人直追到苗疆去。

且說易靜、英瓊、輕雲三人，一見對方是紅髮老祖，無心冒犯，後悔已來不及。心想與其被他擒住受辱，還不如回山去自受處分要強得多。「女神嬰」易靜仗著自己闖禍是在來拜師以前，或者不會受責，當時只顧脫身逞能，連用法寶傷了紅髮老祖和許多門人，並未計及日後利害輕重，及至三人駕遁光逃出老遠，回顧沒有追趕，大家略按遁光歇息時，易靜才和英、雲二人說起。

英、雲逃時匆促，尚不知此事，聞言大驚道：「易姊姊你闖了大禍了！這紅髮老祖量小記仇，和本門好幾位師長有交，掌教師尊此時還下帖請他。我們上門忤犯，亂子已是不小，單單逃回，還可說事前不知。我們已然遁走，還回手用法寶傷他，他雖異派旁門，總算是以下犯上，太說不過去。我想他如就此和本門為仇，不去峨嵋還較好一些。他如能隱忍，逕去赴會，當了老幼各派群仙質問掌教師尊，訴說我們無狀，姊姊這時還算客，尚不妨事，我二人至少也得受一場責罰，豈非無趣！」

易靜臉上一紅，尚未答言，英瓊答道：「周姊姊想是和大師姊常在一起，受了薰陶，潛移默化，無一件不是萬般仔細，惟恐出錯！天下事哪怕得了許多？你只顧事事屈著自己說，卻不想當時易姊姊如不施展法寶將他打傷，照紅髮老祖的行徑和法力，豈能不追我們？要是一個不小心被他趕上擒了去，受他一場責辱，押著我們往峨嵋一送，那時丟人多大！與其那般，還不如死呢。既說抵敵，為的是脫身逃回，誰保得住動手不傷人，我們吃了虧，也還不是白吃麼？」

易靜笑道：「畢竟李姊姊快人快語，師尊如果責罰，紅髮老祖乃我所傷，我一人領責便了。」

輕雲道：「我們既在一處，禍福與共，錯已鑄成，受責在所不計。那紅髮老祖原非善類，因以前『追雲叟』白師伯夫婦甫成道時，曾在苗疆受了桃花瘴毒，蒙他無心中相助。屢次苦勸，方行棄惡歸善，又給他引進『東海三仙』與許多前輩師長，由此化敵為友。論道行，他乃苗疆劍仙中開山祖師，門人眾多，非同小可。我們這一與他成仇，豈不是從此多事，連累師長們操心麼？」

英瓊道：「事已至此，說也無益，適才不見佛奴追來，想必受傷沉重。牠獨留崇明島，莫不又遇見別的妖人，我們快尋牠去。」

輕雲道：「你休小覷佛奴，牠已在白眉禪師座下聽經多年，自從做了你的坐騎，多服靈藥仙丹，更非昔比。近來我看牠已不進內食，想是脫毛換骨之期將到，故有這一場火劫。適才見牠雖受重傷，仍能飛翔，依我看牠必能為自身打算，不會仍在崇明島，我們走後，定已飛回峨嵋了。」

英瓊終不放心，仍強著輕雲、易靜，繞道往崇明島一行。剛剛飛起空中行了不遠，忽見正西方一片祥光，疾如電馳，從斜刺裡直飛過來，彩氣繽紛，迥非習見，連易靜也看不出是何家數，來勢甚疾，不知是敵是友。方在猜疑，那祥光已從側飛到。

英瓊見光霞圍繞中現出一個高大僧人，朝著自己把手一招，便往下面山頭上落去，不禁狂喜萬分，顧不得再說話，跟著朝下飛落，斂遁光拜倒在地，抱著那僧人的雙膝，淚如泉湧，兀自說不出話來。

易靜、輕雲見英瓊朝那僧人追去，忙也跟蹤而下。輕雲見了這般情狀，已然猜出來人是誰。

第三回 幻波仙池 須彌神障

輕雲正要上前相見，忽聽那僧人含笑說道：「瓊兒，我隨你白眉祖師已得了正果，早晚飛升極樂。便是你也得了仙傳，異日光大師門，前路正遠。我父女俱是出世之人，怎還這般情癡？我此次和你相見，原出意外，別久會稀，正好快聚兩日，只管哭他則甚！」

正說時，輕雲已上前跪下口稱「伯父」，一面招呼易靜上前拜見道：「這便是瓊妹妹的令尊李伯父，現在白眉老禪師門下。」

易靜早知不是常人，聞言益發肅然起敬，忙即上前拜倒。原來那僧人正是本書開頭所說的李寧。

二人上前拜見之後，英瓊眼含清淚哭問：「爹爹怎得到此？」

李寧道：「我近來獨在一處，靜養參修，本沒想到能和你們相見。今早做完功課，恩師座下神鵰飛來，啣著師父法旨。說今日是黑鵰佛奴脫毛換體之際，現在崇明島身受火劫，我帶了天地功德水先去為牠淨身洗骨。到了崇明島一看，你們已然去遠，黑鵰早得白鵰預告，存心犯此重劫，等我前去相救，並未走開。當時我帶了佛奴飛往離此百餘里的依還嶺上，替牠剪毛洗髓，赴會以前，準可換了毛羽復原。適才山頂閒眺，運用慧目神光查看，特地追來相會。此時你姐妹二人可隨我去依還嶺小聚一二日，等佛奴傷癒復原同往峨嵋也還不遲。只不知易道友可願同去？」

易靜久聞白眉和尚是近數百年第一神僧，李寧是他傳授衣鉢的門徒，又是英瓊之父，知道此去必然還有緣故，連忙恭身答道：「老前輩盛意見招，哪有不去之理。」英瓊、輕雲二人自然更無話說。

李寧便命三人站好，大袖揮處，一片祥光瑞靄，簇擁著騰空而起。三人俱都驚羨佛法精奧，比起玄門道術又是另一番妙用。百餘里途程頃刻之間便到，祥光飛近嶺半便即落下，一同步行而上。

三人見那依還嶺正當峨嵋歸途的西南方，伏處深山之中，並不見怎樣高。滿嶺盡是老檜松柏楩楠之類的大木，鬱鬱森森，參天蔽日，奇花異卉，遍地皆是，加以溪谷幽奇，岩壑深秀，珍禽稀獸，見人不驚，端的是一座靈山勝域！李寧率了三人，且行且說：

「此嶺為西方十七聖地之一，僻處苗疆萬山之中，四處都是崇山惡嶺包圍，更有數千里方圓的原始森林隔斷，人入其中，縱不迷路，也為毒蛇野獸所傷。再加環山有一條絕澗，廣逾百丈，下有千尋惡水，便是猿猱也難飛渡。只有我們所走的這條來路，為南來入嶺捷徑。可是這條路上盡是沼澤，澤底汙泥，瘴氣極毒，終年不斷。所以自古迄今，常人竟無一個可以到此。百年前有一女子在此嶺上修道，因為她是人家棄嬰，為靈獸銜上嶺來撫育，後服本山所產靈藥成仙。生無名字，便以嶺名做了道號，人稱『依還神姑』，飛升以後，所造遺跡甚多。」

英瓊、輕雲、易靜用心聽著，李寧又道：「那神女修道的洞府深藏在嶺頂幻波池底，外人不知底細，定難進入。幻波池關係甚大，異日你們定然還要再來。今借佛奴脫體之便，一則使你們先行認清出入道路，好為異日之用；二則池底洞中藏有神女遺留的『毒龍丸』，乃古今最毒烈的聖藥，專能降妖除怪，異日頗有大用。但是神女遺偈，取丹須是女子方能如願到手。你們少時取了這『毒龍丸』，還可將池底神女所植的十二種靈藥仙草連根移植回去，豈非妙絕！」說時，已達嶺頂。

那嶺原是東西橫亙，長約數十里，就只當中隆起如墳，最高最大。英瓊到了上面，一路留神細看，並未看見佛奴蹤跡，正開口想問，耳聽泉聲淙淙響個不絕，彷佛就在近前，四面一看，卻找不著水源在哪裡。

這時已走出一片樹林以外，正當嶺的中心地帶，眼看前面生著一大片異草，綠波如潮，隨風起伏不定。李寧忽然笑道：「我們已然到了幻波池邊了，你覺得看不見佛奴影子，心中奇怪麼？我們慢慢下去，好讓大家見個仔細。」說罷，將手往那片異草中心一指，那草便往池底陷落下去。

眾人飛身上面一看，只見離頂數丈之間，清波溶溶，雪浪翻飛，從四外奔來，齊往中心聚攏，現出一個數頃方圓的大池。原來那地方是一個大深穴，適才所見異草乃是一種從未見過的奇樹，約有萬千本，俱都環生穴畔，平伸出來，互相糾結，把穴口蓋沒。除當中那一點較稀外，別的地方，都被樹幹纏繞得沒有絲毫空隙。樹葉向上挺生，萬葉怒發，每葉長有丈許，又堅又利，連野獸都不能撞入，休說遠處看不見下面有池，便是近看也只能看見些微根幹，眾人俱都稱異不已。

（注：幻波池是本書一大情節，後方有大量篇幅敘述，詭異絕倫，這裡是幻波池首次出現，池外地理環境、風景、入口處的情景，描寫十分詳細。）

李寧道：「真正奇景還在下面呢！」說罷，又朝下面池水左側浪波較平之處一指，那池倏地分開，現出一個空洞，望下去深幾莫測。英瓊這才率領眾人由水空之處飛身而下，約有數百丈深方行到底。

英瓊等抬頭往上一看，那池竟凌空懸在離地數百丈的空隙，波光閃閃，一片晶瑩。細一觀察，才知穴頂一圈俱是泉湯，因為穴口極圓，水從四方八面噴出來，齊射中央，成了一個漩渦，然後化成一根大水柱直落千丈，宛如一根數百丈長的水晶柱，上頭頂著一面大玻璃鏡子。

那穴底地面比上面要大出好幾倍，有五個高大洞府齊整整分排在四圍圓壁之上。池底中心水落之處是一個無底深穴，大約數丈，恰好將那根水柱承著。所以四外都是乾乾淨淨的，並無氾濫之跡，再加地平如砥，四壁石英雲母相映生輝，明如白晝，越顯得宇宙之奇，平生未睹，益發讚妙不止。

李寧道：「這裏五座洞府，南向一洞為聖姑生前修道之所，此時尚不能入內。西洞煉丹爐鼎所在，她飛升之際，此丸剛剛第一次煉成，尚未開爐便即化去。那十二種仙草也在其內，此洞與其餘三洞相通，關係日後不小，大家務要留心，以為異日之用。佛奴現正在丹爐上面養傷，大約再有一日便可痊癒了。」說罷便率眾人往西洞走去。

眾人先見五洞五樣顏色，因為只顧看那水幕晶柱，未甚在意。這時走進南洞，見那洞門質地頗似珊瑚，比火還紅，上面有兩個大木環，雙扉緊閉，英瓊上前推了兩推未推動。及至走向西洞一看，形勢大略相仿，兩扇洞門金光燦爛，上面有兩個黑環。洞門俱關嚴絲合縫，如非門色與石色不一樣，幾似通體渾成。

李寧笑道：「你們雖然道法深淺不同，俱都得過仙人傳授，這門曾經聖姑封鎖，可有打開之法麼？」

易靜平日雖頗自恃，聞言知非容易，惟恐萬一出醜，輕雲更是謙退，俱不作聲。英瓊和慈父重逢，早就喜極忘形，聞言便答道：「女兒先推那紅門沒有推動，今番且來試試。」

李寧笑道：「瓊兒畢竟年幼無知，你看兩個姊姊道法俱比你高，均未說話，只你一人逞能。試由你試，但是不許你毀傷這洞門。」

英瓊原想紫郢劍無堅不摧，打算齊中心門縫來上一劍，一聽不准毀傷，便作難起來。

李寧又道：「此洞須留為異日之用，並且內中還有層層仙法埋伏，休說不可妄為，欲加破壞，你易、周二位姊姊哪個沒有法寶仙劍，還能輪到你麼？你夙根秉賦無一不厚，只是涵養還差。此番開府盛會以後，教規愈嚴，門下弟子不容有絲毫過犯，你殺氣太重，凡事切忌魯莽，以免有失，悔之無及！」

英瓊聞言，便停手不前，只管望著乃父嘻嘻憨笑。口稱：「女兒謹遵不敢忘記！」李寧這才走上前去，先對著那門恭身向南默祝了兩句，然後伸出左手三指捏著門環輕敲了兩下，將右手一指，一片祥光閃過，便聽門上起了一陣細樂。

那兩扇三丈多高大的金門徐徐開放，李寧在前引導，走進洞去。眾人見那頭一層石室甚是寬大，室中黃雲氤氳，僅能辨物，李寧走到盡頭，拉著壁上一個金環往懷中用力一帶，再往右一抵，忽覺眼前奇亮，一陣隆隆之音，當中三丈多高的一塊長方形石壁忽往地下沉去，進門一看，乃是一個與門一般大小的曲折甬道。頂上一顆顆的金星往前直排下去，每隔二三丈遠必有一個，間列甚是整齊。金光四射，耀眼生花。

行約七里，才行走到第二層洞府的壁前，那門比頭一層要矮小一半，門黑如鐵，上有兩個木環，李寧如法施為，祥光閃過，門即開放。眾人見那門寬只四五尺厚，恰似兩根石柱一般，也不往內開，竟向壁間縮了進去。入內一看，比頭層還要高大出約兩倍，四壁盡是奇花異草，正當中設著一座大丹爐。

英瓊急於要見神鵰佛奴，正待趕奔過去，忽聽李寧道：「瓊兒先莫忙，將這兩條路要看明了，省得明日走時匆忙，有了貽誤！」

李寧說著，便指著那縮進壁中的兩扇方門道：「這門設有聖姑的仙法，不知底細的人固然不能關閉，即使知道運用，能開能放，絕不能使其平開平放。那兩條要道均在兩扇門裏。且待我用金剛大力神法試他一試。少時我如將門抵住，你和輕雲可由門中入內。約進二尺，朝內的一面便現出一個尺許寬的小門，與門的空處恰好合榫，一些也錯不得！只一錯過少許，任是天上神仙也難出入。我行法頗費精力，你二人分頭進去，得了通入別洞的要道，急速回來，不可深入，以免我支持不住，將你二人關閉在內。易賢侄女如願去，可與瓊兒一路。」

李寧囑咐已畢，走向門中盤膝坐下，兩手掐著靈訣，朝著兩旁一抬一放，那門便朝中央擠來。李寧忙將兩掌平伸，一邊一個將門抵住，閉目合睛打起坐來。

二人見那門心離地尺許，果有一個人高的洞。輕雲向左，英瓊向右，易靜跟在英瓊身後，三人分兩路入內。輕雲進有二尺，壁上現出尺許寬的一扇小門，裡面黑洞洞的。因恐時候久了不便，索性駕起遁光前進，那路又狹又曲折，飛行了一陣，漸行漸高，忽見前面有了微光，進去一看，已達一間石室之中。

那室四壁漆黑，約計高出地面已有數十丈，奇香襲人，四壁黑沉沉、空蕩蕩的。劍光照處，只見當中一座長大黑玉榻，上面平臥著一個羽毛星冠的道姑，美秀絕倫，安穩合目而臥，神態如生，甚是嫻雅，那微光便從道姑頭上發出。輕雲猜是聖姑遺蛻，忙躬身施禮默祝，道了驚擾。

正要近前細看，忽見道姑星眸微啟，瓠犀微露，竟似回生一般，緩緩坐了起來！

輕雲雖然久經大敵，不覺也嚇了一跳，忙往後退了兩步，那道姑也隨著臥倒，似這樣三起三落，輕雲知道聖姑不願人近前，方在遲疑進退，忽聽一聲長嘯，似龍吟般起自榻底。陰風大作，四壁搖搖欲倒，猛想起李寧來時之言，不敢久停，慌不迭的回身遁走。

一路加急飛行，暗中默記道路，不消片刻，已達門外。恰巧英瓊、易靜也同時由對面遁光飛出，再看李寧面色已不似先時安閒，頗有吃力神氣。三人剛一飛入門內，李寧倏地虎目圓睜，大喝一聲，一道祥光閃過，接著便聽叭的一聲大震，兩扇門業已合攏。

李寧道：「我只當豔屍玉娘子崔盈還未煉體復元，怎知適才元神分化進內，妖屍已可起身了！」

輕雲驚問道：「李伯父，莫非侄女適才所見，並非聖姑遺蛻麼？」

李寧道：「聖姑遺蛻藏在中洞，雖可相通，尋常人怎能到得？那具豔屍便是我所說的『玉娘子』崔盈，是左道中數一數二人物。百年以前，因來此洞盜寶，為聖姑太陰神雷所殛。」

李寧道：「還算『玉娘子』事前預有準備，人雖死去，元神不曾受傷。她因捨不得那臭肉身，又想借著這洞天福地躲去一重大劫，率性留守在此，早夜將元神附著死體虔修，靜等兩甲子後復元，佔據此洞，為所欲為。如今歷有百年，身子已能起坐，再有一二十年便可重生了。適才如非賢侄女逃遁得快，只一被她元神迷住，你便失了本性，甘為她的爪牙，萬劫不復了。我起初只聞人言豔屍被禁在此，不知深居何處，如非一時觸動靈機，分神入內觀察，也難知底細呢！」

英瓊道：「以爹爹的法力，何不趁著她未成氣候以前，帶了女兒與二位姊姊合力將她除去，豈不是少卻許多後患麼？」

李寧道：「瓊兒你哪裡知道，此事關係群仙劫運，如能弭禍無形，還用你說麼？」

輕雲要問英瓊、易靜入門所見，英瓊猛想起佛奴尚未見到，忙往室中火鼎前跑去。李寧、輕雲、易靜跟著走到爐側。李寧先命三人跪下虔誠通白，才將手一指，一片神光將鼎蓋托起，李寧便命三人快快取丹。

三人見爐火中托著一朵青蓮，曇花一現般頃刻消逝，聞得鼎內異香撲鼻，比起先時所聞還要濃烈。各將身劍合一，飛入鼎內一看，適才花現處有一隻碧玉蓮蓬立在鼎的中心，內中含著蓮子大小的十二粒丹藥，每人拾起四粒，李寧便吩咐不可搖動那碧玉蓮蓬，大家速速退出。

三人依言出來，英瓊上下四顧，未見佛奴身在何處。忍不住又要問時，李寧道：「我先不知豔屍所在，恐她暗中走來加害佛奴，已用佛法隱過，待我收法，你們就看見了。」說罷，朝上一指，又是一片祥光閃過，只見佛奴果然高懸在上面，離地約有四、五十丈。周身毛羽業已落得淨盡，僅剩一張白皮緊包著鋼身鐵骨，閉目倒掛，狀如已死，神態狼狽至極。英瓊連喊兩聲「佛奴」，才微抬了抬眼皮。漫說英瓊見了傷心落淚，便是輕雲也惋惜不置。

李寧笑道：「癡兒，這正是牠的成道關頭，你不替牠喜歡，卻哭什麼？牠已服了靈丹，伐毛洗髓，如今正在斂神內視，明日此刻便換了一身白毛，與你師姊座下白鵰一樣的靈異了。」

英瓊定睛往上一看，佛奴身上果如輕霜也似薄薄的生上一層白茸。雖知乃父之言絕不會差，佛奴已是轉禍為福，終是有些憐惜，便想飛身上去撫慰一番。

李寧攔道：「佛奴生有至性，牠此時正當養性寧神緊要關頭，不可便去擾牠，明日便可功行圓滿，何必忙在這一時？待我行法將這爐鼎神火重行燃起，助牠些力吧。」英瓊只得戀戀而止。

李寧吩咐三人隨意遊散，逕自走向爐鼎後面盤膝坐定，口宣佛咒，兩手合掌搓了兩搓，然後朝著爐中一放，便聽爐鼎中有了風火之聲，一朵青蓮花似的火焰冉冉升起，離鼎約有丈許高下止住不動，再看李寧，業已瞑目入定。

輕雲見側洞不遠橫著一條玉榻，甚是寬長，形式奇古，便拉了英瓊、易靜二人坐下，重問適才右壁探路之事。才知英瓊、易靜二人也和輕雲一樣，由李寧指示的門心仄縫裡飛行而入，初進去時的門戶道路俱和輕雲所經之路差不多，不過經了幾個轉側之後，漸聞地底波濤之聲，洋洋盈耳，路盡處也有一扇小門，出去一看，面前頓現出一片奇景。

那地方大約數百畝，高及百丈，四壁非玉非石，乃是一種形如石膏、白色透明的東西凝結而成，內中包含著千萬五色發光的石乳，大小不一，密若繁星，照得合洞透明，纖塵畢睹。地面坦平若鏡，光鑑毫髮，卻有許多石乳石膏到處湧起，經了一番人工，就著膏乳原形加以鵰琢斧修，成為許多用具。如同几案、屏風、雲床、丹灶、飾物鳥獸之類，猿蹲虎踞，鳳舞龍蟠，樣樣明潔如晶，映著四壁的五色繁光，眩為異彩。再尋那水聲發源之處，乃是洞中心一個畝許方塘。那塘甚深，塘中雲霧溟濛，波濤澎湃，激成數十百根大小水柱，直上塘邊，水花亂滾，珠迸雪飛，景尤奇絕。

二人正自留連觀賞，易靜猛一眼看到近洞的壁上面有好些處地方水光閃閃，流走如龍。仔細一看，想起下來時所見幻波池奇景，不禁恍然大悟，便和英瓊說了。

英瓊隨她所指處一看，再一聽解說，也自把疑團打破。原來這裡石壁俱都有縫，可通上下，那十畝方塘便是幻波池的水源。從洞頂幻波池中心直落千里，下入深穴，流向潭中。因著天然形勢，再經當初洞中主人苦心佈置，用絕大法力壓水上行，由各處石縫中萬流奔赴，直射到上面幻波池四外的那一圈發水口子，使其奪關噴出！

這四外的水飛出數十百丈，射在中央，力絕大又極平勻，所以上下看去只見白茫茫一片。那四外的水到了中央此激彼撞，經過一番排盪迴旋，才成了一個絕大漩渦引著那股子洪瀑下臨。上面的人以為是一個大水池子，下面的人又疑池在上面被一根擎天水柱托起。那水落到深穴以後，便歸入這個方塘裡面，重行往上噴射，循環往復，永無休歇，真真巧奪天工，奇妙到了極處！

（注：幻波池的奇景，必須字字細看，然後才能在心目中湊出一幅圖畫來。原作者所寫的，實是世上最宏偉的一座「水池」。）

二人讚賞了一陣，因為不可久停，還想有所發現。易靜因此來除將幻波池水源探出外，別的尚無所得，這洞中如此神秘，說不定珍奇寶物藏在塘中，為水所隔看不出。與英瓊一商量，決計一同辟水入塘查看究竟。英瓊天生好奇，自是贊同，當下便由易靜行法，各駕遁光，一同飛身穿波而下。

二人先以為塘中也和上面幻波一樣，誰知下面的水其深無際，二人下沉了百十丈還未及底。漸覺那塘竟是下寬上仄，下圓上方，大小相差幾數十倍。正降之間，猛見四壁有許多凹進去的深溝，一條極長而細的銀鏈，光色燦爛，橫拖在那裡，看不到頭，也不知有多少丈長短。英瓊心中奇怪，隨手抓起那鏈子，剛拉得一拉，耳邊忽聽李寧低喚：「瓊兒賢侄女速回，遲便無及！」

二人一聽大驚，知有變故，連忙捨了鏈子，飛身上塘時，四外波濤忽如排山倒海一般擠壓上來。二人雖有飛劍法術護身，也被撞得蕩了幾蕩。同時又見水深處有千點碧螢飛舞而上，二人哪敢怠慢，各運玄功，加急飛升。及至衝出波心一看，上面已是陰風怒號，怪聲大作，四壁搖晃，似要塌倒！百忙中窺見入口小門，剛得飛身出去，偶一回顧，小門已合，群響頓寂。仗著飛行迅速，雖然頃刻出險，因為來去匆忙，變生瞬息，聞警之時急於奪路逃回，經行之路並未記清。不似輕雲去時就處處留心，默識於心，以致後來二人三入幻波池時，費了許多手腳，此是後話，不提。

三人談了一陣，見四壁俱都植有奇花異卉，不下百餘種，因李寧入定，也未去取，互相觀賞品評，各人俱看中了好幾種。再看頂上青蓮光焰純碧，裡外通明，懸立空隙，甚是美觀，上面懸的神鵰，身上白茸毛已長了好些，英瓊自是心喜。

這樣過了有兩、三個時辰，李寧才行睜眼，將手往爐鼎中按了兩按，那朵青蓮便沉入鼎中，轉眼消滅，還了原質。李寧道：「佛奴經我用天池真水刷毛洗骨，筋髓皆寒，如無這座現成爐鼎和我本身元陽之火融精暖骨，復元決無這等快法。牠周身新毛已生，元氣已復，只須再隔一日夜便可長成。瓊兒如要看牠，此刻已無妨了。」

英瓊巴不得有這一句，忙即飛升頂上，到了神鵰身旁，手微一撫摸，那些新長的茸毛真是比雪還白，入手溫暖，柔滑異常，以前的鐵羽鋼翎早已脫落淨盡。

英瓊不禁把神鵰的頭摟在懷內，一陣心酸，落下淚來。神鵰見主人這等愛撫，也微睜二目，將頭連點，意似感激。一會輕雲、易靜也一同飛了上去觀看，英瓊還只管撫慰不休，直到李寧相喚，才隨了輕雲、易靜也一同降落。李寧道：「癡兒癡兒，似你這般情長，異日怎得容易解脫！」

英瓊笑問那些花草何時取走？李寧笑道：「這裡奇花異草雖多，異日凝碧仙府俱有，且勝於此。可供攜取的靈藥只有一十二種，此時勿急，而且取時也非容易，等到行時我自有吩咐。這裡共是五個洞府、九條甬道、八十七間玉房石室，除卻中洞是聖姑仙蛻所在外，北洞上層為豔屍潛踞，北洞下層為幻波池的發源。全洞命脈，埋伏重重，這兩處最關重要。你們三人已然去過，可一而不可再。餘如東、南二洞和那上下三層，五、六十間仙房石室，複道盤踞，盡多奇景。適才我恐你三人歷久涉險，分化元神，入內救護，以防不測，無意中得見壁間仙偈，那東洞中層竟是藏珍之所，當年聖姑封藏，留待有緣，你們既入寶山，豈可輕回。只是那洞三層通路俱有仙法封鎖隔斷，既不能仗著爾等仙劍法寶將它毀壞，好好進去又非容易，說不得我只好略存私心，仗我佛法相助入內了。」

英瓊道：「爹爹說我們進去要受驚恐，難道爹爹這麼高深的法力都不能破麼？」

李寧道：「你哪裏知道，聖姑生性最惡男子，直至成道化去時仍未能免除這點私見。洞中靈藥異寶俱都傳女不傳男。她所學不是玄門正宗，嬰兒成形脫體以後，只能遨遊十洲、絕跡飛行，介乎地仙之間，不能飛升紫府，證列天仙。現在上崑崙仙山、自本巖潛修，要煉過九百年後方遂飛升之願。只你師祖能以佛力助她減卻許多苦修，只我可以代求，有此一段因緣，我方能為你三人開路。至於洞裏險阻，全仗你三人同心合力相機應付，我不便一同入內，違背聖姑的本意！」

英瓊聞言，拉著李寧的手，面帶愁容道：「女兒和爹爹多時不見，夢裡都在想念，好容易才得相會，爹爹又說赴會之後便即回去。此別茫茫，不知何日重見，一想起就萬分難受，還有多少話均未顧說。適才為了入洞探路與救助佛奴，已耽誤了好多時候，不得隨侍爹爹說話。如今又要去耽延上大半天，明日回山，爹爹與許多師長們相見，不能與女兒多談。師長們都說女兒這口紫郢劍足稱無敵，爹爹同去尚可，既不同去，寶物有什麼稀罕？周、易二位姊姊入內取寶，女兒隨侍爹爹在外相候便了！」

李寧道：「此乃千載一時良機，不可輕易放過！裡面說不定有仗雙劍合璧之處，你怎能不去？你既有如此孝思，等到開府以後，只須多積內外功行，不愁沒有相見之日，何必重此半日之聚？」

英瓊不敢違命，見進來時的門戶已閉，便問道：「易姊姊說此門已難開了，我們去往東洞可打此門而出麼？」

李寧看了易靜一眼，笑對英瓊道：「畢竟易賢侄女道力見解都勝似你二人。以我法力，此門再開雖然比先前費事，尚非甚難。只緣左側豔屍已然警覺有人來此，我已用『大力金剛禪法』將此門封固。易賢侄女既能觀察隱微，足證道力，可還知除卻此門尚有其他出路麼？」

易靜恭身答道：「侄女適才聽周姊姊詳說探險經過，忽然想起侄女所經之路，所見之景。此洞外分五行，暗藏五相，通體脈絡相通，分明似一人體！此地西洞屬金，金為肺部，此門頗似左葉六塞之脈，出路必在右側旁通肺管之處。尋得此道繞向南洞心部，循脈道以行，便達東洞，不知是否？」

李寧讚道：「賢侄女來此不久，經閱無多，居然領會到此，異日成就，實未可量。我不願用法寶法力毀傷此壁，也是為將來有許多用處之故，這裡外面看去俱是石壁，所有道路可經人行者不下十數，全都暗藏壁內，你三人可各去尋來，看看你們眼力如何！」

英瓊、輕雲一聞易靜之言，早就往右側注視。見壁上石形雖然間有凸凹，卻是通體渾成，並無縫隙。這時再走過去推彈查看，毫無可疑之狀，一些看不出路在哪裡。以為易靜既然悟到，必能查出，及至一看易靜，也和二人一樣，說雖容易，行起來卻難。二人自知道淺，還未怎樣，易靜素來好勝，聞見李寧誇獎，意頗自負。自己見解既然不差，必可按圖索驥，誰知這等難法，好生內愧，急得滿面通紅！

李寧道：「不是你們眼力不濟，只緣不能有所毀壞，受了限制。兩洞人形是個臥象，你們再略為審詳部位，便可看出來了。」

易靜本就看出石壁滿是大小不一的磊塊，惟獨靠裏一面有一大片石壁墳起，圓拱平滑，血痕萬縷隱現其間。聞言忙奔過去用力一推。沒有推動，再兩手扳著朝裏一面的邊緣，試輕輕往懷中一帶。說也奇怪，那一片十來丈方圓，數萬斤重的石壁竟是隨手而起，拉開有二三尺遠近。英瓊、輕雲忙趕過去相助，三人合力，居然將那石移了開來，現出蓮房也似七個圓孔，最大的一個偏下約有三丈，其餘也可通入，不禁同聲歡笑起來。

原來那片大石正是門房，一則石體龐大，又經過聖姑神工修飾布置，嚴絲合縫，密如渾成，如非知道底細的人絕難看出。一則三人為壁間許多奇形怪狀的磊塊所惑，沒想到那大的石壁竟和門一般可以移動開閉。七個圓洞現出以後，三人覺著靠上面兩洞微微有光影閃動，寒氣侵人，不知何洞可以通行。

李寧走過來道：「這七個洞暗分日、月、五星。最上一洞乃是萬流交匯之路，中層斜列三洞，左右二洞一通中洞一通北上洞，已被封鎖。下層左右二洞，一風、一火，俱不可深入。只二層和下層居中兩洞的圓甬路，一個是由南洞去往東洞的曲徑，一個是明日我們啟行時的出路。我們此時且由這二層小洞中走去，我當先引路，所經甬路有幾處轉折和道路均與別洞相通，須要記住才好。」

李寧說著，一按祥光，逕往中層當中洞內穿去，三人也即跟蹤而入。兩洞相隔雖然不算甚近，四人飛行何等迅速，原本無須多時。但因此行一半為了探悉路徑，以備日後之用，加以甬路盤曲迂迴，李寧一手指點解說，時行時止，約有刻許工夫才將這一條黑沉沉的長甬路走完。

三人正行之間，見甬路盡處門間焰影幢幢，出去一看，乃是一個極高大的石洞，正當中有一盞倒掛的大燈，燈形頗似人心，由一縷銀絲繫住，從頂上垂將下來。上面發出七朵星形的火光，赤焰熊熊，照得合洞通紅。燈下面是個半畝方圓形如蓮花的水池，深約三尺，清可見底。內外石色俱是紅的，水色俱是清碧，細看綠波溶溶，彷彿是什麼液汁一般。

三人一問李寧，才知這洞便是南洞的主洞。李寧說：「池中所貯並非真水，乃是石髓。上面所懸『心燈之火』，便是吸取此髓而發。發出來的火焰又被此池吸收了去，如此循環不息，亙古常明。燈上面洞頂便是萬流總匯，聖姑用法術逆水上行，成為幻波池奇景，全仗此火之力，這裡也是全洞最緊要的所在。過去便是東洞藏寶之所，難關將到，你們務須仔細。少時你們行至甬道中見光之處，可將各人所帶法寶飛劍施展出來，護身前進，以防不測。我只能護送你們走完東洞甬路，便不能再進了。到了裡面危機四布，埋伏重重，後洞設有聖姑打坐的雲床，須去虔誠通白，萬不可隨意取攜。這些大半是我從遺偈中參詳出來，時日短促，無暇入定默察內中情景。至於何處有甚險難，尚無所知，全仗你們相機應付了。」

李寧囑咐已畢，三人俱都驚喜交集，兢兢業業，如臨大敵一般，隨定李寧往東洞飛去。這條甬路孔道是長方形的，還未進去便微聞遠遠狂飆怒號，如萬木搖動，驚濤飛湧，聲勢浩大。

甬路裡面更是酷寒陰森，黑沉沉的只是一片濃影。劍光照處，反映成綠色，人行其中，鬚眉皆碧。有時看見壁上俱是一根根又粗又大和樹木相似的影子，路徑迂迴甚多，上下盤曲，連經了好些轉折。

劍光迅速，一會便即通過那一條長甬路，飛出南洞側門之外，三人見那地方正是南洞的外層洞府，也是一間廣大石室，滿壁青光照眼。靠裡一面有三座洞門，當中洞門最為高大，兩旁較小。只左邊來路的一門開著，中門和右側門都雙扉緊閉，門是青色，門上各釘著兩個朱環，氣象甚是莊嚴。室中陳設頗多，形式奇古，大半修道人所用，也未及細看。

三人正待李寧開了中門入內，忽聞異香透鼻，令人心神皆爽。又聽李寧微微「噫」了一聲，回頭一看，見李寧從地下拾起一根殘餘的香木，餘燼猶燃，面現驚訝之色。英瓊忙問何故？李寧道：「我們來遲了一步，已有人先往洞中去了！」

英瓊驚問道：「爹爹佛法高深，這洞如此難開，又不為外人所知，難道事前竟未覺察麼？」

李寧道：「我雖能入定默察未來，但是功行還淺，非倉卒之間所能做到。此番奉你師祖之命，說此洞幽僻合用，可助佛奴脫毛換骨，方知這裏有許多奇景，來此尚是初次。此香乃東海無盡島千載沉香，看這燒殘異香尚未熄滅，來人絕非在我到以前來此，必是適才我們在西洞勾留之時到達。這人既知用異香向聖姑虔誠通白再行啟關入內，必已盡知底細，只不知他是何派中人，道力如何？你們此時進去難免與人爭執，來人如果有緣，必能懷寶而去，何必徒種惡因？如若無緣，他必被陷在內，不如還是多耽擱半日，由我參禪入定，察明了再進不遲！」

三人滿腔熱念，聞言不覺冷了一大半。先是面面相覷，不發一言，末後輕雲說道：「伯父之言，侄女等怎敢違背。只是適才伯父說過，聖姑遺偈明示，洞中取寶限於女子，來人既焚香通白，決非前輩女仙。當今正邪兩派中後起的女弟子有名者並無幾個，異派中更少，只有一個許飛娘是萬惡的根苗，寶物如為同派中人得去還好，萬一為此人得去，豈非如虎生翼，益發補長惡焰！依侄女之見，莫如還是伯父施展佛法，開了這門，由侄女等進去相機行事。來人如是妖邪一流，便將他除去，如是同道，侄女等也可借此多一番經歷。伯父以為如何？」

李寧忽然閉目不語，一會睜眼說道：「這事很奇怪，此時洞中的人乃是一男一女，非敵非友，已然陷困在內。雖然時間短促，不及詳查他的來歷，他既然犯了聖姑之禁而來，必然自恃，不是尋常人物。你們進洞須要量力而為，有得即退，不可貪多，免蹈前人覆轍。等到功成退出之時，如見那被困之人不能脫身，盡可助他出險，不必再問姓名來歷、是敵是友。你們各自準備，待我行法，此門大開，速即一同飛入便了。」

李寧說罷便朝著中門相隔三丈許站定，口宣佛咒，將手搓了兩搓，左手掐訣，右手一揚，隨手發出一股尺許粗細的祥光，由手往前逐漸放大，最前面光頭有丈許方圓，正照在門的中心。那光好似一種絕大的推力，照上去約有半盞茶時，那門漸漸露出一絲縫隙。接著便聽那萬木搖風，松濤怒吼之聲從門內傳將出來，比起適才甬道所聞勢益猛烈，轉眼間又射出一條青光，門已漸啟。這時已是到了緊要關頭，那門後也好似有一種絕大的推力與光力兩相牴觸，雙方互有短長，各不相上下。

李寧站在當地直似嶽峙山停的一般，右掌放光作出前進之勢，雙目如電，注視前面。眼看那門已被光力推開數寸，又往前合攏。似這樣時啟時閉了好幾次，有一次竟開有兩尺許寬仄，論理三人原可飛身衝入，偏生開得寬稀時，關閉起來也更速。

李寧又囑咐須俟門大開始時方可入內，英瓊、輕雲自然尊重李寧之言，不敢造次！

易靜雖然未便獨行，這半日功夫，對於李寧，因白眉和尚雖是名高望重，佛法無邊，李寧卻是成道未久。自己是個晚輩，恭敬之心則有，信仰之心卻不如周、李二人。及見李寧用祥光推門，半晌未曾大開，後來兩次門已露有一、二尺的空隙，還是不令進去，未免有些性急。心想：「門中厲害未必盡如李伯父所言，何必這般慎重！」不由又起了自恃之心。

正自等得煩躁，忽見李寧虎目圓睜，猛的將手朝前用力一推，那股子祥光頓現異彩，發出萬朵金蓮，如潮水一般朝前衝去。一片怒濤澎湃聲中，那門立時大開。三人俱是一雙慧目，也被光華射得眼花繚亂，正在驚顧之際，耳聽李寧喝道：「你們還不入內，更待何時！」

易靜聞言，用手一拉周、李二人飛入。二人也忙將身劍合一，疾同電馳，直往洞中衝去。三人身剛入內，雙門已合，輕雲稍為落後，幾被擦著門邊而過。雖未碰著，已覺出門上那股子青光的力量迥異尋常，不禁咋舌。低囑英瓊：「洞內埋伏必定厲害，我們能力較低，伯父那等叮囑，千萬不可逞強任性，不求有功，但求無過才好！」

英瓊自與老父重逢，喜出望外，進來並非所願，一心只想早些了完事，好出去與老父相聚，於洞中寶物並未怎樣看重。只因這一念孝思，不起貪念，免卻許多魔難。此是後話，不提。

且說「女神嬰」易靜，幼蒙父師鍾愛，出生未久便即得道，獨得師門秘授心法。後來奉命下山積修外功，縱橫宇內，從沒受過挫折，未免心驕氣盛，不把一干異派妖人放在眼底，遇上便隨意誅戮，終因在芒碭山用飛針刺傷了赤身教門下淫女隋精精，兩下結了仇怨，被「赤身教主」鳩盤婆用邪法困住，險些形神俱滅，萬劫不得超生。幸而遇救脫險，雖然經過一番重劫，除與鳩盤婆成了不解之仇外，平時盛氣仍未斂抑。等到苦心積慮煉成降魔七寶以後，益發有些自恃。這次進了幻波池南洞後，暗忖周、李二人只有那兩口寶劍，如論道法還差得遠，滿擬獨顯奇能，破了洞中埋伏，獨自將寶物得到手中，再行分與二人，到了峨嵋，面上也有光輝。所以一進洞，便獨自當先。

三人到了裡面，見四壁空空，耳聽風雷水木之聲愈發浩大，只是有聲無形。這二層內比起外洞反小得多，正面壁間有一排高大的樹木陰影，一閃隨逝，隨生隨滅，與甬路所見相同。四外不見一點門戶痕跡，那被困的兩個男女也不知何在。易靜算計正面壁上必然藏有門戶和法術埋伏，細看了看形勢方位，想起此洞既按五行布置，東方屬木，壁間又有這許多林木陰影閃動，說不定用的是玄門「先天五行遁法」，且喜當年隨侍父親學習此法，深明其中妙用，何不試上一試？

主意既定，便請英、雲二人暫行按住遁光，略為退後。手掐靈訣，口誦法咒，暗中準備停當。然後將手一指，一道黃光朝前飛去。剛一飛到正面壁上，果然觸動埋伏，立時狂風大作。對面千百丈青光挾著無數根樹木影子，如潮水一般湧到。易靜見所料不差，心中大喜，兩手一合，再朝前一放，便有一片白光帶起千把金刀朝前飛去。兩下才一接觸，轉眼之間化為一股青煙，一股白煙，同時消散。前面哪有牆壁，乃是一條極大的甬路，風濤之聲已不復作，那條甬路竟長得看不到底！

英、雲二人俱覺奇怪，易靜道：「以我三人的目力，少說點也可看出數百里遠近，這條甬道難道比紫雲宮的還長麼？看前面空洞洞的，除微有一點雲氣氤氳外不見一物，不是幻象，便是埋伏。好在頭一個主要難關已然度過，想來縱有法術埋伏，也不足為慮。」說罷，仍由她當先，往前飛進。

一進甬道還沒多遠，忽然眼前一暗，轟隆之聲大作。輕雲見勢不佳，忙把天遁鏡取出。百丈金霞照向前面一看，甬路已然不見，前面一片甚是空曠，千百萬根大木，碧玉森森，重重疊疊的潮湧而來。被鏡光一照，前排的雖然止住，後排的仍是一味猛進不已，互相擠軋磨盪，匯為怒嘯，聲勢驚人！回頭再看易靜，手中持著一個刀刃密佈的金圈，正在禹步行法，臉上帶著愧容，倏地大喝一聲朝前擲去。才一出手，那金圈便從中斷開來，化成一個丈許長的半環金光飛上前去。

生剋妙用果然稀奇，那些林木，看上去原是密密層層，無邊無際，及至這半環形的光華一迎上去，先是將最前面的木林包住了些，接著環光的兩頭像雙龍出洞般分左右包圍上去。環徑並不甚大，頃刻之間，那麼多大樹，好似全被包住，一聲雷震，青煙四起，萬木全消，連那條長甬路也換了一個形相。三人存身之處，是一間數十丈長大的石室以內，只來路上的情景沒有變動。前面立一座二十多丈長短的木屏風，時有縷縷青煙冒起，上面刻有林木景致，近前一看，不禁恍然大悟。

原來屏風上不但刻有成千成萬成叢大木，所有幻波池底全洞的景物，無不畢具，每景必有一些符咒附在上面。不過那些林木俱已折斷，生氣毫無，餘外也有好些殘破的所在，只西南、北中兩洞俱都工細完好。

易靜知是全洞各處禁法埋伏的總匯，上面埋伏發動未完，僥倖發現，正可按圖索驥，揀那有害之處，逐一破去，可省卻許多阻礙。便和英、雲二人說了，照著屏風所刻東洞全景，仔細一查，凡是屬於東洞的埋伏，大都毀壞無遺。只那藏珍之處，是一間寶庫，尚還完好，料是先來的一男一女所為。易靜暗忖：「先來的人既有如此本領，將好些禁法埋伏破去，為何寶物尚未取走？這一路上又未見著一點蹤跡？」

正自詫異，忽聽輕雲手指東洞一角「噫」了一聲。易靜、英瓊隨指處一看，東洞那片斷木入口處的前面，有一個「坎」卦的水池，下有青煙籠罩，大約尺許見方。屏風雖是立著，居然儲有一泓清水，並不下滴。最奇怪的是有兩個赤身男女在裡面游泳，身材才如豆大，浮沉上下，嬉樂方酣。女的生得和玉人相似，眉目如畫，彷彿甚美，男的鬚髯如戟，遍身虬筋裸露，奇醜非常。這兩個男女雖然生得極小，卻是具體而微，無一處不與生人相似！

英瓊問易靜道：「這裡埋伏俱在屏風上面，難道發動起來，連人也攝了上去麼？」

易靜道：「此法名為『大須彌障』，適才那些成排大木捲來，一個破不了，便即被陷，此時我三人正好在屏風上樹林之中捉迷藏呢！當時不知如此厲害，稍為疏忽了些，已然入伏！若非周姊姊動手的快，那面『天遁鏡』先將它止住，怎得從容應付？否則能否免於失陷，尚為難說呢。這一男一女定是李師伯所說先來探洞之人，已將洞中好幾處埋伏破去，明明知道這裡雖是以木為本，暗中藏有五行生剋，變化無方，何以不能趨避，被這一泓之水所困？」

易靜說時，英、雲二人一面留神細看。那池中小人俱已聞得三人問答，醒悟過來，先將身化成兩道白光打算凌空飛起，誰知那水竟如膠漆一般，任他們輾轉騰挪，只不能離開水面。這才惶急起來，互相還了原身，跪在水面上狂呼道：「何方道友至此，相助一臂，異日必有一報。」人小，那兩道光華其細如絲，呼聲更是比蚊子還微，約略可辨，神態悲窘萬分，看去頗為可憐。

英瓊不由動了惻隱之心，剛要開口，易靜連忙搖手示意，將英瓊、輕雲拉到一旁，低聲說道：「我看這兩人路數，雖不敢斷定他們便是異派妖邪，也未必是什麼安分之輩。我們已得此中奧妙，此時將他們放走，並非難事。不過藏珍尚未到手，萬一放出之後，他們比我們深知底細，捷足先登，或與異派妖邪有些關聯，我們豈不白用心思，自尋煩惱？李伯父原說事成之後，再行釋放，何必忙在一時？我們再細看屏風上面，前進有無別的阻礙，速急下手吧。」說罷，又領二人回至屏風前仔細觀察。

第四回

開鼎取寶　白陽圖解

英瓊童心未褪，因那被困的一雙男女小得好玩，忍不住又近前去觀看。這水池中男女已知失陷，又身上寸縷全無，各把下半身浸在水裡，彼此隔開，口中仍是呼救不已。

英瓊側耳一聽，只聽那女子哀聲說道：「諸位道友，我二人是西崑崙散仙，與各派劍仙從無恩怨往來。因在島宮海國得見一部遺書，知道此間藏寶之所和許多破法，勤習數年，一時自信過甚，誰知一不小心為水遁所困，再遲些時便要力盡而死！如蒙諸位道友相助釋放，我等並無奢望，只求相候事成之後略分一二，不致空入寶山，於願已足。有我二人為導，省力不少，彼此均有益處，豈不是好！」

英瓊聽她說得頗有情理，剛有些心動，旁邊易靜已然看出屏風後面一些機密，將手一招二人，當先往後便走。英瓊剛說了句：「那兩人又在說話呢——」又被易靜以目示意止住。時機緊迫，急於事完，無暇再深說，只得相隨往屏風走去。

三人到了屏風後一看，前面一片青玉牆上果然留有聖姑遺影，雲鬟端正，姿容美秀，略似道姑打扮，形態妝束均甚飄逸。像前矗立著一座九尺高的大鼎，非金非玉，色呈翠綠，光可鑑人，上面滿是朱文符籙。三人先照李寧吩咐，朝著遺像跪拜通誠，然後立起，恭恭敬敬的走向鼎前。易靜抓住鼎蓋用力往上一揭，竟未揭動。方自詫異，忽聽身後有人微哂，後頸上吹來一口涼氣。

這時英、雲二人俱並肩同立，辨那鼎沿符籙，並無外人。易靜疑是有人暗算，連忙飛身縱開，回頭一看，身後空無一人。只有聖姑遺像，玉唇半露，丰神如活，臉上容貌猶未斂去。當時不知究理，以為在屏風所示消息之外別有埋伏，用法術一試，並無朕兆。因李寧一再囑咐不可毀壞洞中景物，接連兩次破去屏風上的禁法已是情出不已，何況鼎中藏有奇珍，更以善取為是，除非真個智窮力竭，再用法術破它。主意打好，二次又走向鼎側，暗使大法力一揭，耳際又聽「嗤」的一聲冷笑，接著腦後又是一股冷風吹來！

易靜法力並非尋常，竟被吹中，毛髮皆悚，不由大吃一驚！及至回身注視，壁間遺像笑容依然，空空如故。愈疑有人先在鼎後潛伏，存心鬧鬼，便和雲、英二人說了，請輕雲用「天遁鏡」四外一照，毫無他異。第三次又走向鼎前，一面留神身後，準備應變。暗忖這次再揭不起，說不得只好借助法術法寶，將鼎上靈符破去了。

輕雲人最精細，先見易靜事事當先，毫不謙讓，心中雖有些嫌她自大，並未形於辭色。第一次未將鼎蓋揭起，微聞嗤笑之聲，回視並無朕兆，只是聖姑遺像面上笑容似比初見時顯些，疑心到笑聲來源出自像上。因易靜道法高深，既未看出，或者所料未中，未肯說出。及至第二次易靜方在用力揭那鼎蓋，英瓊猛覺一絲冷風掃來。猛一回顧，見壁上聖姑遺像忽然玉唇開張，瓠犀微露，一隻手已舉將起來，接著又放下，神情與活人相似，不禁一拉輕雲，輕雲連忙回身去看，遺像姿態已復原狀，依稀見著一點笑痕袂影。英瓊方要張口，輕雲忙以目示意，將她止住。易靜原早覺出腦後笑聲冷風，只因正在用大法力揭鼎之際，又因疑心有人埋伏身後暗算，先飛縱出去再行回頭，所以獨未看出真相。

輕雲暗忖看這神像神情，分明聖姑仙去時行法分出本身元神守護此鼎，面帶笑容，也無別的厲害動作，必無惡意。壁間遺偈既說留待有緣人，何以又不令人揭鼎，莫非此鼎不該易靜去揭？自己決非貪得，不過此時說破，未免使她難堪。自己和英瓊再若揭不開，豈不自討沒趣？反正藩籬盡撤，出入無阻。易靜終是初交，事有前定，勿須強求，索性等她一會，再作計較。

容到易靜請輕雲用寶鏡四照，見無異狀，三次又去揭那蓋時，英、雲二人料她揭不起來，俱都裝作旁觀，偷覷壁間遺像有何動作。

不料這次易靜飛身起來，手握鼎紐，正用大力神法往上一提，壁間遺像忽然轉笑為怒，將手朝鼎一指。輕雲機警，猜是不妙，急作準備，剛喊得一聲：「易姊姊留神！」易靜因這次身後無人嗤笑，正打算運用玄功試揭一下，忽聞輕雲之言。有了前兩次的警兆，事前早有應變之策。連忙鬆手，一縱遁光飛起。

說時遲，那時快，就在她將起未起之際，金鼎頓放碧光，從鼎蓋上原有的千萬小紐珠中猛噴出一束五色光線，萬弩齊發般直朝易靜射去！總算見機神速，有法護身，同時輕雲一見鼎放光明，早隨手將「天遁鏡」照將過來，方得將那五色光線消滅。

易靜認得那五色光線是玄門中最厲害的法術「大五行絕滅光針」，道行稍差的人只一被射中，射骨骨消、射形形滅！自己修道多年，內功深厚，如被射中，雖不到那等地步，卻也非受重傷不可！這一驚真是非同小可，算計鼎上還有埋伏，不敢造次，忙下來問輕雲怎樣預知有變？英瓊接口道：「你看聖姑遺容可有什麼異樣麼？」

易靜往壁間一看，聖姑遺像已是變了個怒容滿面。心中一驚，這才恍然大悟，立時把滿懷熱念打消了一大半！想起適才許多自滿之處，甚為內愧。明看出聖姑不許自己取寶，就此罷手，不特不是意思，難免使周李二人疑心自己，把好意誤會成了搶先貪得。欲待硬憑自己法力法寶破了鼎上禁法將寶取出，再行分送周李二人，一則顯顯能為，也好表明心跡，又不知聖姑還藏有什麼埋伏，自己能否戰勝得過，實無把握！

正在進退兩難，遲疑不定之際，忽聽鼎內一陣怪嘯聲，接著又聽細樂風雨之聲。三人湊近鼎側一聽，樂聲止處，鼎內一女子口音說道：「開鼎者李，毀鼎者死，瓊宮故物，不得妄取！」說罷，聲響寂然。

這時鼎蓋上細孔內又冒起一股異香，輕煙嫋嫋，彩氣氤氳，聞了令人心神俱爽。易靜才知開鼎應在英瓊身上，好生難過。平日任性好高慣了的，眼前大功告成，無端受此挫折，對於聖姑從此便起了不快之意。見英、雲二人聞言並未上前，眼望自己，還是惟馬首是瞻的神氣，只得強顏笑道：「我因癡長幾歲，略知旁門道法門徑，意欲分擔二位姊姊之勞，代將寶物取出。不想聖姑卻這等固執，好似除了瓊妹親取，他人經手便要攘奪了去一般。如非物有主人，不得不從她意思的話，我真非將它們取出，全數交與瓊妹，不能表明心跡了。」

輕雲忙道：「易姊姊此言太見外了！休說姊姊此番去至峨嵋，拜師以後便成一家，就是外人，既然共過了患難，難道有福就不同享？姊姊要是那樣人，我們也不會聚在一齊。聖姑仙去多年，凡此種種，俱是當年遺留，雖說是『開鼎者李』，天下姓李的道友甚多，未必定是瓊妹。即使是她，也必另有因緣，且讓瓊妹再虔誠誦白一回，看是如何，必可分曉。」

易靜見英雲二人詞色始終敬重如恆，心才平些，終是怏怏，冷笑一聲，答道：「姓李道友雖多，輕易誰能來此？況且還有瓊宮故物之言，必是瓊妹開鼎無疑！」

輕雲英瓊重行跪在遺像前面虔誠通白，易靜心中不快，站在一旁並未上前。等二人行罷了禮，才一同去鼎後。雖說適才聞得鼎中遺言，仍是不無戒心。當下由英瓊為首去揭鼎蓋，輕雲、易靜一個持著天遁寶鏡，一個行使護身避險之法以防不測。

說也奇怪，起初易靜用大力神法揭鼎蓋時，好似重有萬斤。及至換了英瓊，起初也以為縱然可開，也非容易。誰知兩手握住鼎紐，還未十分用力，只輕輕試探著往上一提，竟隨手而起。鼎蓋一開，立時異香撲鼻，一片霞光從內飛將起來，照耀全室。

英瓊放下鼎蓋，各自飛身鼎上，往鼎內一看，裡面的寶物除有兩件類如切草刀和梅花樁一類的四、五件外，餘者大都不過徑尺以內，猶如幼童玩具一般。人形馬車，山林房舍，以及刀劍針釘，各種常用的東西，無不畢具。有的懸掛在鼎腹周圍，有的陳列鼎底，件件式樣靈巧，工細非常，神光射目，異彩騰輝，令人愛不忍釋。一計數目，約有一百餘件之多。

英瓊見鼎中心挺著一朵玉蓮花，顏色是紅色的，晶瑩溫潤，通體透明，那異香便從花中透出。心甚喜愛，暗忖這朵蓮花如能攜走，豈非快事。試用手握住蓮柄一搖，竟不能動，方覺有些美中不足，猛一眼看見花裏字跡隱現。用手一撥花瓣，隨手而開，非紈非絹的字條，上面寫的便是適才鼎中人語。字跡漸隱漸淡，連那字條也隨手化去。英瓊方在驚奇，輕雲已催她快將法寶取出。當下仍由英瓊將鼎中寶物一一取出，分裝在三人所帶的法寶囊內，直到取完，並無他異。

英瓊蓋鼎時，還不能忘情那朵蓮花。手托鼎蓋，一面賞玩，那蓮心與尋常蓮蓬不同，顏色深紫，形似蘭萼，又似一把玉製的鑰匙。當時只覺稀奇，也未在意，愈看愈愛，不禁起了貪心。暗中默祝：「弟子等三人深入寶山，獨英瓊一人得蒙仙眷，賜了許多奇珍至寶，原已深感無地，不應再有覬覦。只緣此洞不久便受妖孽盤踞，寶物在此難免受其摧殘，如蒙鑒憐愚誠，准許弟子將此朱蓮，連同西洞的青玉蓮花，一併請往峨嵋仙府供奉，以免落於妖邪之手！」

英瓊說罷，正想分手去搖那蓮柄，忽覺鼎底一股奇熱之氣衝上來，其力極猛，令人難以禁受！心中一驚，剛將頭昂起，避開那股熱力，倏地一片玉色豪光一閃，手中鼎蓋便被那一股子神力吸住往下沉去，重有萬斤，再也把握不住！手微一鬆，鼎蓋自闔，關得嚴絲合縫，杳無痕跡，恰如鑄就生成一般，比起初見時渾密得多。知是聖姑不許，幸喜不曾吃了虧。見易靜、輕雲正拿著一件法寶在互相談說，近前一看，乃是一柄兩三寸長的黃玉鑰匙，形如蘭蕚上的符咒，與鼎內蓮心一般無二，只是要小去一半。

三人俱不知用處，略為傳觀之後，輕雲道：「大功已成，時已不早，我們拜別聖姑，救了那兩人，出洞去吧！」

英瓊心急，輕雲話一說完，便跑在屏風下面，見池中被困男女業已力竭聲嘶，語細難辨，神態更是委頓不堪，忙催易靜下手。

易靜道：「此一禁法非同小可，稍一不慎，被困其中的人立成粉碎，一毫也大意不得。如能覓得總樞關鍵所在，便容易之極。今番一同細細看來，如有可疑之處，互相告語，等審慎穩妥再行下手，免得誤了別人又誤了自己。」說罷，大家分頭往屏風上查看。

英瓊因那兩個小人空入空出，枉受了許多艱險，寶物不曾到手，反倒失陷在內，境遇可憐，恨不得立時將他救出才稱心意。自己學道日淺，不明禁制之法，見易靜和輕雲二目注定屏上，逐處仔仔細細的觀察，毫無線索可尋。再看那兩小人，這時神氣益發疲憊，浮沉池面，奄奄一息，暗忖屏風上面景物不知多少，不過才看出了三分之一，也沒找出一點破法，似這樣找到幾時？那被困之人眼看支持不住，初進來時那等的厲害埋伏尚且不怕，此刻事已辦完，為何反倒小心起來！不如仍用前法請周姊姊拿著「天遁鏡」照向屏上，以防萬一，然後將雙劍合璧，硬將這小池毀了，將小人救出，豈不是好！

英瓊想到這裡，剛要和易靜去說，忽見小池中水波飛湧，急流旋轉，成了一個大漩渦。那兩小人上半身原本露出水面，各將雙手揮動不休，時候一久，漸漸有些力竭勢緩。及至池水無端急漩，想是知道危險萬分，一旦捲入池心漩渦之中便沒了命，各自放出一絲青白光華，拼命在水中喘吁吁地掙扎，逆水而泅，不使池波捲去。無奈水力太大，又在久困之餘，那女的有兩、三次差點捲入池中漩渦之中，嚇得小嘴亂張，似在狂呼求救，已不成聲。

最奇的是池並不大，池水尤清，可是用盡目力，不能見底。在池心水花急轉中，隱現水底紅光閃閃，似有一朵朱蓮開合不休。英瓊見狀，猜是危機瞬息，等到尋出此中關鍵再行施救，已不可能。雖然一舉手之勞，便可將兩小人提出水面，因知此中玄妙非常，易靜又再三囑咐不可輕舉妄動，稍一不慎，便要誤己誤人，不敢冒昧下手。忙喊：「周姊妹、易姊妹，你們快來，再不救他們，要救不成了。」

這時易靜方悟出一些線索，只是還未判明，正在尋思，聞言一驚，忙和輕雲飛身過來，向屏上水池一看，失驚道：「瓊妹所言不差，我們如再遲延，此二人必為水化。我剛看出一點頭緒，還未找出關鍵，這裡處處都用的是玄門中最厲害的禁法，名叫『大五行蓮花化劫』之法。我只略知門徑，不悉精微，如尋到行法的樞紐，還可立時解救。今已時迫勢急，說不得只好毀了此洞，盡我三人之力，為他們死中求活了。」

英瓊無心接口道：「你說什麼『蓮花化劫』？我見池底也隱有一朵朱蓮隨著池水開合，莫非這二人被困便是那蓮花作怪麼？」

易靜聞言靈機一動，忙問：「蓮花何在？」英瓊先往小池中心一指，易靜運用慧目一看，果然池底有一朵朱蓮隨水開合。猛想起適才輕雲隨鼎中取出的那柄形式奇特的玉鑰，恍然大悟，驚喜交集。因見池水益疾，兩小人勢益不支，不暇細說，忙請輕雲將玉鑰取出，將手一擺，請英、雲二人退後，無論見何警狀，不可妄動！如覺支持不住，可用雙劍護身退出洞去，自己自有脫身之法。

話剛說完，那池水倏地起了一個急漩，眼看那兩個小人身子一歪，捲入漩渦之中。易靜右手一揚，一片霞光籠罩全身，左手早先伸往屏風上小池之中，將那兩人用手指抓住，並未使其出水，一面運用玄功，使足神力，順著水面將二人拖離池心大漩，往池邊泅去。

英、雲二人好奇，只退後了不幾步，看得逼真。英瓊方暗悔：「早知這般容易可以動手，也早把這兩人救了。」存想未終，忽聽波濤之聲大作，恍如山崩海嘯一般。易靜的手仍在池裡，並未將小人提了上來，那片霞光籠罩她的全身，愈來愈小，晃眼間人成尺許，漸漸與池中小人相似，飛落池中。

英、雲二人一看大驚，以為易靜也陷身池內，忙奔過去一望，濤聲頓止，那小人業已身橫水面，暈死過去，只小小胸膛還在喘動起伏。再看易靜，已不知何往，只剩那片祥光在池底隱現。正在駭異，忽聽易靜喝道：「二位姊姊快些避開正面七尺以外，駕遁速起，我們要出險了！」聲音極細，比適才小人呼救之聲高不了許多。

英、雲二人方聽得真，剛往旁一閃飛身起來，便聽屏下風雷大作，白茫茫一股銀光從小池中直射下來，逐漸粗大，洪瀑中似見三個人影隨流而下。一落地便現出身形，正是易靜，一手一個，提著那被困男女。那女的仍是全身赤裸，那男的腰間圍著易靜身披的一條半臂，身材俱與常人相似，人已醒轉，只是大困之餘，神志頗現委頓。那屏上洪瀑仍發個不住，頃刻之間，全室的水高達三丈！

易靜一出現，口裡喝道：「二位姊姊快將這兩人接去，不可被水沾身。」說罷手一揚，剛要把手提的人拋出，那被困的一男一女已答言道：「爾等起初竟見死不救，此時方蒙救援，雖感盛情，已壞了我二人數百年苦煉之功。今得脫困，我二人自能回去，後會有期，容圖報德。」說時，早化作兩道碧森森的光華，疾如電馳往外飛去。

易靜聞言，好生不悅，欲待追趕，人已飛走。眼看下面波濤又增高了兩丈，無暇和英、雲二人說話，仍用霞光護身，往屏上池中飛去，晃眼不見。

不多一會，易靜手持那柄玉鑰飛身出來，那水忽往屏上收去，似長鯨吸水一般往小池中倒灌。約有半盞茶時，全被收盡，那股洪流，不存涓滴！三人這才落地重行相見，易靜道：「早知道這二人如此可惡，適才也不救他們了。」

英瓊問故，易靜道：「此地不可久留，我們出去再說吧。」當下各駕遁光往洞外飛去，到了門外一看，李寧坐在門側，正自盤膝入定。

三人各自上前拜見，互說取寶之事。李寧道：「那一男一女乃西崑崙散仙中數一數二的人物，衝出時見我在此打坐，知是你們一黨，不問青紅皂白，打了我一把神木缽。幸我有佛光護身，此寶無功，知非易與，才行負傷遁去，你們救他遲了，只自此結怨！」

英瓊等三人聞言，俱覺得那一男一女太是可惡。英瓊說起所取到的寶物，李寧道：「中有一隻小盒，內有一本小冊，記載各種寶物用法，且將那本小冊取來我看。」英瓊忙將小匣藏書取出獻上，李寧看那小冊所載，除寶物名稱用法外，並有聖姑遺偈。大意說鼎中百零九件寶物均贈妙一夫人轉行分配給門下女弟子。英瓊所得最多，靈雲、輕雲、英男、易靜、紫玲、寒萼等人次之，俱註有各人的名字，所有女同門一個不空。

李寧仍命三人各將法寶收起，且等到了峨嵋呈與師長再行分配，又道：「此刻神鵰想已復元，西洞內層業已關閉，豔屍正自乘隙欲出，不可再開。我們由北洞水路入內，再行法出去吧。」說罷，領了三人，走向北洞，仍照西洞一樣，行法入內。到了裡面，將門封鎖，指著壁間一個孔竅說道：「裡面便是水路，我們可由此回去。」

三人往孔中一看，孔並不大，裡面隱隱見有幾條水影閃動。聽李寧說得一聲：「速閉雙目！」言還未了，祥光閃過，身子忽然凌空飛起。耳聽四外濤聲震耳，頃刻之間，人已及地，睜眼一看已達中洞。

這大半日功夫，神鵰已然大半康復，滿身雪羽甚是豐滿，一雙鋼爪抓在鼎紐之上，正自剔羽梳翎，比起未伐毛換骨時還要神駿修潔得多。英瓊一見大喜，連忙飛身上去，抱著頸子撫愛不休。

李寧道：「論理牠還須養個半日才可飛翔，所幸牠年來道行精進，復元甚速，你們又忙著回山，你三人可騎在牠的背上，由我行法護送回去吧。」說罷，三人分攜了所得的至寶奇珍，李寧指著四壁靈藥，命撥起了十餘種，騎上鵰背。

英瓊問：「洞門已閉，打從何處出去？」

李寧笑道：「我自有出路，待我給那豔屍留個警戒。」當下指著寶鼎，默誦了一陣佛咒。然後指著洞壁一角道：「這裡無水，牢記此處，以備異日之用。」說罷，又口宣佛咒，將手一指，一片石裂之音，一塊三丈許見方的大石忽然落了下來。李寧又將手一指，一片祥光將石托住，三人駕鵰飛出一看，已是外層洞室。耳聽巨聲發於後面，李寧跟著出來，洞壁已合。到了外面，李寧袍袖展處，數十丈祥光圍湧著四人一鵰，齊往峨嵋飛去，靜候峨嵋開府大典，暫且按下不表。

（注：原作者寫到這裏，突然掉轉筆鋒，去敘述另外幾個峨嵋主要人物的事蹟，在結構上未免鬆懈。所幸故事、人物一樣精采，且與後文又有千絲萬縷的關係，所以無法刪去，只有將之儘量簡化，以求儘量引入本書最主要的情節：「峨嵋開府」。）

卻說長眉真人遺命，峨嵋派光大門戶，群仙劫運將至，峨嵋弟子之中，出色人物眾多，遭遇各有奇特處，除前文已有敘述的李英瓊、周輕雲、申若蘭、易靜、齊金蟬、石生、甄艮等人之外，尚有許多出色的男女弟子，容當一一專敘。內中有一名女弟子，名叫凌雲鳳，原是「追雲叟」白谷逸的內侄曾孫女，「怪叫化」凌渾的侄曾孫女。凌雲鳳武功極高，已與另一俠士俞允中有了婚姻之約。

「追雲叟」白谷逸的妻子凌雪鴻，嫉惡如仇，被仇敵圍攻不敵，在成都開元寺兵解，凌雲鳳未學道法，偶遇妖人，已被妖人法術迷昏過去。雲鳳在迷茫中微覺身子被人捧起，輕飄飄的憑空騰起，漸漸不知人事。等到醒來一看，已臥在一間極修整的石室以內，前面站定一個滿頭銀髮、手持鐵杖的婦人，正撫著自己滿頭秀髮道：「小孫孫，可知我是誰麼？我是你叔曾祖父凌渾的妻子，『白髮龍女』崔五姑。你曾祖姑凌雪鴻業已兵解化去，已轉劫托生在蘇州閶門外七里山塘一個姓楊的漁人家裡，不久便可相逢。」

雲鳳忙拜倒稱謝，崔五姑又道：「我渡你到此，先傳授你坐功劍法，日後再引進到峨嵋門下。這裡是風洞山、白陽崖、花雨洞，我先賜你一口玄都劍，按我所傳，每日虔心練習。我不時離此他去，每隔旬日來看你一次。此洞為昔日白陽真人學道之所，靈跡甚多，乃人間七十二洞天之一。內洞壁上有白陽真人遺留的圖解。熊經鳥伸，外具百物之形，內藏先後天無窮變化。你只勤加揣摩，以你天資，日久自能融會貫通，稍能有成，再下去略積外功，便可持我柬帖，趁著峨嵋開闢五府之便，前去拜師了。」

雲鳳一聽大喜。崔五姑笑道：「此山遠在黔桂邊境，數千里山嶺雜遝。除了山北鐵雁沖黃獅峒一帶略有生番黎苗雜居外，亙古洪荒未闢。大澤深山，山魈木魁、蟲蟒怪異之類甚多。再加上此洞久傳藏有白陽真人一部針訣，中間經過許多異教中人來此搜掘，至今不曾發現，連我也未知藏處，難免不再有人覬覦。我再賜你神針一枚，可隨心收發，作為防身之用。若有緣將真人遺物得到手中，足可助你數十年苦練之功，可隨時留意，看你緣分如何了！」

當下崔五姑便命雲鳳盤膝坐下，道：「索性我再助你一臂之力，使你早日學成，此舉省卻你苦功不少，須知此等仙緣曠世難逢，勿以得之太易，不自珍惜！」雲鳳聞言悚然，恭謹領命。

崔五姑伸出一手，按住她的命門。雲鳳只覺五姑的手微微在那裡顫動不止，漸覺一股熱氣由「命門」貫入，通行十二玄關，直達「湧泉」。再由七十二脈周行全身，遍體奇熱難耐，雲鳳只管寧神靜志，一意強忍，先時五內如焚，似比火熱，半個時辰過去，方覺渾身通泰，舒適無比。

前後過有半個時辰，忽聽五姑喜道：「想不到你定力根骨如此堅厚，真不枉我渡你一場了。」接著又傳了雲鳳坐功，說道：「你此時百脈通暢，百病皆除，日後運氣調元，可以毫無阻滯。後洞現有我適才採的黃精，外有鐵釜一口，支石為灶，足供半月之糧，可照我法做去，半月後我再來傳你劍訣。」說罷，取出一口長才二尺的寶劍和一根三稜鐵針交與雲鳳，傳了針的用法。說得一聲：「好自修為，行再相見。」

雲鳳只見滿洞之中金光耀眼，人已不知去向。知道洞外罡風厲害，不敢追出去看，只得望空拜倒，謝了大恩。先將那口劍拔出，「錚」的一聲，電光閃處，劍已出匣。寒光射眼，冷氣侵肌，仙家異寶，果自不凡。神針無事不敢妄發，也知是件寶物無疑，不由喜出望外，心裏惦記著後洞壁間圖解和白陽真人靈跡，以為其中必多仙景，恭恭敬敬朝後洞叩了幾個頭，存著滿腔虔誠之心往裏走去。

這洞共分前、中、後三層，只前洞最為光明整潔，中洞深藏山腹，雖然高大宏深，已不如前洞亮朗。雲鳳見上下壁內到處都是殘破之痕，料是前人發掘遺跡。走向洞壁盡頭，見有一塊高約兩丈、厚有三尺的石碑，碑上並無字跡。轉過碑後才是後洞門戶，高只丈許，進門一看，洞內異常黑暗陰森。

雲鳳原諳內家武功，目力曾經練過，仔細定睛尋視，依稀略能辨出一絲痕影，但是看不清楚。洞中彷彿比前、中二個還大得多，除當中一個石墩和零零落落豎著許多長短石柱外，並無甚出奇景物。再走向壁間一看，那圖解也只影影綽綽有些人物痕跡，用盡目力搜查，不見一字。僅在東南角尋到一堆黃精、松子。

雲鳳孤零坐在當中石墩上，只管出神尋思，也不想吃。暗忖叔曾祖母既說圖解為用甚大，必非虛語。這一點點人物立坐飛躍淡影，不見一字，洞中如此黑暗？如不從此中悟出一些妙理，休說自己汗顏，曾祖姑必當自己不堪造就，也許就此罷手，豈不誤了仙緣！想一陣，那飛躍屈伸之狀，還可照著內行功夫依式學樣，偏生坐像最多，即使看得清楚，也無從下手學習，不由著急起來。

雲鳳心急了一陣，才寧貼了下來，按照崔五姑所傳內功練法，不去理會壁上石像，自行修習。一連幾天過去，覺得神清氣爽，目光大明，一日做完功課，見四壁人物鱗介飛潛動躍之形，不特神態如生，悟出自東壁起始：個個俱似有呼應關聯。一數全壁共是三百六十四形勢。暗忖這圖解分明按著周天三百六十五度，怎麼少了一個？四外又無殘缺之痕，再四揣摩不出。反正無師之學，全仗自己用心試習，並不深知微妙，且試試再說。便決計從東壁許多動像起，照樣練習起來。

那些圖像的起首是一連十二個人形的坐像，俱都趺坐朝前。頭一個兩手直向膝頭，一目垂簾內視，首微下垂。第二個起，頭略正些，狀甚安閒，以下的十個坐像俱都相同，看不出有什不一樣處。雲鳳猜是坐功次序，但是四壁三百六十四個形相，飛潛動靜無一雷同。這起十二個除頭一個首略俯算是坐功起始，調息時的姿態外，後面這十個既無什麼變態，要他何用？

雲鳳明知定有深意在內，當下定了定神再仔仔細細察看那十二形相同異之點。除面貌胖瘦、身材高矮不一外，休說姿態相同，連服裝衣紋都是一個樣子畫出似的。後來一想，這也許是當初白陽真人門下的十二個弟子，也未可知。看壁相人形，一共不足二十，除這十二個有衣冠外，餘者均是赤著身子，所料或者不差。想了想，把初意略為變更，便捨了這十一個形相暫且不學，竟從第十三個圖像開始學習。

其實雲鳳只消打定主意，不問三七二十一，就從頭一圖學起，日子一久，自可悟出玄門上乘大道。只為天資過分聰明了些，心略一活動，這一改主意，反倒捨近求遠。等把壁間圖解學完，悟出走錯了路，已該是下山時候，無暇虔修。日後到了峨嵋，不能與三英、二雲比肩，以致日後生出不少事來，危阻不絕，全是為聰明所誤之故。這且不提。

圖像自十三圖起，盡是些人物鳥獸各式各樣的動定狀態，雲鳳便照著上面，熊經鳥伸，一一練習起來。先只打算照本畫符，以為不知怎麼難法。原擬每次功課完畢，每一像學上幾次，不問有效無效，能通與否，先練習上十多次，再挨次往下練去。反正不惜辛苦，把這三百六十四像一一練完，看是如何再作計較。及至照圖才練了兩式，便覺出有些意思，一式有一式的兆朕，不禁心裏頭怦怦跳動，連飲食都顧不得用，照式勤練不已。

第一日雲鳳連著幾次練了二十餘式，坐完了功便練，練完又坐，雖已入了悟境，尚不能將各式融會貫通。等到第三日過去，已會了百十來式。不消十來天的功夫，壁間圖像俱已練到。雖然只知依樣葫蘆，不能深悉其中奧妙，對於運氣功夫卻已有進境。

崔五姑去時曾說每隔旬日來看望一次，這日雲鳳做完功夫，一算日期已有半個多月，五姑說來傳授劍法，並未到來。眼望壁間圖像，個個姿態生動，彷彿欲活，愈看愈出神。猛然想起：「自己曾將三百五十四相一口氣連貫習完，覺著與坐功的真氣運行流替雖有動靜之分，殊途同歸，並無二效。五姑去時未傳劍法，正苦無法練劍，何不用這口仙劍，照著壁圖形勢也試他一試，看是如何。萬幸悟出些道理來，豈非絕妙？」

雲鳳想到就做，當下撥出那口玄都劍，按著圖形，參以平日心得，一招一式，擊刺縱躍起來。頭兩次練罷，得心應手，頗能合用。只因形勢部位變化不同，有的式子專用左手，便難演習，非換手不可，如真照了樣做去，到時勢非撒手丟劍不可，覺著有些美中不足。練到十次以上，動作益發純熟，快練到一百零三式時，又該兩手交劍才能過去，心想強它一強，看看有無別的解法。心裡雖這麼想，身法並未停住，就這微一遲疑之際，已然練到那一式上。

這中間一截共有七十多式是禽鳥之形，大半都以爪翼動作，並無器械。雲鳳用劍照式體會，都能領悟用法。那一百零一、零二兩式，一個是「飛鷹拿兔，盤定下矚」；一個是「野鶴沖霄，振翼高騫」。一上一下，本就不易變轉，偏生一百零三式單單是個「神龍掉首，揚爪攫珠」之形。雲鳳先將身縱起，右手持劍去代飛鷹右爪作勢下擊，剛一落地，倏又縱起去學第二式。因第一式未悟出著力之點，只知橫劍齊眉去代鶴的右翼，如要跟著提氣飛身，回首旁擊，格於圖中形勢，非兩手換劍不可。當時略一慌亂，想變個方法，只顧照式練習下去，不料那些圖形一式跟著一式，雲鳳急於速成，動作又快，身在空中，剛照式一個翻飛，猛見眼前寒光一閃，自己的頭正向手中寶劍碰去！

這時雲鳳的劍原是用虎口含著，大、二、中三指握劍柄，平臥在手臂之上，再想換式將劍交與左手已是無及。情知危險萬分，心裡一著急，就著回轉之勢，右手一緊，中指用力照著劍頭一按，同時右臂平斜，往外一推，那口劍便離了手斜著往洞頂飛去。雲鳳身子已盤轉起來，見劍出了手，心裡一驚。這些動作每日勤練，非常純熟，不知不覺中照住龍蟠之勢，身子一躬一伸，便凌空直穿了出去。

她原是一時手忙腳亂，想將那脫手的劍收了回來。誰知熟能生巧，妙出自然，又加氣功已然練到「擊空抓虛」境地，平日獨自苦練尚無覺察，忽然慌亂中的動作逕自合了規矩，這一來恰好成了「氣龍探珠」之勢。說時遲，那時快，雲鳳手剛往前一探，那股真氣便自自然然到了五指。猛覺手中發出的力量絕大，那劍飛出快要及頂，竟倒退飛回到了手中！連忙收式落地，暗忖那劍明明脫手，怎會一抓便回？後一想，連日苦練，只覺真氣愈練愈純，也不知進境深淺，難道這麼短的時日已可隨心收發不成？想著想著，試將劍輕輕往前一擲，跟著忙用力往前一抓，果然又抓了回來！

雲鳳大是高興，又練了片刻，該是進食的時候，一查食糧，所餘已是無多。一時乘興，帶了那口玄都劍和飛針逕自出洞去探尋食糧。到了洞外一看，恰值雲起之際，離崖洞數丈以下只是一片溟濛，暗雲低壓，遠岫遙岑，全都迷了本來面目，不知去向。崖洞上面，照例常時清明，不見雲雨，這時也有從雲層中掙出來成團成塊的雲絮浮沉上下，附石傍崖，若即若離，別有一番閒遠之致。

雲鳳先見下面雲厚，不敢冒昧穿雲而下。方自有些遲疑，忽然一團雪也似的白雲從崖下飛起，緩緩上升，往身邊飄來。覺著有趣，伸手一抓，偏巧一陣風過，那雲已是升高丈許，往前飛去。雲鳳一撈，撈了個空，心中不捨，便追了去。

這風一吹，不但這團孤雲飛行轉速，便連下面的雲海也似鍋開水漲，波捲濤飛，滾滾突突，往上湧來，轉瞬之間，已與崖平。雲鳳只顧縱身捉雲，忘了存身之處已離崖邊不遠，剛將身縱起，見那雲突又前移，暗罵：「雲也這般狡猾，我今日若不將你捉住才怪！」

當下在空中施展近日新學來的解數，往前一探，又懸空飛出了兩三丈遠近，恰好將那雲團雙手抱住。身子才往下落，猛一低頭，見腳底雲濤泱奔，浩瀚無涯，哪裏還有著腳之所？知是一時疏忽，已然縱在崖外，不禁大驚。急切間想不出好主意，等到想起提氣盤空，凌虛迴旋，身子已墜入雲層之中，睜眼不辨五指，哪裏還來得及！又不知腳底下是崖的哪一面，仗著膽大心靈，立時變了方法，把氣緊緊提住，隨時留神腳底的地方，使下落之勢略緩。正落之間，漸覺涼風侵肌，正猜雲中有雨，猛聽腳底下風雨大作，聲如江濤怒吼，四圍的雲越暗，水氣越厚，幾如浴身江河之中！

約有頓飯光景，才將這千萬丈厚的雲層穿過，風雨之聲也越發聽得真切。定睛往下面一看，底下也是一座山脊，因為終年上面有雲封蔽，尚未見過它的形勢。身子正從狂風暴雨中飛落，離地少說也有數十丈高下。雲鳳忙一提氣，仗著近月來氣功大有進境，身子飄然而下，落在山脊上。四望群山起伏，竟不知身在何處！

雲鳳仰望雲空蒼莽，仙山萬丈，杳無蹤影。自身幾同天外飛落，再想上去，其勢甚難，不禁著起慌來，心中好生懊惱，心想：「五姑只見得一面，過了所約之日不來，必有原因。也許是試探自己能否有這恆心毅力，好端端捉什麼雲兒，一個失足，便成了人間天上，判若雲泥，無可攀躋，萬一五姑恰恰今日回山，她不知是無心失足，卻當作難耐勞苦，私行離山他去，豈不誤了大事？」成敗所關，不由著起急來，愁思了一陣，無計可施，只得設法覓路回去。

雲鳳在山中覓路，向前走去，經過一處密林，忽然看到地上有幾個腳印，那分明是人的腳印，可是卻小得出奇。雲鳳心中大奇，跟著腳印向前，過了一個高坡，見到四個身高不滿兩尺的小人，見了雲鳳，手指足劃，口裏咭咭呱呱，說個不休。雲鳳從來也未曾見過這樣的小人，更覺得又好奇又有趣，試著用手提起一看，那小人生得與周歲嬰兒一般長短，只是筋骨健壯，皮肉堅實得多，其餘五官手足均與常人無異。背上還印著一行彎曲歪斜類似象形的朱文字跡，不知是何用意。

雲鳳試著與之交談，才知道他們是上古「僬僥之國」的遺民。四個小人見了雲鳳，當作天神一般。又問出四人名字叫玄兒、健兒、沙沙、咪咪。雲鳳便命四人帶路，四小也不知途徑，只在山中亂闖，雲鳳有四小為伴，倒也不寂寞。

在山中數日，一日聽四小說對面雪山頂上有妖人為虐，動了俠義心腸，便解開胸前衣服，將四小包在懷裡，外用帶子紮好，跑去妖窟除妖。不料妖人妖術高明，雲鳳眼看力竭難支，忽見一團雷火飛將過來，只一照，便將妖煙邪霧一齊消去。定睛一看，前面站定銀髮美婦，正是叔曾祖母「白髮龍女」崔五姑，不由喜出望外，忙即飛跑過去，近前跪求饒恕她離山之罪。

五姑笑道：「這難怪你，是我臨時受了至友之託，來晚了些日子。雖累你受些苦楚，卻因此得益不少，還收了這四個小人，足可供你山居奔走之用了。」

原來妖窟中竟藏有一冊妖人無意中得來的白陽真人十三頁圖解，雲鳳喜不自抑。

崔五姑正要行法送四小回去，那四個小人忽然一起跪下，再三乞求寧死不願回洞，願隨二位大仙服侍學道。

雲鳳連日來和四小相處，覺出四人雖然體小，但聰明靈活，與常人無異。暗忖：「山居寂寞，這種小人倒也好玩，何不帶回山去，無事時照樣教他們練習功夫，豈不有趣？」也拿眼望著五姑，五姑立時笑允。雲鳳和四小大喜，五姑袍袖一展，攝了五人，直飛上崖。她又自行飛去，命雲鳳在崖上靜候。等不大一會兒，忽聽破空之聲，抬頭一看，一道經天長虹，青光耀目，本由東往西飛過，倏在空中一個轉折，落到面前。光斂處，現出一個鳩形鵠面，穿著一身黑衣的中年婦人。四小人當是妖怪，嚇得四散奔逃。

雲鳳看出來人並不是妖邪一流，忙一定心神，正要上前施禮請教，那婦人已開口問道：「你是何人門下，看你投師未久，怎得在此？那幾個小人是哪裡來的？」

雲鳳躬身作答道：「弟子凌雲鳳，家師白髮龍女，又是弟子的叔曾祖母，少時就回。不知仙長法號怎麼稱呼？因何降此？望乞見示。」

婦人笑道：「原來你就是凌叫化的曾孫、崔五姑的門徒？資質倒也不差。我姓韓，多少年不曾出門了，今天還是第一次，往赤城看個朋友回來。行經這裡，空中遙望，見你和幾個小人在此。莫非五姑好奇任性，這等質秉脆薄的小人，也要帶回山去傳授麼？」雲鳳聽那口氣，頗似五姑老友，益發起敬。

姓韓的婦人笑道：「他夫婦從前一個門徒不肯收，近來聽說比我還要好事，果然不假。你快喊他們近前看上一看，到底能造就麼？」沙、咪、健、玄四人正藏身崖石後面，雲鳳一喊便至。

那婦人細看了一看，笑道：「這裡的小人，本來也是大人，乃古黃夏國孑遺之民。因為萬年前擁有廣土民眾，喪心病狂，不知振拔，外媚內爭，刁狡貪欲，競尚淫佚，又復懼怯自私，以致土蹙民貧，人種日益短小，終於亡國，幾乎種類全滅。僅剩有一些逃入此山深處。與木石居，與鹿豕遊，受那鳥獸蟲蛇之害，體質最是柔脆。居然還未絕種，還有四人生存在世，也倒算是剝極必復了！」

那婦人一面打量四小，一面又道：「這幾個資質都還不差，雖無大就，必有八成，難怪受你師徒垂青了。五姑就在前面，我已來了些時，如何還不見來？本想略敘闊別，偏又急於回去，她來時可代我致意。她這小人如能贈我一個，可命你與我送去，當不使你虛此一行哩。」說罷，雲鳳方要問她家住何處，一道青虹刺天而起，眨眨眼破空入雲，不知去向。方在驚嘆，玄兒忽走過來道：「這位大仙站在那裏，怎和剛才那位仙祖不一樣？身不沾地，好似輕飄飄的！」

雲鳳聞言，也想起剛才那位中年婦人，周身黑衣，好似煙籠霧繞，罩著一層精光，身子果和凌空一般。算計必是一位盛名的仙人，只可惜不及問她的名字住處。

不一會，五姑回來，雲鳳便將適才所遇崔姓婦人之事稟過。崔五姑喜道：「你能遇她，仙緣著實不淺！此人乃是現在數一數二的散仙、『神駝』乙休當初的妻室韓仙子。自從當年夫妻二人為一件事情反目，她便將軀殼委化，藏入天琴壑內，設下禁牌神法，命她門下兩個女弟子在那裡終年看守，自己隱入四川岷山之陰白犀潭底。你現在所見乃是她兵解以後所附的形體，並非原來的法身。現在她想用道家內火外焚之法，已漸將這第一軀殼化淨，所以你們看上去如同煙籠，身子凌虛，飄浮不定。此人得過真傳，道法高深，聞說多年不曾出世，她既命你日後給她將小人送去，必有好處與你。不過此時尚去不得，前面不遠就是白陽山麓，你且隨我回山，傳授你些劍法吧。」

雲鳳聞言抬頭往前一看，果有一座大山高插雲表，自腰以上被雲霧遮住，看不到頂。不想連日懸盼的探索，就近在目前！方自心喜，五姑已吩咐雲鳳和四小同立一處，雲鳳驀覺眼前一暗，身子便凌空而起。這次上升同前次雲中墜落，一喜一憂，簡直判若天淵。轉眼功夫，過了山腰，穿出雲上，頓時天空氣朗，眼界大寬。回眸下視，更見雲海蒼茫，風濤萬變。周身似有光華隱現，看去風掩雲飛，疾如馬奔，卻吹不到身上來。

四小俱嚇得閉目合睛，互相抱緊，隨同上升，只五姑不見蹤跡。方自驚疑，直上之勢忽住，改了朝前平飛。猛見一座高崖劈面壓前，還未看清，人已腳踏實地。定睛一看，正是日前故居，白陽崖洞外面，五姑正立身側，慌忙翻身下拜，四小人也跟著跪叩不迭。

第五回 無華古墓 軒轅二室

五姑一齊喚起，命雲鳳在洞外將所習圖解練就出來。雲鳳因仙師在前，格外用心，五姑一面指點傳授，等到練完，喜道：「我本意來時你能將那圖解悟出一半也就算是難見了，你竟能悟徹玄機，觸類旁通，精進如此！照這樣練下去，日久這功夫，可練成無疑。」

雲鳳聽了也自心喜，五姑又道：「這四個小人資稟心志都在中人之上，被你無心接引到此，為千古散仙劍俠留一佳話，可見前緣注定。這四小人暫時隨你在此為伴，可將坐功一一傳授，課其勤惰，以待我的後命。

沙咪二人可收你的門下，健兒自有他的機緣，玄兒等你到了身劍合一絕跡飛行地步，可自行離山，將他送往四川岷山白犀潭去求見韓仙子，再帶沙咪二人下山積修外功，靜候峨嵋開府去赴盛會便了。」說罷便開始傳授劍法真訣，又贈了四小每人一件法寶。

五姑授完自去，雲鳳和四個小人便在崖上日夕勤練。四小根器太差，進境遲緩，過得半年餘，雲鳳已練到可以身劍合一。

一日，四小出外採糧，回報雲鳳，說他們在山後發現一座古墓的入口，雲鳳帶了四小前去一看，見是一個極大的山洞，分明是人工開鑿而成，洞外石翁仲已破碎不堪，氣象仍是不凡。

雲鳳向四小道：「這山洞既這等幽深，裏面難免藏有山精野魅之類。我意欲身劍合一飛入洞底一查來歷。你四人道行淺薄，不可入內，可在洞外覓一藏身之處相候，等我出來再作計較。以免我顧了自己還顧你們，諸多礙事。」囑咐已畢，然後端整衣裳走進洞去。

走進幾步，雲鳳向著洞內行禮默祝道：「往古聖賢仙哲的佳域，本不應窺伺，不過弟子修道的白陽崖離此甚近，四個門人又是僬僥之民，道力淺薄，若蒙保佑，此中如藏有仙跡聖訓，足以啟迪蒙昧、嘉惠末學者，敬乞大放光明，勿吝昭示，區區愚誠，伏惟鑒佑。」

恭恭敬敬祝告方畢，忽聞洞內傳出「嗤嗤」的笑聲。雲鳳雖然藝高人膽大，黑暗中聽去也覺有點膽怯，心忖：「莫非墓洞之中，竟有妖物？」

雲鳳心中存了意，當下把心一定，放出飛劍與身合一，化成一道光華，直往洞底飛去，劍光迅速，沿途處留神觀察。這洞有三數十里的深遠，片刻功夫便即飛到洞盡處，前面乃是一排木柵。雲鳳停了下來，細看那木柵，俱是整根合抱的樹木排成，由東壁到西壁挨擠嚴密，不見一絲空隙，只是浮植立在地上，既未打孔，也沒個羈絆，看樣一推便倒，試用力一推，卻動都不動。暗忖：「上古時代用石瓦之類作殯宮裝飾，這排木柵必是後人所為無疑，只是不知他植此是何用意？」情知有異，二次將身飛起，越過柵去。這時暗中果覺阻力甚大，因本身飛劍出自五姑仙傳，神妙非常，並未阻住。

飛沒數丈遠近，忽見前面劍光照處有一座石碑，高約丈許，隱隱似有朱文字跡。近前落下劍光一看，上面只有「再進者死」四個大字，體作八分，朱色鮮明，甚是雄勁有力，也無款識年月。心剛一驚，忽然一陣陰風自碑後吹來，風中微聞咀嚼之聲。知是妖物到來，忙抬頭定睛一看，那東西生得獸頭如龍、雙角槎枒、大如樹幹、鳥身闊翼，也不知有多少丈長短。目大如斗，烏光閃閃，張著血盆大口，已快飛臨頭上，待要撲下！雲鳳不敢大意，忙縱遁光先避過去，用飛劍護住全身，以防萬一。隨將飛針取出，大喝一聲：「大膽妖物，敢傷人麼！」便化成一溜火光，發出光縱去。

雲鳳縱時甚是迅疾，妖物本似有後退之狀，針還未飛到頭上，便自在黑暗中隱去。雲鳳見妖物伎倆僅此，心神頓放，收回了針，一縱遁光，跟蹤追趕。越過那碑又近有三、兩丈遠近，妖物全身倏隱。忽又見前面矗立一座石碑，比先前的碑還要高大得多。

近前一看，碑上滿是形如蝌蚪文字，雲鳳竟是一個也不認得。借劍上光華映照碑文，順著碑頂往上一看，不禁「噫」了一聲。

原來這一座碑高峻過十六、七丈，寬約五丈，厚有丈許，是一整塊山石造成。碑頂刻著一個東西，非禽非獸，盤踞上面，雙翼虬睛，形狀獰惡，勢欲怒飛，神情如活，才知先前怪物乃是碑上雕石成精。估量這碑必在三代以上，只惜一字不識，查不出年代來歷。洞是古人墓穴，已在意中。先前見那碑說「再進者死」，如指的是碑上怪獸，自無妨害，否則還不定有什麼花樣呢？因是古代遺跡，那怪物既然知難而退，便也不願毀損，仍是按著劍光前進。

再深入約有半里，忽見六、七顆明星，都有碗大，流光熒熒，幻為異彩，在前面不遠暗影中出現，只一轉便漸漸隱退。猜是古代星寶放光，不由起了貪念，匆促中未及尋思，一催劍光往前追去。劍光何等迅速，眼看飛近，星光倏隱，接著一陣寒風吹過，身後「轟隆」之聲大作。

雲鳳縱然膽大，因為洞中幽險，處境可怖，也未免嚇了一跳。暗忖：「這個洞黑暗得這般奇怪，憑自己目力，黑暗中本能見物，又經在白陽崖照著仙傳苦練多時，怎會一到洞裡便覺得昏茫無睹？就算是目力不濟，那一劍一針本是仙家異寶，每用來照路，數十丈左近以內，無不燭照光明，為何離開寶光丈許外便看不見？莫非那碑上的警語果有其事？」

剛想暫時退身出去，就在這一轉瞬間，巨震忽止，微聞異香，眼前倏地一亮。光照處已能見物，只是微帶綠色，光並不強。方要查看光從何來，猛見來路上現出一門，甚是高大。匆遽中還以為以後為前，轉身時錯了方向。及至定睛往側面一看，不但兩邊牆壁俱仄了攏來，沒有初進時寬大，並且洞已矮了許多。再一回身，正中央是一長大石榻，上面臥著一具長大的死屍，衣飾奇古，與傳聞古人衣冠不類。左手持弓，右手拿著一件似矛非矛的石頭木質的兵器，頭裏腳外仰天而臥。兩旁立臥著許多死屍，也各捧著石器用物和器械，約有百數十個，身材俱比常人大出一倍以上，神態如生。

在石榻兩旁各有一個數丈方圓形式古拙的石釜，裏面裝著半釜黑油，各有三個燈頭，光焰熒熒，時幻異彩，燈捻大如人臂，不知何物所製。細查形勢，三面是牆，石門已閉，分明已陷閉古墓殯宮以內，進來時因為洞中奇黑誤入，這一驚真是吃得不小！見那些死屍雖像活的，並不動轉，急於逃出，不敢再行招惹。朝著榻上臥著的古屍默祝幾句，道了驚擾，正待回身破門而出，猛覺榻前死屍似在眉豎目轉，忽又一陣寒風，挾著香氣，從油釜中捲起！

就在這時，只聽門外「嗤嗤」兩聲冷笑，榻前死屍全都活了轉來，各持弓箭器械一擁而上。雲鳳慌了手腳，忙運劍光護身迎敵，且戰且退。那些活死屍力猛械沉，雲鳳劍光掃上去，所持兵器全都粉碎，並近不了身。可是，那座石門卻是堅厚異常，劍光衝上去，只見石屑紛飛，塊礫爆落，卻攻之不透。那些活死屍更不放鬆，追殺不捨。

雲鳳料那榻上屍靈是古代有名的聖哲帝王，那百餘名活死屍必是當時隨殉之臣，自己無端擾及先聖哲帝王的陵寢墓宮，已覺負有罪愆，怎敢再妄加傷害？可是那些死屍一味向劍光上硬衝，毫不畏忌，雲鳳一面還得留神閃避，只抵禦他的器械，不使來到近身，所以戰起來更覺吃力費事。似這樣支持衝突了一會，飛劍已把石門衝裂了八、九尺深廣一個大坑洞，不特沒有洞穿出去，好似前進石質益發堅固，飛劍衝上去碎裂甚少。身後那群活死屍更是一味猛攻不已，雲鳳身劍合一，雖不怕受傷，可是照此下去，要想敵人不受傷，卻是不能夠。

雲鳳一時情急，不由得大喝道：「我凌雲鳳誤入先代佳域，事出無心，並非有意侵侮。既不肯放我出幽宮，任我自己衝出去也可，何事得罪，如此苦苦相逼！我已多次相讓，再若倚眾欺凌，說不得便要無禮了！」說時，忽聽中間石榻上有了聲息，百忙中回臉一看，那具長大主屍竟是緩緩坐起，同時門外「嗤嗤」之聲更是笑得不住。那百餘活屍見中榻主屍坐起，立即停戰，恭恭敬敬的排班躬身，上前參拜。

雲鳳這時方得看清主屍，頭如巴斗，雙目長有半尺，合成一條細線，微露瞳光，再襯著那一張七、八寸長突出的闊口，上下唇鬚髯濃密，又粗又勁，彷彿刺蝟一般，愈顯得相貌凶惡，威猛異常。

雲鳳心有主見，認定那是古聖先哲與帝王陵墓。乍見群屍停手來拜，只當是主屍受了自己虔心默祝所動，不但減了戒備，反收了劍光，恭恭敬敬下拜祝告道：「後民無知，誤入聖域，多蒙止住侍從，不加罪刑，大德寬仁，萬分感激，只是聖靈居此，當在數千年以前，奧稽古史，未聞紀載，盛德至功，欲悉無從……」

還要往下說下去時，忽然玄兒的聲音細聲喝道：「你算是什麼神聖，卻拿暗箭傷人！」接著一點寒風從迎面頭上飛過，再聽「噹」的一聲，左壁側上火星飛揚，四、五尺長的箭已沒入石裡，猛抬頭一看，主屍仍坐榻上，左手持著一張大弓，右手拿起第二枝箭搭上去。那雙大眼業已睜開，瞪著酒杯大小的藍眼，正怒視自己，張弓要射！

雲鳳知道不好，忙運劍光護身飛起時，又聽玄兒在暗中說道：「師父用飛劍飛針殺他們吧，這些活屍不是好人！」言還未了，那主屍手中箭倏地改了方向，竟向玄兒發聲處射去，「鏘」的一聲，又射到石上。玄兒又在右壁罵道：「大妖鬼，我有仙太祖隱身之術，你如何能射得到！」雲鳳才想起玄兒用五姑所傳的仙法隱了身形，不知他怎得進來，雖知道這些古屍都未存善意，到底是我犯人，非人犯我，這數千年前陵墓必有來歷，不敢輕舉妄動。一面忙喝止玄兒，不可妄言妄動，再用五姑所傳隱身法掐訣一看，玄兒隱身右側，拿油釜當了擋箭牌，蹲在那裡，手裡抱著咪咪，狀似昏迷。

那榻上主屍兩箭未中，來人又看不見，意似暴怒，三次搭箭又要射去。玄兒因雲鳳禁止發話，已住了口，見狀沒等射出，已避入釜後，雲鳳急欲知道究理，看咪咪已受傷不能言動，恐玄兒萬一被射，決吃不住。又見主屍頗有起身下榻之意，心想：「兩小既然能進，我必能出，何不將兩小挾了過來，即使被主屍發覺，兩小有劍光護身也不妨事。」想到這裡，忙即飛身過去，就地挾起兩小，飛回原處，低聲一問，才知玄兒膽量素大，先因雲鳳恐四小有失，不准同行，好生掃興，後來待了一會，玄兒堅持進洞，說動咪咪陪他。

二小到了雲鳳受困之所，一眼看見雲鳳身劍合一，正與許多長大妖人力戰，不時往石門上衝去，情甚遑遽，不由大驚。正苦無法近前，忽見古屍漸漸坐起，先前動手的妖人都停了戰，過來朝著榻前拜倒，雲鳳也住了手回身禮拜通白。兩小心中好生不解，猛一眼看見雲鳳剛拜下去，躬身默祝，榻上古屍竟將榻旁弓箭拿起對準雲鳳便射！咪咪救師情急，也忘了使用法寶，竟是由左側飛身上去，對準箭桿就是一掌擋去。

這時箭剛離弦，吃這一下將箭擋歪，失了準頭，竟往斜刺裏射了出去。雖未將雲鳳射中，可是咪咪的手觸到箭上，立時涼氣攻心，渾身抖戰，暗道一聲不好，強自掙扎縱開，業已支持不住，滾落榻下。

這時雲鳳行法看出兩小所在，不由驚喜交集，忙身劍合一飛上前去挾抱過來，向玄兒問知究理，不由大怒。大喝道：「大膽妖屍，無知腐骨，竟敢如此猖獗，今日是你劫運到了。」

雲鳳隨說隨將手中飛針發出，一溜火光夾著殷殷雷聲，直朝榻上古屍飛去。玄兒見師父動手，也將歸元箭發出。眼看兩件法寶先後飛到，忽然一陣怪風，兩邊釜油中的燈光全都熄滅，光華倒映處，榻上古屍業已不知去向。接著一片玉石相觸之聲，鏗鏘雜鳴，先前那些旁立的屍靈俱在黑暗中持著器械蜂擁殺來！

雲鳳運轉飛劍飛針迎敵，這次是除惡唯恐不盡，顧忌全無。劍光雷火所到之處，那些屍靈連同所使器械紛紛傷亡斷碎。殺了好一陣，覺步履奔騰之聲逐漸減少，那些古屍已被消滅殆盡。

雲鳳正不知是何進退，猛又聽壁內有一女子聲音喊道：「道友，外面出路已斷，古妖屍設有厲害埋伏，我等恐非其敵，請隨我由此出去吧。」接著一道金光飛到，現出一個年約十四五歲的道裝少女，身背劍匣，腰帶革囊，英骨仙姿，美如天人。

雲鳳先還當這裏不會有什麼生人，是古屍詭計，及見來人現身，所用劍光竟是五姑所說正派中的能手，立時改容笑道：「道友何人，怎得在此？」

少女答道：「事在緊急，此非善地，不及細談。我是姑蘇楊瑾，快隨我先出去要緊。」說著一口南音，甚是清婉。

雲鳳未及回答，楊瑾早將手一拍革囊，立見一團銀花，其明逾電，先往壁內飛去，隨即手一讓，雲鳳忙催劍光一同飛入。裡面乃是一個極陰森黑暗的大地穴，銀花飛到壁上面，只聽「叭嚓嗶剝」一片爆裂之聲響個不歇，銀雪流輝中壁石墜落如飛雪，晃眼功夫已開通出十丈深廣，真個山崩地陷無比神速。不多一會，半里多厚的山石便已穿透。

二女剛一同飛出險地，隱隱聞得身後厲聲噍噍，甚是刺耳。雲鳳回頭一看，一團煙霧簇擁著一張似人非人的怪臉，頭前腳後平飛過來。怒目闊口，獠牙外露，霧影中也看不見他的身子，彷彿手上拿著一張大弓，搭箭要射。正待回身飛劍迎敵，楊瑾已回手朝後一揚，立時便是三點赤紅如火，有拳頭大的光華，朝那怪臉上打去，便聽一聲怪叫，又冒起一團黑煙，滾滾突突，簇擁著怪臉往洞內退去，同時又現出一張大口，口裡飛射出無數金星黃絲，正擋那三點火的去路。

楊瑾定睛一看，不禁吃了一驚，忙將手一招，收了法寶。這時玄兒竟不等招呼，將手中飛箭射出。等楊瑾收回法寶，看出想要喝止，已是無及。一道光華過處，直射入大口之中，如石投海，杳無聲息，那大口也再此隱去，只剩了新開的那個洞穴。

玄兒連用兩次收法，俱未收轉，急得直喊：「師父，弟子歸元箭被怪物吞去了。」楊瑾先見寶光飛出，當是雲鳳所為，一聽小人語音，才知雲鳳還帶有徒弟隱身在側。忙道：「你那法寶許已消滅，此時速離險地，商量除妖要緊，別的暫時顧不得了。」隨說，用手一招雲鳳，飛身而起。

雲鳳只得相隨飛身，一同飛出谷方行落下，飛時遙聞墓穴中怪聲大作，又尖又厲。及至落地，場瑾才道：「穴中為首屍靈乃上古三苗之君，老的一個名叫無華氏。乃子戎敦秉天地乖戾之氣而生，自幼即具神力，能手搏飛龍，生裂厚象。此時正當軒轅之世，蚩尤造反，驅上古猛獸黃牛作戰，將不周山天柱寶峰撞折，幾損了無數珍物。後來蚩尤伏誅，戎敦與蚩尤交好，曾與逆謀，也被軒轅捉去囚了他三年零九個月，經乃父服罪泣求，始行放歸。戎敦生性暴烈，認為奇恥大辱，越想越恨，扶病就道，甫及國門便自氣死。乃父無華見愛子身死，憤不欲生，每日悲泣怨悔，不到一年也是死去，就葬在此處。」雲鳳聽楊瑾道來，聞所未聞，心知對方看來年小，必非常人，態度更是恭敬。

楊瑾說道：「因葬處地脈絕佳，他父子又非常人，年代一久竟是得了靈域地氣，成了氣候。起初他父子如向正處修為，本可成一正果，無奈乖戾之性難革，終於成了妖孽。無華氏生前座下有一神鳩，當年曾仗著此鳩威震百蠻，神異通變，因此又叫做鳩后。無華氏死後殉葬，那鳩入了墓穴便蹲伏內寢石穴之中，這多年來每日都在冥心內練，服氣勤修，潛伏石穴之內已數千年，這前古神鳩，大是有用，我便是為此而來。再者數百年前，另一古時屍靈，叫做窮奇，在軒轅墓中盜了兩件至寶來歸，這軒轅二寶，也絕不能落入狂邪之手！」

雲鳳聽罷，忽想起五姑曾說曾祖姑凌雪鴻現已轉劫，託身在姑蘇七里山塘一個姓楊的家中，此女恰好姓楊，明是他老人家無疑！不禁脫口說道：「你老人家前生莫非姓凌，名諱是上『雪』下『鴻』，五十年前在開元寺兵解坐化的麼？」

楊瑾驚道：「我原姓凌，如今小字凌生便為的是這一層因果，你是怎生知道？」

雲鳳慌忙下拜，口稱曾祖姑，說了前事。楊瑾聞言大喜，忙拉起道：「道家不比俗家，重在入門班列，所以你又可算我前生嫂氏崔五姑的門下，你對白道友用那尊稱尚可，我已轉劫易姓，如此稱呼，實有未便，彼此門戶不同，你以晚輩自居足矣。」雲鳳自然不肯，經楊瑾再三解說，方允僭稱師叔，楊瑾雖然前因未昧，道法高強，轉世年紀畢竟還輕，見了四小甚是心愛，與雲鳳更為莫逆，互稱奇遇不止。

「玄裳仙子」楊瑾轉劫之後，得「神尼」優曇和乃師芬陀大師助力，前生法力已大半恢復，法力道術均非尋常。又蒙芬陀大師贈給她佛門至寶「法華金輪」，更是除邪剋敵的異寶。當下二人帶了四小回轉白陽崖洞，楊瑾名分既高出幾輩，又有兩世修為，雲鳳自然不敢擅專，一切唯命是從。楊、凌二人除靜中修養，日常論道外，閒中無事。楊瑾心愛四小，便加意傳授他們各種防身術。一晃七、八天，二人商議再探無華氏古墓，雲鳳道：「四小甚是機靈，可由他四人選派兩人前往妖穴墓中探查一回！」

楊瑾搖手道：「別將妖屍看得太輕，他們有多少道行，怎能令他們涉險？」雲鳳唯唯，二女談了一陣，乃就各自用功不提。

四小自隨雲鳳，向道之心十分堅誠，又極好勝，巴不得立功自見。二女說時，沙沙、咪咪適在側侍立，先聽雲鳳說要選出兩小往探妖窟，心中甚喜，嗣被楊瑾一攔，老大失望。等二女入定後，咪咪和沙沙使了個眼色，引向無人之處，說道：「沙哥，你聽見沒有，師父既肯叫我們去，當必知道無礙，偏是楊太先師不答應，我們何不自去立功？」

沙沙為人比較沉穩，先恐不告而行，聞言好生躊躇，禁不起咪咪貪功心盛，再三激勸，說修道人災難原有，怕不了許多，這也怕，那也怕，日後還成甚正果？沙沙被他說動，只得應了。二人計議已定，挨到亥時，尋到那兩小，假說奉了恩師之命，往妖穴附近去辦一點機密要事，晚間恩師做完功課，因明日便去除妖取寶，不許遠離等語。說完，逕自離開了白陽崖，往妖窟跑去。

快達谷口，剛行法把身形隱起，忽聽頭上有破空之聲。沙、咪二人目力本佳，忙抬頭一看，一道青光像電射一般由東南方斜刺飛來，晃眼到了谷口上空。略停了一停，一個轉折逕改道向谷中投去，一閃不見。二小隨了雲鳳多日，看出是劍仙一流人物，只分不出是邪是正。等二小趕到妖窟附近，那飛行人早已無跡可尋。月光之下，遙望妖穴門口，煙霧溟濛，突突飛散。二小知有妖法埋伏，也不去管它，仍往前進。

行至妖穴，正要衝煙而入，忽聽洞中有隱隱雷震之聲。煙霧消散中，從洞中飛出先見那道青光，緊接著一條匹練也似的火光和一團帶有兩點豆大碧光的黑影，一前一後，星飛電掣，朝著青光後面追去。青光看似不敵，一出洞便破空上升，直射蒼冥，眨眼間餘光曳影沒入雲影之中，紅光黑影兀自追逐不捨。

咪咪正在昂頭觀看，沙沙猛的靈機一動，料那青光定是妖屍仇敵來此窺伺，不勝敗走。妖屍沒有出現，後面追的就是妖屍發動的埋伏，此時大可乘虛而入，良機瞬間，豈可錯過！忙一拉咪咪，逕往窟中跑去。這一猜，居然被沙沙猜中。二小一路小心前進，進了內寢墓門一看，一切情形仍和上次雲鳳來時差不了許多。原被雲鳳飛劍斬斷碎裂的古屍靈已恢復了原狀，各持弓矢刀矛之類的器械侍立在停靈的石榻近側，諦視與生人狀貌無異，只榻上不見了妖屍。釜中妖火一律停勻，靜靜的放著星一般的光華，照得石室通明，不似上次一派幽深詭異的氣象。

二小一時乘機僥倖進來，哪知究理。咪咪眼望著石壁那座大油釜，恨不能移動一下試試。沙沙力說：「此釜重有數千斤，何況又是寶物，還有法術禁制，萬近不得。」咪咪也知事同夢想，只得作罷。可是人已近釜前，彼此附耳商量怎麼設法犯險，正自籌計不決，覺得身側一陣風過，身旁油釜倏地平空懸起丈許，下面現一深穴，那風頭似往穴中吹入。接著又見穴底煙飛霧湧中，似有青光閃了一閃，那油釜懸起空中，也往地面緩緩降落。

咪咪見狀驚愕中，猛的觸動靈機，膽子大壯，一拉沙沙，竟趁那油釜離地還有四、五尺光景，往穴中鑽去。沙沙見咪咪入穴，事出倉猝，一把未拉住。見油釜下落漸快，離地面不過二尺，心裡一著急，不暇深思，忙跟著把頭一低鑽將下去。身剛入穴，那油釜已壓到地面，差點頭沒碰上，不禁嚇了一身冷汗！

二小會面，一看那穴口只丈許方圓，下面是條坡道，越往前走越大。前面青光逐漸顯盛，與初來時洞外所見青光一樣，卻添了一道。飛得很慢，所過之處，穴底五色煙光全被衝散，二小才看出逃走那人前來報仇，只不知怎生進來。

那兩道青光愈往前飛愈慢，穴中的五色煙光也隨時變滅不停。有一次前面忽然垂下一片五色煙幕阻止去路，青光到此略停了一停，從頭一道青光中射出一團奇亮無比的藍光。初出時，不過彈丸大小，一經射入煙幕之中，立時無聲爆裂，化為光雨，藍晶晶萬芒電射，耀目難睜，煙幕當時衝破，化為殘煙消滅。

二小福至心靈，想起楊瑾之言，妖屍埋伏甚多，那些煙光彩霧必是妖法。見那青光所到之處，恰似風捲殘雲，勢如破竹，那兩人又是身劍合一，沒現真形，雖看出也是妖屍的仇敵，但是其意難測，摸不清是敵是友。如果不被察覺，處置得宜，不特可以借他力量帶入，探明穴中虛實，還可與他一同進退，少時隨之出險，如被看破，豈不是在妖屍之外又添了一重危機？想到這裡，未免有些膽怯，不敢追隨過近，只在兩下相隔十來丈左右。他快也快，他慢也慢，亦步亦趨，加意戒備，相機進止。

二小一路留神觀察穴中形勢，絕似大半隻斷了的金環。甬道渾圓，大約數丈，四外石質，一色暗紅，甚是光滑堅實，彷彿本是堅厚的實地，經了人力硬打通成彎長大洞一般。自從穴口下降，穴徑漸寬，一直往下溜彎，降二、三百丈，又往內彎了回來，漸漸變頂為底，如是常人，步行經此殊難立足。仗著二人身輕體健，甬道轉彎甚大，又有青光前導，隔老遠便可看出，尚未失腳。只是上下相去太高，二小行至快轉折處，往下縱落時，免不了有些聲息。前面青光似已聽出身後有了動靜，內中一道竟往回路飛來，一直飛到轉彎的上面老遠，才如閃電般飛掣回轉，一瞥而過，仍與先行那道青光會合前進。

那兩個劍仙把穴底一切都當妖屍妖法看待，一例掃除，絕不留情，二小如被青光微挨著一點，怕不身首異處！幸得洞大人小，又靈警異常，著地之際，自知腳底稍重，首先有了戒心，見劍光往回一動，慌不迭的貼壁伏好，青光已從身旁閃過。那青光見後面無跡可尋，也料身後聲響絕非無故，但是二小隱身之法出自「白髮龍女」崔五姑仙傳，又經楊瑾用本門心法加意指點，看不出邪氛妖氣，萬沒料到會有這麼兩個僬鐃小人潛伺在側。

二小又尾隨了百餘丈，途中漸有濃煙鬼怪之類發現，青光中照樣射出一團藍光，無聲無息將之消滅。那谷徑也漸漸彎向平處，行到後來前面忽似路盡，遙望漆黑一片石壁，空無所有。青光到此又停了停，依樣放起一團藍光，千里爆射，衝向壁間，激蕩開千層濃霧。妖煙後，現出一座圓門，兩道青光便合在一處，往門中飛去，二小忙即跟蹤追入。

那門內乃是一所極廣大的倒圓形石窟，窟頂上面懸著一團白光，宛如既望明月，冰輪乍湧，銀輪四射，照得到處通明，清白如晝。全窟廣約十畝，高大平曠，一面圓壁上一排並列著五個腰圓形洞門。中、左、右三洞中各放一座大小形式不同的古鼎，俱有紅、黑、金三色的輕煙筆直上升，離鼎三丈，凝結成一朵蓮花般的異彩，亭亭靜植，聚而不散。鼎後面彷彿有一長大石榻，榻上臥著一個古式衣冠的大人，餘下兩洞裡面卻是空的。二小知青光遲早驚動妖屍，必起惡戰，時刻都在提心吊膽，留神退藏之所，一眼將右側空洞看中，忙輕輕跑了過去。

那兩道青光飛近當中三洞門外，忽又停住，不往裡面衝入。約有半盞茶時辰，青光閃處，現出一男一女，俱是玄門裝束。男的年約二十多歲，生得猿臂鳶肩、蜂腰鶴膝、眉目英朗、神采奕奕。青光並未收回，像一條長大青蛇一般斜繞左肩右脅之間，回環數匝，寒光閃閃，電轉虹飛。胸前還掛著一張與他人一般長的大弓，背後斜背著一個矢囊，箭長五、六尺，有茶杯般粗細，共是八枚，箭簇上直泛烏光，射出數尺以外。

女的看來比男的略小，長身玉立，姿容雅秀，顧盼英武，腰間掛著一個革囊，鼓繃繃的，不知中貯何物。所用青光也和男的一樣，斜繞肩脅數匝，現身之後，互相指點門內，低聲細語，好似有些作難神氣。

那洞壁是個圓形，從側面細看，可以觀察中洞以內的景物。二小見二人法力高強，來時那般勢盛，怎會膽怯起來，好生不解。忙回首定睛，往當中門內仔細一望，當中三洞上面雖然各有一門，裡面卻是通開的一間廣大石室，有三個妖屍各據一榻，仰臥其上，頭朝門外，腳微向裡聚攏。每個妖屍的身後洞壁上面都懸有一團煙霧，簇擁著一個貌相猙獰，比骷髏還大上一倍的奇怪人頭，六隻怪眼齊射凶光，注定三妖屍的腳下，一動不動。

凶光所注之處，似有一團金光霞彩，被妖屍石榻遮住，看不見是何寶物。此外還有一隻奇形怪狀的大鳥，蹲伏在中、左二妖屍之側，瞑目若死。那壁間怪首看去雖然醜惡可怖，但是目光呆滯，只注視到一處，瞬也不瞬，和泥塑木雕一般，連四外圍繞的濃煙也似呆的，不見飛揚，好似嚇人而設。細加觀察，並無甚過分出奇之處。倒是妖屍頭前那三座大鼎形式奇古，金、紅、黑三色煙光上升結為異彩外，鼎腹之下各多出一根半尺粗細的鐵柱插入地底。側耳靜聽，隱隱聞得烈火風雷之聲從鼎中透出，更可怪的是，鼎與地皮色質竟是相同，恰似上下聯成一體，生根鑄就。

二小猛想起楊瑾曾說，三個妖屍使法下穿重壤，勾引地肺中的水火風雷，鼎腹鐵柱是是通連地肺的樞紐，妖屍高枕無憂，定恃此物，所以來人那麼大的本領道法竟會望門卻步，不敢擅自闖入。

二小正揣測間，來人又互相商量了幾句，那少年忙取下身上佩帶的大弓長箭，照準門內三個怪頭張弓待發，女的意似無奈，秀眉往上一皺，一手拉開腰間革囊，也未見取出什麼法寶，便身劍合一，化成一道青光，飛將起來。這裡少年弓已拉滿，一並排三枝長箭同時帶起一溜烏光，電掣星流直往妖屍身後壁上怪首飛去！

二小方以為寶弓寶箭絕無虛發，那三個怪頭必被射中無疑，誰知那三道烏光一進圓門，鼎上煙柱立即搖動。三箭剛從妖屍上面越過，說時遲，那時快，就在這一眨眼功夫都不到的當兒，猛見洞內金光一亮，妖屍腳後倏地現出數丈闊一張大口，正遮在怪頭前面，微一開合之間，大口中飛射出無數金星紅絲，像狂風捲雪、急流漩花一般，將三道烏光一齊裹住。少年見狀大驚。連忙伸手去招，已自無及。眼看萬千金星紅絲裹定三道烏光，只吞吐了兩下，便被吸進口去，金光斂處，無影無蹤，壁間怪頭依然猙獰，那張大口也隱而不見。咪咪上次和玄兒隨了楊、凌二女脫險，見過這個專吞法寶的大口，楊瑾也說過，那是前古至寶「九疑鼎」的妙用。

那來的兩人，也非弱者，所射出的箭，乃是「后羿射陽箭」，這時一見被大口連吞三枝，又驚又怒，立時將那團藍光放將出來。三屍靈中間一個，正是無華氏，一見大驚，知是至寶，可是身還未及起立，護身法術首被藍光破去，爆散開來。緊接著，數十粒桂圓大小紫黑色的暗光又從另一道青光中打將下來，也未容看出是何法寶，便覺周身痛癢，連中了好幾十下，知道禁法全破，心中大驚。因為來勢萬急，連念頭都未容他轉到，只怪叫出半聲，便被兩道青光，一團藍光，連形神帶屍骨絞為紛裂煙飛而散。

少年男女一心專注為首妖屍，合力下手，左右兩旁的妖屍，一個是戎敦，一個叫做窮奇，也早覺出來敵強盛，勢不可侮。見無華氏形散神亡，這一驚非同小可。慌不迭縱起身來退向洞後，一個取了「軒轅昊天鏡」，一個取了「九疑鼎」暴跳如雷，厲聲怪笑，迎將上來。

少年男女斬了洞中妖屍，忽見左右二屍同時在榻上失蹤，料知不妙。回首一看，壁間三個怪頭業已先後隱去，左右二榻上原臥的兩個妖屍，一個貌相猙獰，形如惡鬼，身高幾及兩丈，長著一腮絡腮鬍子，右手持著一柄金戈，左手高舉，似握著一面鏡子。乍看鏡光青濛濛的，光華並不甚亮，略一注視，青光裏面彷彿很深，金霞隱隱旋轉不停。另一個妖屍身量更高，腰間圍著豹皮，全身看去只是一副大骨頭架子，瘦硬如鐵，口中喋喋怪笑，聲類梟鳥，響徹全洞，兩條枯瘦長臂當胸平舉，卻看不出拿的是何物，頭臉上半身全被遮住，僅現出適才收去三枝射陽神箭的那張大口，放出無量數金星紅絲射將過來。

少年男女知那大口厲害，飛劍取不得勝，女的一個先放出法寶，照準大口打去，男的也將那團藍光放起，朝那有絡腮鬍子的妖屍飛去。誰知光華剛一飛出，便被大口中的金星紅絲捲住，略一吞吐之間，如石落大海，無影無蹤。那團藍光眼看飛近妖屍，那古鏡上面倏地一片輕煙飛過，從青濛濛微光中忽射出萬道金光，百丈虹霞彩芒電轉飛射，迎著藍光微一接觸，藍光雖然照聲爆散，奇彩流輝，精光四射，但被鏡上金霞阻住，不能傷著妖屍分毫。兩個妖屍卻不放鬆，緊緊追逼過來！

戎敦和窮奇二妖屍手中所持的是「軒轅二寶」，是妖屍攻破地穴，在軒轅墓中盜來，少年男女也是為此而來，這時看出厲害，再不見機遁走，必無倖理，兩下一打招呼，縱遁光便往外逃去。這時穴中三個妖屍，中榻上的無華氏已被少年男女所誅，形神消滅。這兩個妖屍長的是窮奇，較矮有絡腮鬍子的是戎敦，原意本要將少年男女逼退出室，才好發動埋伏，見狀只互相怪聲叫笑，並未隨後追趕。

這少年男子名叫「小仙童」虞孝，乃崑崙派中名宿鐘先生門下最心愛的大弟子。那女子是半邊老尼高足，「石氏二姝」之一「縹緲兒」石明珠，俱是崑崙門下小輩中傑出之士。一見妖屍乘勝不追，便知必有詭計，再定睛往前看，果然歸路已失，來時的圓形彎長通道已不知去向，四外俱是堅厚石壁，無路可通。

正自斟酌怎生出去，石明珠忽悄聲說道：「目前妖屍定然發動埋伏，隱身暗中作祟，我們歸路已斷，你看洞頂上面這輪月兒依舊光明，照在身上並無什麼感覺，甚是古怪，莫非妖屍故布疑陣，那裡面隱藏著出路麼？」

一句話把虞孝提醒，一想此言果然有理，記得下來時那條通道又彎又長，恰似半環形，算計程途遠近間隔，那月光好似正當上面油釜下入口。此時出路已封，再不急謀脫身之計，非被陷在此不可。隨想隨將「后羿射陽弩」取在手內，張弓搭箭，便要往月光射去。準備箭射上去，看準虛實再乘勢衝出。

就在二人商計脫身，還不到半盞茶的功夫，當中三圓門內三座大鼎上的煙光異彩全都隱去，只聽地底「轟隆、嗶剝」爆發之聲如迅雷初起，烈火燒山，驚濤急湧，狂風怒吼，漸漸由遠而近，從鼎中透將出來，室內妖屍窮奇笑聲「桀桀」，雜著戎敦怒吼咆哮之聲，愈發淒厲難聞，入耳驚心！

石明珠見勢危急，看出妖屍已然發動地肺中的水火風雷，再無倖理！一面將飛劍法寶施展出來，一面又使用「五雷天心」正法以備相助一同衝出。這裡虞孝的箭剛剛發出，一溜烏光射向明月之中，那旁三座大鼎上一條火焰，一線白光，一縷筆直的濃煙，已似箭一般升起，只轉瞬間，便要化成水火狂風，向虞、石二人布散襲來。

幸而虞孝情急智生，無心巧得出路，這一箭射上去，那團白光被烏光衝破，化為白煙，波分雲裂而散。又趕上石明珠以「五雷天心」正法，揚手一團雷光打將上去，紅光照處，現出從上而下井一般直一個圓洞。知道料中，出路已得，不禁驚喜交集，忙使身劍合一，催動輪光往上衝去，身才離地，鼎中冒出那條火焰首先「轟」的一聲，化為萬千紫綠色的火彈，由小而大，紛紛爆散，佈滿全洞。

二人飛升中回首下視，瞬息之間，全洞已變為火海。那白色濃煙也依次發動，知道此火乃地肺中千年鬱陽之氣所積，非同凡火，如被困住，縱仗法寶飛劍護身，也只能支持少許時日，早晚連人帶寶均被煉成灰燼。真個危機一髮，哪敢絲毫怠慢，加緊運用玄功，催動輪光，電射星馳一般，轉眼升到頂上，用「大力千斤神法」托起油釜，離了險地，逕往墓洞外衝出，不提。

妖屍萬不料到敵人神箭如此厲害，竟會將洞頂用禁法封閉，連自己也從不經行的秘徑衝破逃走，去時又是那樣神速，容到看出敵人破法逃走，卻待追趕，偏生地底水火業已引動，自身也不能冒火衝出，須要行法收去方能追趕，哪裡還來得及！深悔不該輕覷敵人，鬧了個徒勞無功，賊去關門，後悔已是無及。只得重新佈置，將直通上面的井路改設下別的陷阱，以備敵人去而復轉。

二妖屍中，窮奇狡猾無比，本就和無華氏不和，又想獨吞軒轅二寶，只是不便明奪，無華氏一死，只剩戎敦蠢物一個，貪心更熾。來人一走，二妖屍將軒轅二寶藏在一個地穴之中，收了地火，便自走出。等二妖屍相偕出了洞上升，咪咪也想尾隨出去，卻被沙沙一把拉住道：「你怎會聰明一世，糊塗一時，如今妖屍退出，危機已過，那兩件聖陵至寶仍藏在原地未動，豈不是我們的天賜良機？」

二小商議片刻，走向妖屍藏寶之所，才一走近，忽聽上面遠遠傳來異響，料是妖屍回轉。剛剛藏好身形，妖屍窮奇的笑聲已由遠而近，二小潛伏在右榻側面，連大氣也不敢出。

不多一會，壁間濃煙過處，忽然現一絕大圓洞，妖屍窮奇從洞中走將出來，走向中榻後面，低頭伸開兩手往左推了一下，起身時手裏已拿著一面古鏡，鏡中青濛濛一片，正是適才與少年對敵之物。妖屍面對著鏡，滿臉獰笑之容，抱在懷裏，看去甚是喜歡。隔不一會，將鏡放在榻上，又俯身下去照前樣推了兩推，捧出一座古鼎。大小不過二三尺，通體金色，鼎蓋上蹲著一頭異獸，鼎腹上也滿刻著許多奇禽異獸，與山嶽風雲水火之狀，還有不少丹書古篆，形制奇古，光彩爛然。妖屍略一端詳，一手揭開頂蓋，口中喃喃不知念些什麼，立時鼎中飛出先見的那張大口，連鼎帶妖屍全都遮住，一會隱去，復回原狀。

妖屍將鼎蓋放好，左手舉著鼎，右手搔了搔頭，朝鼎腹上古篆文仔細看了又看，面上似有懷疑之容，幾次伸手又縮了回去，最後好似實在忍不住，口中又復喃喃念咒，聲音與前微異。猛的怪眼一睜，高舉右手，照準鼎上拍去，鼎上立時發出無數禽鳴獸嘯，輕鳴巧叫，怒吼長吟，雜然並作，匯為繁響，種類何止千百，震撼全洞，震耳欲聾。妖屍忙取古鏡朝鼎一照，戛然齊止，更沒聲息。妖屍喜極忘形，抱著那鼎亂跳，口中不住「桀桀」怪笑，聲若梟鳴。

二小看在眼裡，方知寶鏡能制鼎，只要不揭鼎蓋，那大口也不會飛出。正驚喜注視，說也真巧，妖屍寶藏地下石穴之內，上有太極八卦禁制，存放時照例須用禁法封閉。偏生窮奇暗中悟出一些「九疑鼎」的奧妙，背了戎敦自下來取試，果然靈驗，照此研討，必能悟徹微妙，正得意歡躍間，忽聽戎敦在上面怒吼怪叫之聲遠遠傳來，知已覺查，恐被走來看破，忙將二寶仍放地下，起身便走，去時慌張，也忘了行法封閉。

二小見妖屍剛進壁間圓門，濃煙過處，妖屍不見，石壁回了原狀，便聽二妖屍在壁中爭鬧之聲，由近而遠，漸漸消失。大意是戎敦怪窮奇居心叵測，私入地穴。

二小聽了聽，聲音已漸遠去，忙也依樣在地上一推，立時現出一個七尺多深的孔洞，底下放了一面古鏡。沙沙聽了聽上面沒有聲息，忙縱下身去拿起一看，正是那面有青濛濛光華的「昊天鏡」，其質非金非玉，甚是沉重，背有蝌蚪文的古篆和雲龍奇鳥之形，看似隆起，摸上去卻又無痕，非刻非繪，深沒入骨。正面乍看仍是先前所見青濛濛的微光，定睛注視卻是越看愈遠，內中花雨繽紛，金霞片片，風雲水火，一一在金霞中現形，隨時變幻，變化無方。咪咪也縱身下去看了一會，都是喜出望外。

二小再去看那寶鼎，只見那鼎蓋鼎腹俱是萬類萬物的形相。由天地山川、風雲雷雨，至日月星辰、飛潛動植及從未見過的怪物惡鬼，小而昆蟲鱗介，無不畢具，中間還夾有許多朱書符籙。最奇怪的是那鼎不過數尺方圓，可是上面所有萬物看上去都是空靈獨立，各有方位，毫不顯出混雜擁擠之像。咪咪膽大好奇，接連繞鼎走了三匝，想看看鼎腹上到底有多少稀奇古怪的東西，誰知鼎腹竟是時常變幻，每次所見俱各不同。方知鼎腹所現諸般形相包羅萬有，恆河沙數，無有窮盡！

二小再看鼎蓋上蟠伏著的那個怪物，生得牛首蛇身，象鼻獅尾，六足四翼，前腿高昂，末四腿逐漸低下，形相猛惡已極。鼎蓋不大，那怪物卻是神威凶猛，勢欲飛舞，愈看愈令人害怕。咪咪心想：鼎裡面那張大口，不知是什麼怪物？妖屍既能隨心所欲使牠出現，往前飛出收寶傷人，如今站在後頭，想必不致受害。

第六回　除妖得寶　藍面真人

咪咪當時雄心一壯，也不先向沙沙商量，只說得一聲：「沙哥，拿鏡照好，我要揭這鼎蓋一看。」

沙沙聞言大驚，咪咪早防他作梗，口裡說著話，已將鼎蓋微微掀起。誰知「九疑鼎」與寶鏡大不相同，鼎沿剛一顯露，便見無量金星紅絲如飆輪電旋，衝開鼎蓋而出，光霞強烈，耀目難睜。同時一片「轟隆」之聲發自其內，仿如絕大吸力，連手帶身子統統吸住往裡收去，莫想掙扎分毫，不禁驚叫欲絕！

沙沙因為急於攔阻，手中寶鏡偏了一偏，沒有照準鼎口，致有此失。這時瞥見鼎蓋甫啟，咪咪人被吸住，晃眼就要收入鼎內，一時情急，除用鏡破解外別無生路，驚慌駭亂中雙手舉著那面昊天鏡朝鼎上對照下去。鏡中青濛濛的微光照射上來，立時金星齊斂，紅霞全收。咪咪身已半入，危機相間何啻一髮之微！忽覺眼底光霞隱處，吸力盡退，只見亮晶晶一團東西正往鼎中落去。他膽子也大得出奇，當這生死瞬息之際，仍未忘了涉險，隨手撈住，奮力縱退出來，鼎蓋竟輕鬆鬆的落下蓋好。咪咪臉都嚇成了土色，哪敢停留，不顧看手中所持何物，慌忙縱上。

二小因鼎已發出響聲，唯恐妖屍驚覺趕來查看，忙與沙沙合力掩好寶穴。一看那鼎中得來之物，乍看只是帶有青白微光，看去混混沌沌，並不十分透明的一粒雞蛋形大小的圓珠。及至反覆定睛注視，那珠子甚是異樣，如若順立，青白二光立時分開，青光上升，白光下降。

再隔一會上段便現出無數日月星辰、風雲雷雨的天象，下半截便現出山川湖海、飛潛動植之物，與鼎腹所見大同小異。這個裏面的萬類萬物卻似活的，不過動作稍慢罷了。若一倒立，重又混沌起來。小小一丸東西裏面包藏若許無量事物，按說絕難看真，誰知不然，竟是無論看那樣，在目光中都是大小恰如其分，營營往來，休養生息，各適其適，位置勻稱已極。再一看出了神，更是身入個中，神遊物內，所見皆真！

二小雖不知此寶乃「九疑鼎」先天元體，關係全局至為重大，卻已料定是件異寶。尤妙是為物不大，懷袖可以收容，不比那面「昊天鏡」因為人小物大，還要設法藏掩。俱都喜出望外，轉忘適才魄散魂喪之苦，當下各自看了一會，乃由咪咪收藏懷中。幾經籌計，決將那面「昊天鏡」放在適才藏身的另一石室之中，面朝下覆臥著，靜候時機，二位師長一到再行現身獻寶。

且說凌雲鳳、楊瑾二人在白陽洞中做完夜課，已是第二日辰初時分。先見沙、咪兩小不在眼前，以為偶然有事離開，還不怎樣在意。隔了一會兒，見健、玄兩小不時喁喁私語，眉目示意。雲鳳首先想起，昨日曾有命他二人往探妖屍巢穴之意，後為楊瑾所阻，兩小當時神情甚是沮喪，料出貪功之切，背了師長偷偷前往涉險，忙喚健、玄兩小來問，健、玄兩小照實說了，楊、凌二女聞言大驚，因早已算定，妖屍伏誅該在今晚，雖然著急，也無可奈何，只得靜候。延到夜間亥子之交，楊、凌二女準備停當，吩咐健兒、玄兒看守洞府，不許擅離，逕自同駕遁光直往妖屍墓穴中飛去。到了妖屍墓穴落下，施展「六戊潛形」遁法往洞中飛去。

二女入洞不及半里，便將頭層五行禁制埋伏相次觸動，無限大木黃沙烈火刀矛，挾著妖煙邪霧如狂濤怒捲一般飛舞來襲。二女見狀一賭氣，索性收了「六戊潛形」之法，由楊瑾當先施展法寶應戰。楊瑾以「法華金輪」開路，佛門至寶，非同小可，將埋伏禁制相繼破去。二女聯翩飛入妖墓內寢，如入無人之境。二女一看日前停屍石榻移前有兩三丈遠，知道下面便是下通地穴的圓井的通路，被妖屍行法封閉，又用這重逾萬斤的石榻蓋緊。

楊瑾想將此榻移去，下時更要省事，忙使禁法一移。不料榻上設有千斤大力禁法，重如泰山，輕易移不動。想仍由「法華金輪」衝石而下，雲鳳忽然失驚低語道：「那是什麼？」

楊瑾回身一看，兩旁排立的那些古代屍靈身後地下，插著一枝形如令箭的竹牌，上有符籙，隱放光華。楊瑾識貨，知是北邙山「靈鬼冥聖」徐完之物。過去一看，令箭旁還畫有「擅動者死」四個篆字，石痕猶新，彷佛才留下不久，不禁又驚又氣。

雲鳳見楊瑾望著令箭沉思，面有怒容，便問何故。楊瑾搖手噤聲，先往四外一看，別無可疑之跡，料徐完必已來過。無怪這些古屍靈見人進來沒有蠢動。他插這枝令箭在此，無異說墓穴一切全已屬他，不容他人染指。這廝雖不好惹，但是事已至此，不惹不行！略一審慎，囑咐雲鳳留神警備不測，逕自伸手將那令箭拔起，擲向一旁。先以為免不了還有別的事發生，誰知毫無動靜。再試行法一移石榻，居然隨手而起。忙使「法華金輪」放出寶光，飆輪電旋，直往地底下射下去，光華施照之處，石碎為粉，四散疾飛，不消頃刻便將上層數丈浮石穿通，現出原有井穴。

這時二妖屍因為失了寶物，內鬨方烈，戎敦吃窮奇玄功變化咬落了左手三指，窮奇也被妖鳥神鳩救主情急抓傷肩臂，彼此都在憤怒咆哮。

沙沙、咪咪隱避側室之內作壁上觀，正在高興，忽聽一聲輕雷爆聲響處，眼前倏地金霞銀芒照得合洞都是奇光異景，眩目生花，洞頂月光已隨著雷聲化為一陣白煙消滅，金霞銀光後面跟著又飛落兩道劍光。

戎敦本敵不過窮奇，一見來了敵人，忙即高聲怪叫，要窮奇暫且罷戰，等擒住敵人再行理論。窮奇也看出二女來勢與上次不同，起了戒心，巴不得同仇敵愾，應了一聲，便與戎敦一同應戰。戎敦一指金戈，化成兩道金光飛上前去，吃楊凌兩女的般若刀和玄都劍敵住，窮奇得了空隙，便飛向丹室去取九疑鼎準備收敵人法寶。二小見滿洞光華飛舞，星馳電掣，立被嚇住，不敢上前，又不敢出聲呼喊，急得不住頓腳搓手嘆氣連聲。兩女雖知二小在彼，但又初來，不知他的藏處，加以忙著應敵，急切間觀察不到。眼看窮奇手持寶鼎，厲笑喋喋，由丹室內飛出。

二小進退兩難之際，咪咪忽然急中生智，暗忖「昊天鏡」鼎都能破，何況別的妖法！妖屍所持寶鼎厲害，事在危急，何不拿了它照著出去？想到這裡，匆匆和沙沙一說，更不暇再計別的，一同飛步持寶鏡奔出。

楊、凌二女本就留意尋找，一見二小犯著急危至險，手持一團青濛濛的光華，從側面室內奔出，知道寶鏡得手。但是敵我相持正緊，二小此來要由妖屍身旁穿越，以他們微末道力，如被妖屍發覺，豈不觸手便成齏粉！楊瑾一著急，首先一指「法華金輪」，正要衝將過去接救，妖屍先已驚覺！

咪咪身原隱住，如不帶著「昊天鏡」奔出，妖屍或者還看他不出。這一持鏡，上古至寶豈是「六戊遁形」之法能掩蔽光芒！幸而人在鏡後，除鏡外身形仍隱，否則即使有人救應也來不及了。戎敦正在抵禦敵人，一眼瞥見側面室內離地二尺許，飛出一團青濛濛的光華，定睛一看，正是那面

「昊天寶鏡」，只是離地太低，萬不料到有兩個小人捧著，一心還以為寶鏡神物，自在穴中飛出。一縱遁光，飛身上前，剛要搶取，那面寶鏡倏地一晃，比電還疾，逕往敵人身旁飛去。

戎敦一把撈空，似見鏡後有兩個極小的人影一同飛起，還未及審視真切，金輪飆轉，只得回轉金戈抵禦。再一看，寶鏡飛到了敵人身側，現出一個矮老頭兒和兩個嬰兒般的小人來，正在指著自己向先來二女談論。不禁急怒交加，一面運用那兩把金戈抵禦敵人的飛劍，一面正想施展惡毒妖法取勝。恰值窮奇持著「九疑鼎」飛出，一見寶鏡落入敵手，先自吃了一驚，未及施為，那矮老頭兒已從二女手中要過寶鏡，將手一指，一道金光似長虹一般飛到。

窮奇大怒，伸手一揭鼎蓋，剛幻成一張大口，猛聽耳旁有人喝道：「無知腐屍朽骨，你偷來的玩意不靈了。」

窮奇吃驚回頭，人影子還未看到在哪裡，「波」的一聲，鼻上早著了一下重的，也不知被何物打中，彷彿覺似有一絲涼氣侵入，直透命門，百忙中並未十分在意。恐怕再受暗襲，連忙運用玄功變化時，眼前一閃，又現出一個矮老頭兒，同樣也飛出一道金光，直取戎敦。二屍都是痛恨已極，暴跳如雷，知今番敵人不比往常，仍各恃數千年的道力，精通陰陽變化，全沒想到敗字，恨不能一下將敵人碎成肉泥，才稱心意。

那兩個矮老頭兒，一個是「矮叟」朱梅，一個是「追雲叟」白谷逸。所用劍光本就是仙家至寶，又經二老多年苦心修煉，「九疑鼎」雖然備諸萬象妙用無方，妖屍只是無師之傳，略知一些用法，並未悟徹精微。加以鼎中一丸先天本命的混沌元胎已被沙、咪兩小無心巧合觸動樞機，仗著「昊天寶鏡」之力摘去了，減卻若干威力，如何能制住二老仙劍。

窮奇見那張大口吸不住二老劍光，並且口內光華較弱，金星紅絲旋轉也沒有以前急劇，相持了一會，心方有些驚疑。「矮叟」朱梅忽對白谷逸道：「道兄，此鼎已然試過，果自不凡，至寶神物誰也垂涎，我們從速下手吧！」言還未了，窮奇因急切間不能取勝，逕將昨日悟出的用法施展玄功，口誦上古靈文，左手托鼎，怪目圓睜，覷準鼎腹，高舉右手一掌拍去。便聽萬籟叫號由細而洪自鼎上發出，匯為繁響，震撼全洞。接著飛起千百道五色煙雲，簇擁著無數大小長短光華，現出天龍野馬以及各種奇禽怪獸的形相，朝二老、楊、凌等人飛舞撲擊！

白谷逸知道是元始先天精靈所寄，不比旁門幻景邪術，一聲長笑，身與劍合，劍光立即暴長，化成一道光牆迎上前去。

誰知那些五色煙雲中的形相只是一團團透明奇亮的精光，並無實質，變化無方，奧妙非常，一遇阻隔，威力大增，白谷逸劍光方一接觸，倏地由零化整，變成一團精光，瀰漫大半座洞穴，直向劍光緩緩撞去，光芒強烈，照眼生花，休說雲鳳、沙、咪二小三人，便是朱、楊二人也覺耀目難睜。尚幸鼎內一丸先天本命混沌元胎事前已被摘去，來勢稍慢，否則就連二老也非吃大虧不可了！

白谷逸剛覺來勢重如泰山，枉自運用全力，劍光竟被蕩開，不特阻不住，光華還逐漸逼著劍光下壓，剛暗道一聲：「不妙！」對面光華似閃電般掣了兩掣，眼前倏地奇暗，二妖屍身形全都隱去。自己那道劍光仍被無形潛力阻住，光只能及到自方，照不見對面分毫。同時暗影中又是萬類嗚嘯，地動山搖，先前影中有形之物俱都變成實質，一個個目射奇光，張牙舞爪，揚喙振翼，作出攫拿飛撲之勢而來！

那些怪物大的竟頭似山嶽，身逾百丈，最小的也大如骷髏，長及尋尺。全洞窟不過十畝方圓，按說那些龐然大物一個也容納不下，看去卻是為數何止盈萬，千奇百態，備諸獰惡，同時並呈，目難窮盡，聲勢委實驚人。料是寶鼎妙用，現出盈虛世界，說真便真，說假便假，隨心生滅，瞬息萬變，稍一不慎，便受吞襲，捲入其中，化為烏有。自恃多年道力，雖然不至形神俱滅，想占上風，卻是萬難！正在觸目驚心，說時遲，那時快，就這麼先後片刻間，「矮叟」朱梅已悟出「昊天鏡」背面蝌蚪符籙，口誦靈文，如法施為，朝著對面黑暗中照去。

這一來顯出生剋妙用，初起時僅放出一道青濛濛的微光，一照向暗影之中，鏡上面一片輕煙飛過，青光一閃，倏地又放出一道金光，無邊霞彩，狂風驟雨一般飛射出去。晃眼全洞重現光明，萬籟俱寂，無影無聲，只剩下窮奇、戎敦兩妖屍，一持鼎，一持金戈，站在當地，怒忿張惶，鬚髮蝟立。

二老早知窮奇數千年玄功厲害，如不先除本命元嬰，法寶飛劍都未必能奈何他。料準妖屍煉就元嬰藏在命門紫府以內，事前向秦紫玲要了兩根「白眉針」，昨日又去拜訪一真大師，借了一粒佛門降魔至寶「金菩提」，將「白眉針」暗藏菩提細孔之中，用禁法隱卻二寶光芒，乘他心神略分之際，照定面上山根打去，剛才一上來，窮奇捱了一下，便是「金菩提」作用。

那「金菩提」原是一真大師念珠，無堅不摧，以意發出，輕重隨心。追雲叟因窮奇身逾堅鋼，要害只此一處，「白眉針」恐刺不進去，特地借來以作引導之用。重傷並無用處，輕輕一下，恰將山根骨打碎了些，「白眉針」見孔就鑽，立由破口順氣脈直攻玉海！

「追雲叟」白谷逸知窮奇最為難制，自從「九疑鼎」為「昊天鏡」所破，故意仍指揮飛劍應戰，人卻早已隱過一旁，覷定窮奇，靜候時機到來下手。隔了這一會，料定「白眉針」發生妙用，益發聚精會神，注視他的動作。

這裡窮奇使邪術把元神變化，飛將出去傷人，卻不料寶相夫人所煉「白眉針」，專一循著血脈氣孔破壞真神元氣。適才已然刺中嬰兒要害，如若就此負傷遁走，元氣尚未耗散，以窮奇的道力尚可細心探索傷因，將針取出，重行修煉，不過壞卻一半道行，遲早仍可復元。也是惡貫滿盈，該遭大劫，憤怒頭上竟未容尋思，等將元神變化飛出，猛覺元神受了重創，真氣耗散，休說變化傷人，本身受了真靈反應，更是心腦全身奇痛欲裂，方知不妙！正在驚惶失措，咬牙忍痛，拼命想將本命元神收回，已是無及。

追雲叟運用慧目定睛看去，見全洞光華電閃中，窮奇頭上似有一極淡的絕大影子飛起，知是元神飛出，哪裡容他遁走，忙即隱身飛上前去，到了窮奇身後，出其不意，先將一根「修羅鏨」照準命門打去。緊接著把手一揚，立時便是震天價一個大霹雷打將下來！

那窮奇煉得身逾堅鋼，又有玄功變化，如在平時，便是飛劍法寶也未必能傷他分毫。這時嬰兒受傷，元神耗散，那「修羅鏨」早先原是湖南羅浮山七絕嶺妖人「鬼母」朱櫻之物，新近才落到追雲叟手中，無論仙凡，如被擊中，立時在體內發出烈火巨震，周身骨碎筋裂，血肉橫飛，死於非命，何況又加上一個神雷，裡外夾攻！一任窮奇是個金剛不壞之軀也吃不住，只聽狂吼一聲，那一具古偉妖屍，通體炸裂，化成千百根黑骨，帶著焦皮紛紛爆散。

妖屍窮奇一死，追雲叟更不怠慢，一伸手先將寶鼎接了過去，空中元神吃神雷一震，再被二老與楊、凌二女法寶飛劍乘勝趕將過來，五六道光華掣電星飛一陣亂絞，立時消滅無蹤。當窮奇形神兩滅之際，妖屍戎敦也恰在此時畢命。

原來戎敦見金戈久戰無功，敵人法寶飛劍神妙無方，「九疑鼎」已不能使用，一時情急，妄想還用玄功化身潛入丹室，豁出毀滅全穴，將地底水火風雷發動，拼個最後輸贏！誰知白、朱二老合除二屍，早經約定，「矮叟」朱梅正想下手除他，因追雲叟尚未成功，寶鼎尚在窮奇手內，恐先斬戎敦，窮奇勢孤驚走，大是不便，尚未施展辣手。連楊瑾也在事先受了暗示，假意相持了好一會兒。

忽見戎敦正指金戈抵敵之間，忽然身形一晃，便知要出花樣，先還當他想行變化傷人，定睛一觀察，戎敦身側似分出一個人影，往當中圓室飛去。朱梅本就防到他要下此絕招，連忙施展無形劍法，隱身追去。戎敦道行不如窮奇，朱梅猶恐難制，一揚手先把月兒島火海中取出的那枚朱環放起。一圈其紅如火的光華只一閃，便將戎敦束住，再使無形劍光一絞，戎敦本身正對敵，猛覺如火燒身，其熱異常，情知不妙，只倉皇回顧之間，元神已被朱環束住，飛劍絞滅，本身哪還支持得了？一聲哀號只喊出一半，吃楊瑾「般若刀」與朱梅的無形劍先後飛到，攔腰一繞，斬成四段，屍橫就地。

雙妖伏誅以後，大家聚在一起看那寶鼎，楊瑾又將二小從「九疑鼎」內取出那一丸混沌晶球與二老觀看。二老一見，不禁又驚又喜，正要解說，那隻前古神鳩一振雙翼，將身形隱住，飛出室來，覷準楊瑾撲去。這時朱梅拿著那一丸混沌元胎，正與追雲叟談說此鼎微妙，二女站在迎面，大勝後難免有些高興，加以來時沒有見神鳩，匆促間全未在意。神鳩又善於隱身，當前只有極稀薄的一片輕煙，剛巧又是屍妖新滅，妖法初破，全洞室到處煙光飛揚幻滅之際，便是二老煉就慧眼，不加仔細，也難辨出，楊瑾背向妖鳥來路，幾為所傷！

幸是二小忽然想起室中還有一隻妖鳥未除，沙沙首先對凌雲鳳說道：「師父，那當中三個圓門裡面還有一隻妖鳥，剛才還飛出來過，大得怕人，怎不殺了去？」言還未了，二老同被提醒，忙向丹室尋視。一抬頭，似見對面極薄一片淡煙風一般捲來，已快到楊瑾身後，雖還未看出煙中藏有何物，已料定如非妖法發動，也必有妖物潛形煙內。來勢急驟，不及再喚二女躲避，忙把手一揚，各放出一團雷火，照準煙中打去，緊接著又將飛劍放起，兩聲雷天價大霹靂過處，將那片淡煙震散，現出妖鳥身形。

因這兩聲神雷，神鳩忙著應變，不顧傷人，噴出一團紫焰去敵劍光雷火，來勢遲頓了一下。二女一聞雷聲，便知有變，忙往側面飛出。回臉一看，一隻鳩形怪鳥，鐵爪箕張，形相獰惡，正與二老的劍光相鬥，那雷火拼沒傷著牠，知是妖鳥無疑。大喝一聲，先將「般若刀」化成一道銀光飛上去，同時凌雲鳳也將「玄都劍」飛起。妖鳥並無畏怯之狀，不住把口連噴，一團團紫焰，連珠般飛起，晃眼全身沒入紫焰之中，幾不能辨出形相。四人的飛刀飛劍也聯合成了一個光網，神鳩上下四方全被籠罩，脫身不得。

楊瑾暗訝此鳥果然名不虛傳，連二老飛劍都斬牠不了，正要將「法華金輪」放起助爭，忽聽朱梅喝道：「楊道友且慢下手，可與雲鳳往妖屍丹室寶穴等處搜尋以前失去之寶。此鳥通靈已久，容我和白道友對付牠便了。」

楊瑾聞言，忙和雲鳳收了「般若刀」、「玄都劍」，領著沙咪二小趕往妖屍丹室一看，除中設三榻與榻前三鼎外，有三枝長箭在榻上。沙咪二小忙說那長箭乃昨晚逃去的少年男女所失，放時有一溜烏光，想是一樣法寶。

楊瑾也看出那箭形制奇古，隨手收來插在身後。先已聽二小說了寶穴情形，再轉向榻後一看，知道陰陽兩儀消長之妙，本極難開，幸是窮奇取鼎匆促，未曾行法封閉。只須握定青白二丸，依次轉動推移罷了。便照二小所說方法，命雲鳳按定左邊白丸，自己按定右邊青丸，雙雙分向左右一推。「嘶」的一聲，陰陽兩儀便自逆轉，陰儀立即隱去，現出一個七尺多深的孔洞。運用慧目定睛一看，洞中石質如玉，光潔圓潤，只洞底有數十白黑點，哪有失寶痕跡。只得推動兩儀，還了原位。二次如法逆推順轉，陽儀隱去，又現出一個孔洞。洞中原藏「九疑鼎」，已經取走，洞底依然空空，並無一物。

二女方自有些失望，沙沙忽對咪咪道：「今天我看這洞，怎麼要淺得多，莫非它是活的麼？」

咪咪素來好事，聞言一覺有異，便縱身跳下去，試比了比，說道：「這洞果然比昨晚淺了一半也不止，還沒有藏鏡子的一個深呢。這是什麼緣故？」

楊瑾聽二小問答，不由觸動靈機，暗忖妖屍自得聖陵二寶，珍愛逾命，不惜用盡心力，闢室地底，這藏寶所在，似乎不應如此淺露。二小盜寶時，巧值妖屍暗取寶鼎偷試，又值同黨疑忌，趕來追究之際，取放匆迫，忘卻封閉，幸而得手，並未深悉個中機密。鼎大鏡小，此穴原藏寶鼎，縱不比前穴深大，也應同一深淺才是，怎會反淺了兩尺？其中定有微妙。想到這裡，繞向對面，向洞中四面仔細觀察，仍無跡兆可尋。再一數那白黑點，共是三十二個，錯落成半圓，向著對穴，暗藏乾、震、離、艮四卦之形，這才恍然大悟。忙命雲鳳、二小暫站遠些，以防不測。取出「法華金輪」，護身降下去，試照玄門八卦生剋剝復之機，一一按那些黑白點子。按到艮卦上面，猛覺洞往上升，轉瞬漸與地平。

楊瑾見不是路，一陣亂按，無意中竟觸動了樞紐，洞底又改升為降。楊瑾料知機密深藏穴底，法寶護身有恃無恐，便徑直往下降去。這一降竟降有十來丈。正降之間，忽聽地底隱隱有水火風雷之聲，轟隆並作。同時眼前光華一亮，洞壁上現出一個深穴，形式與鼎一般無二，只面積要大出一倍。不特上次所失的幾件法寶和二小失去的歸元箭俱都在內，還有數十粒泛著暗紫光華的黑豆。

這時洞底仍往下降。一晃眼降過鼎穴，耳聽地底水火風雷轟隆之聲，匯為繁喧，雖然聽去甚遠，勢卻驚人。楊瑾知道厲害，此穴通體俱是兩儀妙用，必與地肺相通，除藏寶而外，說不定還是下通地肺的別竅。不敢大意，忙即改降為升，等升過鼎穴，俄頃之間，運用玄功，把手一招，連那四十九粒鐵豆一齊收去，升達原處，方行按止。

且喜寶物珠還，毫無變故。當下將兩儀推還了原位，又開鏡穴。一看洞底黑白點，果是坤、巽、坎、兌四卦之形。奧妙識透，胸有成竹，如法施為，洞底便自降落，也是在十丈左近洞壁上，現出一個大鏡穴。裡面僅有一件似作禁壓元神之用的古陶器，兩個高幾及人、形如木瓜的大葫蘆，色俱深黑，烏光晶亮。此外別無寶物。料非凡品，不問青紅皂白，一齊收取出來。

二女帶了二小回到石室，只見神鳩已被擒住。「矮叟」朱梅道：「北邙山『靈鬼冥聖』徐完也已發現聖陵二寶，本想據為己有，這一來，已與他成仇。徐完修習《太陰鬼籙》，來去飄忽，瞬息千里，幻化無方，極難應付，不比尋常妖人。這隻神鳩我憐牠萬年修煉，煞非容易，特意開恩降伏。但牠惡骨尚存，凶頑之氣未化，意欲有勞芬陀大師代為變化牠的氣質。此鳥大是妖屍惡鬼勁敵，因誤服毒草，昏迷了數千年，現尚未屆復元之期，此時去牠惡骨最易，我二人已用朱環將牠制住，欲煩楊道友和雲鳳帶往仙山一行，等令師行法賜服靈丹以後，俟到開府前五日，帶往峨嵋後山二十六天梯崖之上，搭一茅篷，即命這兩個小人在彼相伴防守，自去參與盛會，到日我二人另有安排，以防徐完來犯。」

楊、凌二女忙即恭身領命，「矮叟」朱梅囑咐已畢，便帶了楊凌二女、沙咪二小和神鳩，由圓井通路飛升上去。先移去兩釜神油，連同適才所得金戈金刀，準備由朱梅少時帶往峨嵋，贈與三仙應用。然後施展玄門妙法，禁閉了地底水火風雷要穴，將丹室三鼎也移到上面，一同出了墓穴。再使移山法，一聲迅雷，將全墓穴倒轉。大小七人，就在這山崩地震、萬丈紅塵蔽日沖霄聲勢中，各駕遁光，破空飛起，分途行事。

放下嵩山二老不提，且說楊瑾、凌雲鳳，仗著朱環之力制住神鳩，帶了沙沙、咪咪二小先一同回轉白陽崖，天已是黎明時候。健兒、玄兒早在洞前延頸企望，一見師尊回轉，連忙上前拜見，大家同到洞中落坐。

雲鳳首命沙、咪二小重述前事，咪咪自喜功高，說得分外精神，全沒注視到雲鳳神色，還是沙沙比較小心，一眼偷覷到師父面容不善，想起昨晚雖然有功，終是背師行為，暗自心驚，不等雲鳳發作，悄悄拉了咪咪一下，一同跪下。

雲鳳因立法之始，不能寬容，立時臉一沉，道：「背師行事，膽大妄為，今罰你們各打四百荊條。我打你二人也禁受不起，可由健兒、玄兒行刑，只不許絲毫寬縱。領責之後，我便隨了楊太仙師帶著健兒、玄兒兩個同往仙山參謁芬陀大師，去化卻神鳩惡骨，就便仰祈佛力，為爾等脫胎換骨。事畢再帶健兒、玄兒同往峨嵋山凝碧崖太元洞內拜謁掌教師尊以及老少各前輩尊仙同門，罰你二人再次看守洞府，閉門面壁虔修，以觀後效。如再犯罪，便以飛劍處死，決不寬容！」

沙、咪二小一聽，心寒膽裂，那四百荊條不好挨尚在其次，最難過是「矮叟」朱梅前曾命楊、凌二女帶了兩小同芬陀大師，去完神鳩惡骨便送至峨嵋後山相伴神鳩，守候靈鬼徐完來犯。近日聞峨嵋是群仙居處，仙景無邊，此行暫時不能參與開府盛典，師尊既在那裡，總有一線之望，何況芬陀佛力可以脫胎換骨轉為大人，不想一朝自誤，出死入生，白受了許多驚恐危險，反鬧到這般結果！健、玄二小安分守己，倒是不勞而獲，這一來滿腔奢望全成夢想，一陣心酸氣沮，不由同時落下淚來，悲泣不止。

健、玄二小取來荊條與雲鳳驗看之後，因師命不許寬縱，哪敢從輕？各向沙、咪二小道了罪，告以師命難違，後舉荊條「唰唰唰」往下抽去。

這類小人本極脆弱，不禁重打，沙、咪二小又知道健兒、玄兒手重，師父在上監察，不能徇情，這一頓打還不挨個皮開肉綻！一見荊條揚起，嚇得雙目緊閉，正準備咬牙忍受，誰知那又粗又長的荊條抽到身上，只聽「唰唰、叭叭」之聲連響不住，卻絲毫不覺痛癢。先還當是健、玄二小顧著同門義氣，拼著受責，手下留情，及至偷眼一看健、玄二小下手神情一點不像做假，再偷眼一看，上面坐的二位師尊，師父雖然寒著一張臉，口角間卻微露著一絲笑容，好似剛剛斂去，楊太仙師一雙神光足滿的炯炯雙瞳，正注定他兩個微笑呢！

二小原極聰明，見狀恍然大悟，楊太仙素對自己等四人喜愛，適才出險之時又連誇獎了好幾次，因見師父之始，又有別的同門比著，不便講情，明著一憑師父降責，卻在暗中行法保衛，所以打在身上不覺痛楚。

等到打完，二女又各告誡了一番，教了拜謁芬陀師祖的禮節，到時不可妄言妄動，自干罪戾，四小一一領命。二女這才行法封洞，由雲鳳用朱環制住神鳩，楊瑾持著聖陵二寶，同駕遁光，大小六人一同破空而起，電轉星馳直往川邊飛去，到了川邊大雪山倚天崖龍泉庵前落下。

楊瑾引見雲鳳、四小，施禮入庵，先去芬陀大師面前率領雲鳳、四小一同跪拜，將軒陵二寶「昊天鏡」、「九疑鼎」，以及鼎內取出的一丸混沌元胎，連同妖墓所得三枝「后羿射陽神箭」、四十九粒鐵豆等，一併獻至座前，恭恭敬敬，稟告一切經過。

大師微啟二目，含笑點首，又復閉目入定。楊瑾覺著師父今日打坐神情與往日不類，定有什麼事神遊在外，不然不會如此。

那神鳩猛烈通靈，被敵人擒制，本來不服，早就蓄勢待發，來時楊、凌二女因聞二老之言，知牠難制，連所攜寶物全都行法隱去，以防牠睹物思人，激怒相拼，不受羈制，又意在生降，不便傷牠，一路之上甚是小心戒備，及至進庵參拜，獻出諸寶，神鳩見舊主之物忽落敵手，果然火發性起，立時怪眼圓睜，精光四射，一抖雙翼，掙扎欲起，朱環神光圈住全身，雖掙不脫，那股威猛凶惡倔強之狀看去卻也驚人。

楊瑾低喝一聲：「孽畜，還敢如此大膽！」隨手取出「法華金輪」，方欲逼使就範，芬陀大師手上一串牟尼珠忽然脫腕飛起，化成十丈長一道彩虹，穿著一百零八團金光，其大如碗，將神鳩繞住。金光到處，朱環倏地飛回，再看神鳩，口內含著一團金光，周身上下也被金光彩虹圍繞數匝，目瞪神呆，形態頓時萎縮。知被師父佛力制住，無用操心。

楊瑾帶了雲鳳退出，遇見芬陀大師的師侄，蘇州上方山鏡波寺「獨指禪師」的記名弟子林寒。雙方一說起來，才知林寒是為收服的一隻白猿到此。那猿精本是漢時「綠毛真人」劉根座下雙猿轉世，其中黑猿，屢世轉劫，已入峨嵋，就是在李英瓊門下的袁星，那白猿曾巧得綠毛真人遺寶，卻和祁連山天狗崖地仙「藍面真人」姬繁因奪寶而結仇。其時白猿已被林寒收服，姬繁便要找林寒晦氣。此人元初得道，兵解後，自知根賦稍薄，轉劫恐迷本性，反墮輪迴，苦煉元神，在祁連山閉洞一百三十八年，由鬼仙煉成地仙，並煉就許多異寶，心辣手狠，厲害非常，一意孤行，不可理喻。林寒道力尚淺，怎是他對手，是以來龍象庵求助。楊瑾、雲鳳聽了，自然義不容辭，答應相助。

龍象庵一帶，雲鳳尚是初來，楊瑾便帶她四出遊賞，觀看雪景。二人正在雪山崖上談笑之際，忽聽遙天破空之聲，由遠而近。正待起身回山，那破空之聲已飛臨頭上，一道青光似墜星般直射下來，現出一個藍面藍髯、羽衣星冠、手執拂塵、背插雙劍的長大道人。才一落地便將拂塵朝空一舞，塵尾上便似正月裡的花炮，放出千萬朵火花，滿天飛舞而滅。

楊瑾知道來人定是「藍面真人」姬繁，見他人沒答話，先自施為，老大不快。因白陽山取鼎回來，正值師父打坐，還有好些話不曾稟告，妖鳥神鳩也未馴服，估量出來這大一會，師父功課必已做完，本來不欲多事。料定身有佛門四寶，姬繁所設火網光羅攔阻不住，樂得故作不知，逕駕遁光回山。姬繁不攔便罷，攔時索性給他一個厲害，衝破繁光密火而出，表面上若無其事，仍作不知之狀，氣他一下。想好便對雲鳳道：「這裡雪景沒個看頭，我們回去吧。」一言甫畢，忽聽來人高聲喊道：「道友休走，貧道有一言奉告！」

楊瑾見他出聲相喚，不便再不答理，只得立定，正色答道：「我與道友素昧平生，有何見教，快請明言，我二人還有事，即須他往呢。」

楊瑾惱怒姬繁人方露面，便滿天空設下羅網，話說得毫不客氣。實則姬繁得道多年，法術高強，以前輩仙人自命，行事未免任性。一聽答話意存藐視，不由勃然大怒，暗罵無知婢子，我因見你不似旁門左道，好心好意向你問話，竟敢口出不遜！就不值為此傷你，也叫你知我厲害。冷笑道：「我在尋一個名叫林寒的人，經我運用『天眼透視』之法，看出他必在左近，你們可曾見到一個白衣少年？」

楊瑾、雲鳳一聽，更是心中有氣，連聲冷笑。姬繁心中更怒，道：「你二人想因學道年淺，不知我的來歷，故爾如此無禮。我乃祁連山天狗崖『藍面真人』便是，你師何人，歸問自知。如有所見，速速說出，如若違忤，許多不便！」

楊瑾聽他出語甚狂，自尊自大，先向雲鳳微哂道：「這道人好沒來由，妄自稱尊，如今長眉真人等諸位老前輩早已飛升紫府，或如極樂真人、東海三仙、嵩山二老等前輩仙人不必說了，便是介於仙凡之間的我也認識不少，怎沒聽說起有個『藍面真人』？」

姬繁這時細看二女，雲鳳尚差，楊瑾竟是仙風道骨，迥異尋常。寶光劍氣隱隱透出匣囊之外，知非恆流，但是自己卻一個也不認得。聽語氣明明意存譏笑，說他不是天仙一流，不禁又驚又怒，正要忍氣發話，楊瑾已轉面相對道：「聞得『天眼透視』須要覓地靜坐，靜生明矚，無遠弗屆，你既會此法，何妨再試坐一回，自知明白，問我二人何益？恕不奉陪——」還要往下說時，姬繁已被她氣得面色數變，怒髮衝冠，大喝道：「無知賤婢，竟敢屢次口出不遜！」

雲鳳早知難免一戰，聽他出口傷人，也發了火，正要惡聲相報，飛劍出去。楊瑾知此人專慣糾纏，不占上風不止，自己既沒先期退去，除非初見時恭禮服順，決不干休。強敵已樹，索性鬥他一鬥，看看到底有何驚人的道法！主意早就打好，聞言並不發急，忙使了個眼色，止住雲鳳，望著姬繁大笑道：「可笑你自稱仙人，妄自尊大，有本領快施展出來，讓我二人見識見識，遲則不能奉陪了！」

姬繁目中無人成了習慣，楊瑾兩世修為，什麼能手不曾見過？前生輩分已與三仙比肩，姬繁就算得道在先，並非同派，如何看在眼裡？及至兩下把話說僵，姬繁不等楊瑾把話說完，手揚處，一道光華迎面飛來。楊瑾當然不在心上，也將飛劍放起抵敵，鬥了一陣，未分勝負。

楊瑾見姬繁劍光也是深藍之色，晶芒耀彩，變化萬端，和一條藍龍相似，滿空夭矯騰挪，倏忽如電，自己飛劍竟只敵個平手，占不得絲毫便宜。暗忖平生屢經大敵，似這樣的藍色劍光尚是少見，難怪這廝狂妄，果然話不虛傳。反正釁端已啟，且不須忙著傷他，看他還有何伎倆。便全神貫注空中飛劍，不再另有施為。

姬繁雖知二女不凡，並沒想到楊瑾的飛劍會是佛門達摩嫡派，料定不是芬陀、優曇二神尼的門下，也必有些牽連，自己平日與人對敵非占上風不可，此女飛劍已有如此玄妙，道行法力不問可知，這兩個老尼都不大好惹，適才真不該小覷了她，樹此勁敵！事已至此，說不上不算來。又想起敵人神情傲慢，語語譏刺，又將怒火勾起。心想你這丫頭不過劍術得了點真傳，就敢如此無禮，任你身後有多大倚靠，今日先給你吃點苦頭，要是不跪下求饒，休想活命。一邊打著如意算盤，暗中運用玄功，朝空一指，那道藍光倏地化分為二，一道緊裹著楊瑾的劍光，一道如長虹飛墮，直朝二人當頭飛去。

凌雲鳳站在旁邊，凝望空中，躍躍欲試。一見藍光飛到，忙回手一拍劍匣，「玄都劍」化成一道寒光，冷氣森森刺天而上。還未接著第二道藍光，楊瑾存心賣弄，早把手一指，空中劍光似天神遽展，匹練橫空，暴長開來，將敵人兩道藍光一齊捲住，兩下又復糾纏一起。同時雲鳳的劍光正要一齊夾攻，楊瑾知雲鳳飛劍雖係至寶，但因入門未久，功候稍差，姬繁藍光乃聚煉四海寒鐵之精而成，非同小可。雖然不致有損傷，決討不了好，還落個兩打一，便喊雲鳳道：「區區妄人，有我收拾他已足，我不過因他口出狂言，想看他到底有何真才實學，難道還值我們都動手麼？快將你飛劍收了回去！」雲鳳聽話，將劍收回。

姬繁見分出劍光仍未勝，反受敵人藐視，氣得咬牙切齒，大罵道：「我因你這賤婢雖然狂傲無知，不似左道一流，原欲稍為儆戒，未下毒手，竟敢如此執迷不悟，本真人也難容你。」

楊瑾知他必要發動空中埋伏，來了個先下手為強，不等他把話說完，出其不意，揚手一道銀光，「般若刀」電掣飛出，裹住一道藍光，只一碰，藍光便似鎚擊紅鐵，一股亮晶晶的火星四外飛濺！

姬繁一見不妙，又驚又怒，不顧行法，忙從法寶囊內取出一個鐵珠，一團烈焰向空飛起。楊瑾識得此寶，一指「般若刀」敵住，姬繁劍光才得保住沒有受損。楊瑾正要取出法輪去破空中飛劍法寶，姬繁也跟著將埋伏發動。楊瑾身前飛起萬道金霞，忽聽空中一片「波波波」的爆音，似有千千萬萬的鞭炮齊鳴，四方八面如狂風催著暴雨疾下，奇光幻彩，頓時大地茫茫，聲勢委實驚人！

楊瑾先見姬繁初佈埋伏時藍火星飛，只當是道家常用的火星光羅，因姬繁藍面藍鬚，特地幻成藍色以炫奇異，所以連飛劍光也是藍的。憑自己身有佛門四寶，也不患衝不出，萬沒料到姬繁所下埋伏名為「天藍神沙」，並非法術。那口寶劍是採海底萬千年寒鐵精英鑄就，已非凡寶。「天藍神沙」是在深海廣洋之中，先從海水中採集五金之精，然後再行提煉，往往千尋碧海，尋求終日，所得不過片許，難尋如此。

那埋伏天空的「天藍神沙」共只三百六十粒，卻能化生萬億，神妙無窮，想要破它自是萬難。楊瑾終是行家，一見藍光火星如此厲害，知道散仙所煉法寶大都經過多年苦心精煉，不比妖光邪火，可用「金剛天龍坐禪」之法防身，一被打中，必受重傷無疑！雲鳳道法尚淺，尤為可慮，所幸金輪寶光已飛出，不求有功，先求無過，一面招呼雲鳳仔細，忙運玄功一指金輪，萬道金霞立即暴漲，電旋飆飛，將滿天空的無量數藍光星火一齊阻住。

金光疾轉中，耳聽「琤琤瑽瑽」之聲，密如萬粒明珠迸落玉盤之上，其音清脆，連響不已。那被金輪絞斷的藍火星光恰似萬花爆射，藍雨飛空，乍看似乎金輪得勝，可是藍火星光密如恆河沙數，而且隨消隨長，無量無盡，其力絕大，重壓如山！

初發時楊瑾御著金輪，意欲衝出重圍，還可勉力上升，及至騰高了百丈，四外的藍火星光雖仍被金輪寶光御住，不得近身，但是力量愈來愈大。二女在法寶護身之中，一任運用玄功，左衝右突，只能在十丈以內勉力升動，不能再過。身一凌空，下面也似萬花齊放，往上射來，於是上下四方盡是藍火星光，交織空中，齊向「法華金輪」湧射！此時雙方早將飛劍法寶收回，楊瑾為防萬一，將隨身所有法寶連同雲鳳的一口「玄都劍」一齊放出，諸般異寶，齊放光華，成了一座光幢，擁著二女矗立藍光如海之中，芒彩千尋，禪光萬道，霞飛電舞，上燭雲衢，下臨遍地，頓成亙古以來未有之奇觀。

且不說二女愁煩，這邊姬繁因受二女譏嘲，怒火燒心，不分青紅皂白，遽施辣手。先時不過想逼二女降伏認罪，原無必死之心，即至埋伏發動之際，忽見二女身旁放出百丈金霞，其疾如電，旋舞而來。認得此寶是「法華金輪」，乃芬陀大師佛門中降魔至寶，大師聞凌雪鴻在開元寺兵解以後，曾說只等愛徒再生，此外決不再收徒弟，怎會落到此女手中？難道她就是凌雪鴻轉生不成？否則一個青年女子哪會有如此法力！如真是她，師徒兩人俱都號稱難惹，老尼更是法力高強，不可思議，今日之事，成了僵局！

如今成了騎虎之勢，想不出個善處之法，只得把心一橫，一不作，二不休，索性發揮「天藍神沙」作用，再作計較。他這裡只管運用玄功加增神沙威力，楊瑾這一面卻漸覺有些受不住。起初光幢還可在近處稍為移動，一會功夫，上下四外的藍光旋滅旋生，一層跟一層，似洪濤駭浪一般六面卷來。一任楊瑾發揮諸寶妙用，奮力抵禦，兀是不曾減退，有增無已，到了後來，情勢益發危急。

二女由光中外覷，上下四外的火星已密集得分辨不出是散是整，似六面光山火海壓到身前。

第七回

仙潭選寶　魔女鐵姝

眼看藍光凝聚一起，漸擠漸近，光幢外的空隙只剩三尺光景，只再被逼近身來，六面一壓，這許多法寶飛劍合結而成的光幢，難免不被壓散！一有漏洞，藍光火星立時乘虛而入，性命難保！

幸而佛門四寶畢竟不凡，「天藍神沙」雖然那等威力，但是壓逼愈近，諸寶的光華也愈強烈。「法華金輪」尤為奇異，起初霞光只能護住五面，還略空出一面要別的寶物補助，藍火在光輪電旋中漸漸逼近，尚不甚顯，及至壓到相隔三尺以內，輪上光梢忽然折轉下來，將空的一面也一齊包住，藍火星光似潮一般擁近前去，便即消散，恰似雪墜洪爐，挨上就完，又似急流中的砥柱，任是水花四濺，激浪排空，終不能動它分毫。二女在情急中見狀，才稍為放了點心，只是無法脫身罷了。

起初姬繁心中還在妄想敵人所用俱是至寶奇珍，反正與芬陀老尼結下仇怨，少時如將二女殺死，就便奪了她所有寶物，自己還有一件護身脫險之寶，棄卻祁連山居，逃往海外潛藏，挨到老尼滅度，恩怨自了，那時再行出世也還無妨。想到這裡，速把神沙催動，上前夾攻。

眼看神沙奏功，敵人護身寶光本和一座五色光塔一般，遠射出數十丈以外，嗣受神沙壓逼，逐漸收縮，可是射出來的金霞奇光並未絲毫減退，反因縮小增了強烈，飛芒電轉，耀如虹凝，好似「天藍神沙」之力業已止此，一任藍光火星似海水一般推波生瀾，六面交加，層層逼近，毫無用處，遠望似滿天藍雪裹住一幢五色烈火，誰也奈何不得誰。敵人法寶竟有如此神妙，大出意料之外！

姬繁又因敵人神態始終鎮靜自如，直未把自己放在眼下，想必還有致勝之道。這寶光縮短反倒強烈，也許是存心做作，另有詭謀。想將神沙變化，以虛實相生之法聲東擊西，加強力量，專攻一面，將光幢衝破。

又相持了個把時辰左右，見那光幢仍在藍光中心矗立無恙，雖看不見光中敵人形相，並無別的舉動，二次斷定敵人僅仗法寶之力護身，並無別的伎倆。仔細盤算了一回，預擬敵人看破虛實，必打從上面衝空遁走。所用法寶也是「法華金輪」最為厲害，意欲把神沙之力九分都聚集下面，當空和四外只用少許，虛張聲勢，驟出不意，往上攻去，光幢衝破，不患不大獲全勝！這法子狠毒非常，二女事前不曾看出，本來危險萬分，合該姬繁晦氣臨頭，二女不該遭難，就在這危機一髮之間來了救星！

姬繁剛在運用神沙，忽然藍光海中突的一亮，疾如電閃，從空中落下畝許大一片金光，光中隱現一雙同樣大的怪手，飛入藍海之中，只一抓，便似水裡撈魚一般，將藍色光幢抓住，帶著「轟轟」之聲，往遠處飛去。

姬繁見狀大驚，百忙中竟未熟計厲害，一指神沙，藍火星光如駭浪疾飛，奔濤怒捲，漫天追去，姬繁也隨定後面騰空而起。追出十來里，金光大手與敵人光幢忽然同隱，遙望二女已落在前面雪山頂上，指點來路，似在說笑。

姬繁心中大怒，益發催運神沙，加速追去。眼見前面藍火星光相隔二女立處不過里許，轉瞬就要捲到，二女神態自如，仍若沒做理會，既沒有逃，也未取出法寶，準備抵禦。姬繁猛覺出神沙雖極速湧進，只剩二、三里路，可是前面的藍光火星仍未捲到敵人身前。細一查看，長約二里的藍光火星，不知怎的聲息無聞，少去了過半，彷彿敵人身前那一片天空是個無底深穴，後面星光只管如潮水一般湧去，到了那裡便似石沉大海，無形消滅！

姬繁看出情勢不妙，欲將神沙止住，以為這經過百年苦煉之寶，變化隨意，分合由心，終可收回，誰知他這裡剛往回一收，適見金光大手突又出現，只朝這面招了一下，那神沙再也不聽運用，同時金光大手之下，現出赤虹一圈光環，大約千頃。

藍光火星仍如飛瀑沉淵，迅流歸壑，爭向朱紅光環之中湧進不絕。姬繁心中大驚，明知遇見強敵，情勢危殆，再不見機，必無倖理！心中不捨至寶喪失，癡心還想挽回，拼命運用真氣想將法寶收了再行遁走。

無奈那「天藍神沙」直似敵人所煉之寶，任是如何運用施為，依舊一味前湧，停都不停，光環後金光中一隻怪手也在那招個不已。二女仍在山頭閒立，笑語如聞，便將飛劍放起，欲從高空飛過去斬斷那隻大手。藍光一飛出手去，那光環似有絕大吸力，竟不容它越過，略一騰挪，便如長蛇歸洞，落入藍光火星之內，隨著神沙便要往敵人光環之中湧進。

姬繁見神沙將被敵人收完，這口飛劍又要失落，幸是發覺尚快，那劍又經修煉多年，與身相合，先運真氣一收，行進便緩，只仍不肯回頭。因是學道以來數百年間煉魔防身之寶，存亡相共，萬不可再令失去，見收不回，一時情急無計，不暇再顧別的，逕駕遁光衝下星濤之中，追上那劍。

劍方與身合一，頓覺光環吸力大到不可數計，幾難自拔！勉強運用玄功奮力衝出險地，再看那「天藍神沙」時，就這瞬息之間業已全部收去。眼望前面天空中一圈朱紅光環，帶著數十丈長一條未吞淨的神沙尾子，恰似彩虹飛馭，長彗驚芒，藍光閃閃，星雨流矢，直往東南方飛去，其疾如電，一瀉千里，晃眼功夫僅剩些微星殘影，光明滅於遙天密雲之中，一瞥即逝，更無形蹤！二女已同時隱去，不知何往。

姬繁驚魂乍定，料知敵人得手而去，憤怒交加，痛惜無已。心終不捨，方欲隨後追往，相機奪回，猛又覺身子一緊，似被什麼東西網住，往前硬扯！抬頭一看，仍是那隻大怪手在金光圍擁之中，正朝自己作勢抓來，相隔不過半里。

姬繁嚇了個亡魂俱冒，心膽皆裂。不敢停留，忙將身劍合一，為備萬一，又從身畔取出一件法寶向空中擲去，化為一片朱霞，四外爆起千萬點火花，挾著風雷之聲，往前逃去。那金光中的怪手略一指點，又分化出了一隻，與前一般無二，隨後遠遠追去。姬繁不知此乃幻化，益發亡命狂逃，直被追到祁連山方始隱斂。由此姬繁與楊瑾結下深仇，朝夕營謀奪寶報仇之策，不提。

原來楊瑾和凌雲鳳被困神沙之內，眼看危殆，幸而佛門四寶神妙無比，寶光縮短到了近身數尺以外，便不再縮，光華反更強烈。神沙儘管浩如煙海，絲毫也近不了身。當時雖可無害，長此被困，終非了局。一心運用諸寶，無法分神向芬陀大師求救，想衝又衝不出去。相持了一陣，覺出姬繁無法再施毒手侵害，便對雲鳳道：「都是我一念輕敵，才有此難。萬不料這廝法寶竟有如此厲害。為今之計，除卻用天龍禪法，冒著奇險，以心靈感召，向恩師求救，別無善法。」說罷，正要依言施法，忽見光幢外金光一閃，立即往上飛走，向敵人相反方向飛去。

二女方在驚疑，忽聽芬陀大師的口音在耳邊說道：「你二人不要發慌。我今日打坐，便為此事，免得姬繁日後仗著此神沙，受了妖人蠱惑，恃以為惡。本心將他消滅，恰好嵩山二老的『朱雀環』在此，今仗此寶，與佛法並用，『天藍神沙』少時便可收去，免毀一件玄門異寶。你二人可至前面山崖上，收了法寶等候，俟朱環將沙收走，急速隨往龍象庵裡見我便了。」

楊瑾聞言大喜，連忙告訴雲鳳，一同收了法寶、飛劍，身已出了羅網，落向山崖之上。往回路一看，漫天藍火星光如駭浪驚濤一般急湧而來，後面隨著姬繁正在遙遙指揮。眼看相隔鄰近，前頭的忽然隱滅，姬繁卻還不知。正笑他一味逞強，愚昧無知，朱環、金手同時現出。神沙滾滾飛來，入環即隱。知道師父用的是佛家「須彌金剛」手法，現在各正派中精於此法的不過三人，尤以芬陀大師為最，即無朱環也能粉裂神沙，見姬繁還在苦苦相持，欲將此沙奪回，如何能夠？後來朱環帶了神沙向空飛起，後面仍有十丈長一條光尾，才知神沙果然厲害，以「朱雀環」異寶尚且未能收淨，若非恩師輔以法力，真還收它不走！忙和雲鳳朝那朱環追去。

二人劍光迅速，兩下首尾相追，不消多時，便追到了倚天崖上，同往龍象庵中飛落。

只見芬陀大師仍和初見時一樣，神態安詳坐在那裡，只雙目已開，好似剛剛做完功課。見「朱雀環」帶了藍虹飛到，只將手朝面前一指，地上突然湧起一團彩焰金芒，立將朱環托住。那拖在外面的半段藍虹似長虹歸洞一般，往下一躥，由朱環中穿進，沒入彩焰金芒之中，耳聽「轟轟隆隆」之聲響了一大陣，大師把手一揚，焰芒斂處，朱環復了原形，被大師持在手內。藍光火星聲跡全消，再看大師座前，卻添了一個金黃缽盂，盂內盛著兩升藍色寶珠，大僅如豆，顏色彩藍，光華隱隱，似在流動。楊瑾方悟師父適才化身神遊，本身並未離開，「天藍神沙」已被金缽盂收去，忙率雲鳳上前拜倒。

大師吩咐起立，楊瑾知道大師法力無邊，立即乘機力代沙、咪二小求恩改造。大師笑道：「我早就算定你有此一求，無奈他們本身太也脆薄，改造甚難。況我佛門最忌偏私，他四人資質如一，不分什麼高下，怎要我力挽造化，違天行事，對他二人獨厚呢？」

楊瑾跪稟道：「弟子明知他們備歷千劫，積衰非自今始。不過此輩已多迷途知返，尤以這四個為最傑出庸流。沙沙、咪咪更有妖穴盜寶之功，智勇誠毅，至堪嘉尚。還望大發慈悲，以回天法力，先將他二人改造還原，俾得虔心向道，異日如有成就，便使他們回轉故山，度他們那些前古劫餘遺黎，豈非功德無量？至於健兒、玄兒，並非弟子敢有偏私。只緣他們另有遇合，所以沒有同時妄請！」

大師略一尋思，笑道：「自來緣法前定，莫可強求，即以我你師徒而論，自你前生起，我便為你惹了多少麻煩！今生二次引你入門，又費卻不少心力，遲我成道之期，並且無求不允，這般厚遇，豈我初收你時始料所及！你既然心許了他，我也不願你失信違心，索性成全了罷。只是此事煞費手腳，也不容你偷懶，當我行法之時，須要在側守侍多日，還要扶持他二人成長。直到骨髓堅凝，服我新煉靈丹以後，行動自如，方能帶了同行呢！」

楊瑾聞言好生感激涕零，又代二小謝了深恩方始起身，恭立侍側。

大師又對雲鳳道：「聖陵二寶尚待詳參，我以法力改造二小也須時日方能成功，你在此無事，可將健兒暫留庵中，拿我柬帖帶了玄兒逕往岷山白犀潭去見韓道友。她深居潭底，又有神物把守，本難進入。你一到後山，穿入暗壁洞內，如有警兆，或遇腥風，速即高呼韓仙子，將我柬帖往濃霧之中擲去，自然放你過去，只一到後山，無論遇何怪異，切莫傷牠！須知此行於你雖有大益，韓道友尤極喜你踐言前往，但是其中尚伏有殺機，一不小心，便留異日隱患呢。」

雲鳳敬謹拜命，又領四小前去參謁謝恩，並率玄兒拜辭。楊瑾率沙沙、咪咪、健兒三人送至庵外。

行時楊瑾力囑雲鳳說：「乙休、韓仙子二人乃散仙中數一數二的人物，不特道行高深，法術精微，性情尤為古怪。你此番前去縱是出於她意，也須小心為上，恩師賜我靈丹庵中還有，另有恩師護法防身靈符，一道給你帶在身旁，以備萬一吧。」

雲鳳接過三粒靈丹和一道靈符謝了。四小因這一分離，相見無期，也在握別。健兒更因沙、咪、玄兒三人俱有仙緣，可冀正果，獨自己一人尚無著落，心中悲苦，淚流滿面，也甚替他難過，便勸慰他道：「你四人遇合雖然不同，將來成就卻差不多，決無使你一人向隅，否則師祖也不許我帶你同回了。此時不過機緣未至，只要向道堅誠，勵志修為，皇天不負苦心人，焉知將來不在他三人之上呢？哭他則甚！」楊瑾也勸了幾句，健兒終是快快。

雲鳳見他可憐，便將楊瑾所賜靈丹轉給了他一粒。楊瑾笑道：「此丹恩師生平只煉過一次，妙用無方，更能起死回生、輕身延年，我前生修道多年，尚未得到一粒，今生奉命下山積修多功，恩師也只賜我十多粒，我見你師父面有晦紋，歸途難免有用，故以此丹相贈。她今轉賜一粒與你，仙福不小！」

健兒聞言驚道：「既是恩師有難須仗此丹之力，弟子如何敢受？仍請恩師收回吧。」雲鳳已然給了他，又自恃此行乃師長之命，況還有大師柬帖，縱有險阻，也無防害，執意不允，健兒卻甚擔心，再三堅辭，繼之以泣。

楊瑾見他對師虔誠，喜讚道：「你懷寶不貪，甘誤仙緣，即此存心已不患不邀仙眷！師長已賜之物怎能收回？你自服了無妨。你師父雖有小災，並無大害，為防萬一，索性連我留這一粒也拿去吧。」

雲鳳自不肯收，楊瑾道：「有備乃能無患，我無此丹，用時尚可向恩師求取，你到危急之時，卻是無法。」雲鳳、健兒這才分別收了。

當下雲鳳帶了玄兒辭別楊瑾，逕駕遁光直往岷山白犀潭飛去。劍光迅速，不消多時即行到達。雲鳳為表虔誠，到了岷山前山便將劍光落下，照著楊瑾所說途徑，帶了玄兒往後山走去。

起初還有途徑，走了一截，只見危峰刺天，削壁千尋，上蔽青天，下臨無地，到處都是蠶叢鳥道，連個樵徑都沒有。休說是人，幾乎連猿鳥都難飛渡，真個形勢奇秘，險峨已極。

走了一陣，再看前路，只是一條寬不過尺的天然石棧，歪歪斜斜，纏附在離地數百丈的崖腰之上。下面是一條無底深澗，水勢絕洪，澗中復多怪石，奔泉激撞，濺起來的浪花水氣，化為一片白茫茫的煙霧籠罩澗面，似擁絮蒸雲一般，往峽口外捲起。但聞洪波浩浩，濤鳴浪吼，密如急雨打窗，萬珠擊玉，潺潺嘩嘩，聲低而繁，卻看不到水的真形。這麼僻險詭異的山峽，前望是暗沉沉的，彷彿有一團愁雲慘霧隔住，看不到底。再加上驚湍怒濤，泉聲嗚咽，空谷回音，似聞鬼語，愈顯得景物幽秘，陰森怖人。

雲鳳暗忖：「韓仙子得道多年，天下名山勝域盡多，怎麼隱居這種幽鬱詭秘，使人無歡的所在？幸是現在學會劍術，又係奉命而來，否則真不敢深入呢！」

行約個把時辰，前面濃霧消處，忽有月光斜照，藤蔭匝地，枝葉縱橫，碧空雲淨，夜色幽絕。雲鳳知一轉崖角，穿洞而出，便達潭邊。仙宅密邇，沿途毫無阻難，心中甚喜。忙囑玄兒小心謹慎，不可妄言妄動。整了整衣服，恭恭敬敬方欲前行，忽聽遠處一陣鸞鳳和鳴的異聲，接著便是一片輕雲當頭飛過，立時雲霧大作，腥風四起。雲鳳那樣目力，竟伸手不辨五指，玄兒剛喊了一聲：「好腥臭！」便見遠遠雲氣迴旋下，現出一對大碗公大的金光，中間各含著一粒酒杯大小，比火還亮的紅心，一閃一閃，赤芒遠射，正朝對面緩緩移來。

玄兒當是來了怪物，一伸手取出「歸元箭」便要發出！幸得雲鳳持重，記準來時芬陀大師所說見怪物無傷之言，忙喝：「玄兒不許妄動！」躬身向前說道：「小女子凌雲鳳，奉芬陀大師與家師崔五姑之命來白犀潭拜謁韓仙子，以踐昔日之約，望乞仙靈假道為幸！」一言甫畢，前面金色光華倏地隱去，腥風頓息，陰雲濃霧由密而稀，跟著消逝，月光重又透射下來。始終也沒看見那怪物的形相！

又行約半里，已來到白犀潭前，凌雲鳳此來，和上次司徒平一步一拜前來投簡不同，自是容易得多。雲鳳來到潭前，只見潭底澄波無風生浪，似開鍋的水一般滾滾翻花，由中心湧起分向外圈捲去。中間的水卻成了一個漩渦，急轉了百十轉，突然由小而大，一個畝許方圓的大水泡冒過，倏地一落百丈，現出一個同樣大小的水洞，四外的水也都靜止如初。當中晶壁井立，直達潭底，光華隱隱。

雲鳳料知仙潭已開，連忙挾了玄兒朝晶井中飛落。由上到下約有三百多丈深，四壁的水全被禁住，分而不合，流光晶瑩，如入玻璃世界。快要到底，晶井忽然轉折，又是一條高大的水衖現出。用腳一試，竟如踏在玻璃水晶上面，堅平異常，當即停止了飛行，放下玄兒，一同往衖中走進。

前行不幾步，適見光華愈顯強盛，流輝幻彩，映水如虹。朝那發光之處一看，乃是一根大約數抱的水晶柱子，上面有「地仙宮闕」四個古篆，高可九丈，下半滿是朱文符籙，彩光四射便自此出。往後方是石壁，壁上有一高大洞門，相隔那柱約有三十多丈。這條水衖約有三、四丈方圓，由柱前十來丈遠處直達洞壁。看那情勢，那根晶柱乃是辟水之寶，便無人來，柱前後這一片也是常年無水。

師徒二人且行且看，不覺到了洞門之外，見無人出來，不敢冒昧深入，只得朝著洞門跪下，方要通語祝告，忽聽洞內有人喚道：「雲鳳遠來不易，無須多禮。適你來時，我正入定未完，如非小兒淘氣，還須累你久候。我現在第三層內洞中參修打坐，你二人可至二層洞中再候兩三個時辰，內中有我當年不少物事，你如心愛，不妨挑兩件帶回去，還有好些忘形之交送來不少果子，也可儘量隨意取吃，等我事完即出相見。」說完無聲。

雲鳳聞言大喜，當下叩謝起立，率了玄兒坦然走進。陳設卻少，只先到前洞，見洞甚高大，壁如晶玉，到處光明如畫。當中有一座大鐵鼎，旁設丹爐杵臼之類。鼎後有一玉墩，一石榻，還有幾個就原生珊瑚製成的椅子。此外更無別物。行進數十丈，便到前洞盡頭。一片大鐘乳似玉絡珠纓，水晶簾帳一般，由洞頂直垂到地，將洞隔斷，更無空隙。兩旁卻各開一個門戶。由左門入內一看，乃是一個鐘乳結成的甬通，彎彎曲曲，長約里許。當頂滿是冰稜晶柱，筆直下垂，離地約三丈。兩壁寬僅兩丈，彷彿成千成萬的寶玉明晶砌成一般，看去光滑溫潤，個個透明，千光萬色，形成一圈圈不同的彩虹，看不到底。

人行其內，如入珠宮貝闕，瑰麗無儔。出口處是一半月形的穹門，過去便是第二層洞室，奇輝閃耀，越發光明。回顧來路右壁，也有一同樣的穹門，與外相通。細查形勢，這座地仙宮闕，當初未開闢以前，只到前洞盡頭處晶壁為止。中間里許，盡是石鐘乳，將前後洞隔斷，不能再進。嗣經洞中仙人用法力在鐘乳林中開出兩條甬道，才得裡外通連。

再看二洞情景，比起外洞，又不相同。中間洞作圓形，廣約五畝，沒有外洞高大，可是洞壁上共有七個門戶，內望有深有淺，洞室必不在少。

除來路二門外，全是石質，再見不到一根石鐘乳。全洞形如覆碗，洞頂也是圓的。通體石壁石地作灰白色，光潔瑩澤，全沒一絲斑痕，直和美玉相似，生平從未見過這種好的石間。

內中陳設也多。正對著當中洞門，放著一個石榻。榻前散列著許多石几、石凳、石屏、石案，丹灶、藥爐、琴、書、劍器，陳設繁多。榻後有一丈許高的石台，台上也有一個小石榻。環洞壁石地上，種著許多奇花異卉。有的形如海藻，朱實累累；有的葉如大扇，上綴細花；有的碧莖朱幹，花開如斗；有的無花無葉，只有虯幹屈伸，盤出地面；有的形似珊瑚，明豔晶瑩，繁絲如髮，無風自拂。俱是千奇百怪，目所未睹。洞居地底，本不透光，可是一路行來，無一處不是明如白晝，這二洞以內尤其寶光四射，耀眼欲花。

雲鳳師徒初入寶山，目迷五色，驚喜交集，先匆匆看了個大概，然後同往石壁丹灶側面寶物放寶光之處跑去，到了一看，一個三丈多長的大石案上放著幾堆道書和不少物事，自道家應備之物以及尋常使用之物都有，共有數十件多，俱都列位井然，整整齊齊放在那裡，十有九映射出珠光寶氣。

雲鳳因韓仙子命她挑兩件，沒提道書，不敢妄動。明知都是寶物，無奈不知用法深淺，想不起挑哪件好。先想揀那光華較盛的挑，一查看那些東西，又都尋常，看不出有何大用，又不敢貪心多取。躊躇了一會，忽然福至心靈，暗忖恩師當初曾說此行得益甚多，不比尋常，這石案上的東西凡是有光華的都放在下首，那些暗無光澤的反和道書一起陳列，而且件數不多，形式又復奇古，若無大用，何須如此重視！至於用法，仙人既肯恩賜，當必不吝傳授，莫要被它瞞過，錯了機會！

想到這裡，再仔細一看上首陳列的那些無光之物，乃是一根滿鐫古篆文的鐵尺、一枝玉笛、兩把數寸長的錢刀、三枚黑玉連環、兩個古戈頭，還有一面細如蛛絲的網子，疊在一齊，大只數寸，厚約寸許，分不清層數，稍為揭起百十層，還沒顯出一點薄，估量展開來至少也比一面蚊帳還大。恐弄亂了不好疊，依舊原樣輕輕放好。雲鳳哪知是一件至寶，嫌絲太細弱，就此忽略過去！

餘下還有一面顏色黝黑形如令牌的東西，非金非石，不知何物所製。雖與別物一樣乍看不放光華，微一注視不特奇光內蘊，而且越看越深。陽面所繪風雲水火隱隱竟有流動之勢，背面符篆甚多，非鐫非繪，深透牌裏，知是異寶，首先中意，取過一旁。

還剩一件正不知如何取捨，玄兒忽道：「師父你看，那兩把錢刀樣子真好，師父帶回去給沙沙、咪咪兩個師兄一人一把多好！」雲鳳被他一觸機，便依言取下。寶物到手，先朝法台跪倒，謝了恩賜。

再和玄兒去尋那些異果。只見法台旁一架石屏風後面，也是一個大石案，共有七大五小十二個古陶盤，有一半空著。中有五個，盛著長短大小各種不同的異果。除有十多個絳紅色的碗大桃子，和顏色碧綠、粗逾碗口的兩截大藕外，餘下休說吃過，連名都沒聽說，共有二十來種，每種最多的也不過十五個，最少還有兩個的。

雲鳳不敢任性，只挑那數目多的，每樣吃了一個。又酌取了兩樣與玄兒。共吃了七、八樣，甘腴涼滑，芳騰齒頰，各有各的好處，頓覺心清體快，神智瑩然，喜歡得說不出來。因見果子中有十來個形似丹橘，大只徑寸，裡面卻不分瓣，肉色金黃。連皮嚼吃，有玫瑰香，芳甜如蜜，最為味美。想連那大桃子帶回去孝敬芬陀大師和楊瑾，每樣取了兩個，藏在法寶囊內。那藕看去佳絕，其他還有十來種，都只是兩、三個，為數太少，雲鳳全沒有動。

在洞內吃罷跪謝。然後在壁角擇了一個石凳坐下，重又低聲囑咐玄兒，此後一心向道，奮志虔修，不可絲毫懈怠。玄兒自是連聲應諾。想起師恩深厚，少時見罷仙人，便要分別，甚是依戀，不覺淚下。雲鳳也覺淒然不捨，又慰勉了玄兒幾句。

待沒多會，便聽近側不遠有人呼喚。雲鳳循聲尋視，韓仙子不知何時到來，已在當中法台石榻之上坐定，身著玄色道裝，已不似前見時通體煙籠霧繞之狀。忙率玄兒趕將過去，恭恭敬敬拜倒法台之下。

韓仙子微笑道：「我因當年一時意氣，從不許外人走進我這白犀潭的地仙宮闕以內。有那無知之徒，冒昧前來擾我的，多為守洞神鼉所阻，無不掃興而返。我道號『半清』。這座地仙宮闕，深藏潭底水眼山根之內，為漢時地仙『六浮上人』故居。後來上人轉劫飛升，更無一人到此，久為水怪夜叉等類盤踞。是我遭難前一月，無心中收伏了現守此洞的神鼉。牠本是水中精靈，所有洞中鬼怪多半相識。經牠引路到此，將水怪夜叉之類全用法力禁制在潭面圓崖之上。讀了六浮上人遺偈，尋出留藏的道書、寶物，方知底細。當時尚嫌它地大幽僻，不見天光，本意闢作別業，並無長住之心。誰知不久遇難，外子不過暫時受困，我卻幾乎形神皆滅。劫後思量，只有這裡最宜潛修，才棄了故居，隱居在此。

「遇難之時，多虧幾個曾受我活命之恩的通靈異類冒死相助，將我原身搶盜脫險，所以牠們獨能得我允許，隨時進見；有時我並為之指點迷途，解脫危難。牠們倒也著實有良心，知我自來喜花，每尋得一兩種奇花異草，靈藥仙果，無論有多險阻遙遠，必要給我送來。因我姓韓，都稱我『韓仙子』。守洞靈鼉忠於職守，不得我命，只要有人一進洞前峽谷，踏上了黑龍背石梁，必定出去攔阻。牠已得道千年，煉就一粒內丹，頷下神爪握著我的法寶，來的無論是人是獸，遇見牠休想再進一步。牠們來時，必要高呼韓仙子，朝我打一招呼，再行走進，年歲一久，幾乎變成了入潭暗號。尤其近數十年來，神鼉勤於修煉，把這事當做慣例，一聽喊韓仙子，便當是得了我的許可，不再中途阻攔。

「後來漸為外人探悉，覬覦洞中寶物，知我每隔一月，必有一次神遊，一出去少則三、五日，多則半月以上，意欲瞞過神鼉，來此盜取。不料潭水千尺，宮門緊閉，禁制重重，不深入不過遇阻而返，一落潭內，縱不致死，也須受傷而去。神鼉見出事以後，誤了把守，向我請罪。我道：『這些人既貪且愚，勿須變我洞中習慣，仍舊照常，只要到了地頭打招呼，便不必再為阻攔。外人到此，水路不開，他也進不來了，樂得叫他見識見識我的法力。況且凡是正教中的高明之士，決不肯行此鼠竊狗偷之事；所來的不是旁門下流，便是一些無出息的散人，計較他則甚？』果然來的人連受了幾次挫折，無人再敢問津。」

韓仙子續道：「不料外子乙休竟因此乘機命一峨嵋新進來此投簡。我當時看在三仙道友面上，僅發動全壁鬼物將他驚走，沒有和他過分為難。但知外子異日有一事須我相助，必不容我在此清修。由此吩咐神鼉加意戒備，不許一個生人擅至洞門。此次如非我事前囑咐，你便入谷高呼，也進不來呢。

「前者神遊，遇著你收了幾個小人，雖然根基秉賦都薄，但是小得甚妙，他們俱是前古劫遺，比常人轉劫容易。我當年心忿外子自己惹下災劫，患難臨頭，反急於自顧。固然他推詳先天易理，特意借此來躲過三劫，知我必能轉禍為福。但終怪他事前既不明言相告，事發又棄我而去，太覺薄情。雖決意不再與他相見，無奈異日之事，如為對頭所挫，未免太使他難堪。日久氣平，表面尚未允相助，心終不忍恝置。以前我說的話太絕，不便親去，只有事前覓一替人。

「但我雖有門徒，現時謫遣在外，俱都難勝此任。恰好這小人正合我用，尤其是你帶來這個更中我意。法力既能使他變為成人，更可使他大小隨心。即或萬一不幸，為妖屍所傷，我也能使他立即轉劫重生，仍舊度到我的門下。那對頭靈敏萬分，除我親身前去，若命人代往，最好小得和嬰孩一樣，才能暗中偷入他的巢穴，破他邪陣。尋常嬰孩，無論具有多厚仙根，骨髓未堅，體魄未固，也無用處，哪有這樣的天生小人適宜。看他聰敏矯捷，遠勝常人，異日之行，勝任無疑了。

「我雖教你轉致令師崔五姑，並未向我回話說定，當時料知必允。適間神鼉歸報，說你已率小人到來。我正打坐之際，本擬屈你暫候，事畢再開水路相見。偏生玄兒淘氣，看出壁間鬼怪在真似之間，竟乘你虔心拜祝時，向牠們引逗。

「這些水怪夜叉，無一善良，經我多年恩威並用，勉強馴服，還有不少尚在訓練。如此凶暴猛惡的怪物，怎能甘受一個小人的侮弄，立即野性暴發。那幾個見我久久不開水路，又當你兩個和昔日盜寶的人一類。這些來人，我原不禁牠們小有傷害。所以一見你們到來，立即脫禁飛起，意欲公報私仇，得而甘心；不知你竟是事前得了允許，應約而來。

「我在後洞知道事急，再不接引，難免受傷，你還要保護玄兒，如何應付得許多？我又起身不得，只得命神鼉擊了一下清寧磬。這些鬼怪才知惹了不是，恐受責罰，又要鎮壓在後洞，齊都逃出潭去，潛伏在你來路黑龍背石樑下深壑之內，不敢就回。那裡正當你的歸路，勢必遷怒，與你為難，或求你轉來代牠們說情。雖無大礙，你少時經過，還是留心些好。」

雲鳳聞言，方知適才鬼怪嗚嘯，乃是玄兒惹的亂子，不禁看了玄兒一眼。玄兒因雲鳳說他出身細微，韓仙子輩分甚高，不敢請求拜師，謁見時只可伏地叩頭，敬俟仙命，心中本在懸懸不定。這一聽事已敗露，愈發敬畏，伏在地上，將頭連叩，不敢仰視了。

韓仙子見他又害怕又希冀的神情，微笑了笑，吩咐一同起立，說道：

「你一個侏儒小人，雖然淘氣，卻有如此膽力，倒也難得。我素不論來歷，但我門中家規素嚴，修為尤關緊要，犯了規條，固然誅責無赦，便是怠忽不用功的，也必加重責，絕不寬容。所以事前極為慎重，以免異日為我門之羞。收你與否，須看你此後修為如何，不在你出身高低上。不過我既有用你之處，將來列我門牆，也必會給你一番造就。現時權且充我洞中服役童子，等四十九日後，你已成了大人，得了我的傳授，那時我再查看你的行為心意如何，才能定準他日的去留呢。」

玄兒聞韓仙子大有收他為徒之意，不由喜出望外，立即跪倒，拜謝鴻恩，勉力前修，誓死不渝。韓仙子笑道：「你能如此，自然是好。隨我學道，卻非容易呢。」玄兒又向雲鳳拜謝了師恩及引進之德。

雲鳳見玄兒已蒙收錄，便跪請二寶用法，韓仙子道：

「我那玉石案上所列諸寶，在上層的皆是我當年降魔奇珍和前古仙人所遺至寶。你取的那面形似金牌之寶，名為『潛龍符』，又名『神禹令』，洪荒前地海中獨角潛龍之角所製。專能避水防火，夏禹治水曾仗它驅妖除怪，開山通谷，妙用甚多。自夏以來僅在漢朝一見，我在此洞晶壁之中尋到，雖然用法只知大概，未能探悉微奧，即此已非尋常怪物所能抵禦了。

「那兩柄古戈頭名為『鉤弋戈』，又名『太皓戈』，按劍法練習，便和飛劍一樣，可以運用自如。尚有一樣妙處，如使雙戈並用，無論敵人多厲害的法寶，即或你自身功力不濟，不能將它收為己有，也可將它架住，不致傷你分毫。你眼力真好，那下層眾寶也非凡物，俱都光華燦爛，你卻一件不取，單取這兩件稀世奇珍，大非我始料所及。你功候尚差，難免啟人覬覦，回山以後速請芬陀道友為你略施法力，你再擇一靜地，按著煉劍之法，使其與身相合，免被外人奪去要緊！」

雲鳳一一敬謹拜命，謝了傳授，韓仙子道：「你此間事完，芬陀道友現已為兩個小人行法助長，或許還有用你之處，回去吧！」

雲鳳拜別起身，玄兒意欲送至上面，行至洞口，雲鳳命他回去，玄兒還未答言，便聽洞內呼喚玄兒，雲鳳又正色忙催速回，只得忍淚拜別回洞，不提。

雲鳳離了白犀潭，向前飛行，忽見前面通道上，一面灰白色的光網將出口籠了個又密又緊，雲鳳心中暗罵，不知是何妖物，方在驚駭，一晃眼的工夫，對面光網上倏地現出一個奇形怪狀、身有六條臂膀、似人非人的怪物，指著雲鳳滋滋怒吼。雲鳳不敢怠慢，忙將飛劍放起，一道光華直飛過去。

那怪物見了飛劍，全不畏懼，身仍懸貼在光網中間，只是把上身六條毛茸茸的長臂搖著，便發出數十丈的火焰圍繞全身。那六條長臂也暴然伸長了數丈，就在火焰中迎著雲鳳的飛劍，擋格攔架，飛舞攫拿，鬥將起來。

雲鳳見飛劍不能取勝，不由大驚。又見妖焰濃烈，時有綠煙往外拋射，雖被劍光阻住，但奇腥之氣，老遠便能聞到。料知此物必有奇毒，暫時雖不覺怎樣，時候久了，一個劍光擋不周密，要是射到身上，決非小可。自己孤身遇險，別無援救，聽韓仙子口氣，好似不會出洞相助，不可不早做準備。忙將來時楊瑾所贈靈丹服了一粒，先防毒氣侵害；一面運用玄功，指揮劍光，上前抵禦。那怪物鬥了一陣，身上連放了無數火焰毒霧，兀自被飛劍擋住，不能上前害人，急得在網上厲聲怒吼不已。雲鳳自然也是焦急，百忙中竟忘了施展新得的兩件寶物。

兩下相持了個把時辰，雲鳳定睛查看，那怪物生就一頭細短金髮，塌鼻闊口，目光如電，血唇掀張，獠牙密布。通體色似烏金，閃閃發亮，頭大如斗，頸子極細，肩胸高拱蜂腰鶴膝，腹大如甕，自肩以下，一邊生著三條細長毛的臂和一條長腳爪，乍看略具人形，這上下八條臂爪一舞動，真和一個放火的蜘蛛相似，身子又懸在網上，料是蜘蛛精怪無疑。正愁急間，那怪物突的發威，臂爪一齊亂動，飛舞越急，肚腹也凸起了好幾倍大小，波的一聲從口裏噴出白光閃閃的一蓬銀絲，直朝雲鳳身前飛來！

雲鳳先見牠肚腹凸起，便料噴毒，仍想運用飛劍抵擋。不料怪物也料到此，口裡噴出銀線，同時八條臂一齊飛舞向劍光抓去。雖然雲鳳飛劍神妙，沒被抓住，可是劍光吃怪物這猛力一格，略微往側一偏，那蓬毒絲便從空隙裡直噴過來。幸而雲鳳見機得快，一看妖物所噴毒絲由劍光隙裡鑽出，便知不妙，一面慌不迭將身縱退，手一招將飛劍收回。

總算雲鳳近來功行精進，那劍又是仙傳至寶，運用神速，一收即回，疾如電掣，比妖物毒絲略快一些，居然趕在頭裡飛到，擋住毒絲，將身子護住，沒有受傷。即便如此快法，劍光和毒絲已是首尾相銜，稍遲瞬息，便無倖了。

雲鳳驚魂乍定，猛想起這條谷洞前後出口雖然俱被光網封住，但是妖物似乎只有一個，前路有妖物攔阻，定難通過，何不假作朝前衝進，出其不意改向回身，身劍合一，衝開後路光網出去？只要得見天光，即可脫身飛去，長此相持，凶多吉少，終以能早逃走為是！

念頭一轉，劍光飛轉愈急，先使身劍相合，朝前面毒絲衝去，居然蕩開了一些，忙將真氣運足，倏地撥回劍光，便往來路洞口衝去，劍光迅速，就在這晃眼到達之間，猛一眼看見後路洞口光網外，懸空站著一個衣著襤褸的道姑，左脅下挾著一個圓形的包袱，手掌上現出「神禹令」三個紅字，右手不住連搖，周身紅光圍繞，洞外景物原被妖物光網遮住，什麼也看不見，這下卻看得逼真。

雲鳳心方一動，道姑忽然隱去，光網中現出一個怪物，與前洞口所見一般無二，阻住去路，不等雲鳳近前，口張處噴出亮晶晶一團毒絲飛來，這次力量更大，幾乎連人帶劍俱被網住！不敢硬往前衝，重又撥回劍光，朝前飛去，一時情急，也不暇尋思那道姑是敵是友，忙將韓仙子所賜令牌取將出來，試照所傳施為。

那「神禹令」乃前古至寶，上有水、火、風、雷、龍、雲、鳥、獸八竅，用時只須口誦所傳真言，手掐靈訣，一按那八竅，便可隨心依次發生妙用。這取寶俄頃之間，雲鳳連人帶劍已被千百丈毒絲包圍在內，漸覺壓力驟增，如束重繭，危急中還得拼命運用飛劍抵禦，急不暇擇，隨手往令牌上一按，恰巧開動風竅。手指才一按上，便見令牌上「噓」的一聲微響，射出一條青濛濛的微光，手上立覺奇重異常，幾乎把握不住。緊接著身上和前面又是一輕，如釋重負，只身後壓力依然。

雲鳳忙即握緊令牌，那條青氣又勁又直，才一出現也沒見什麼出奇之處，前面毒絲便似颶風穿雲，紛紛折斷，衝蕩開來。耳聽一聲怒吼，光網破處，怪物恰似風箏斷線，手腳亂舞，往上飛去！雲鳳知道寶物已生奇效，心中大喜忙駕劍光，飛身出洞一看，怪物已經不知去向，面前卻是沙石驚飛，兩邊壁上的古藤草樹如朽了一般，紛紛下落。心正驚奇，忽聽身後有人低語道：「妖物已就擒，還不收了你的法寶，要闖大禍麼？」雲鳳聞聲駭顧，正是適見的道姑，手上捧著一個朱紅盒子，雖然穿著破爛，卻是骨相清奇，目光炯炯，適才又由她現身指點才得脫難，知非凡人，一施收訣，牌上青氣立時隱去。

那道姑走將過來，拉了雲鳳將足一頓，便是一道金光破空升起。雲鳳斷定是位前輩高人，心中頓起敬意，任其攜了飛行。那道姑飛行了一會，才行按住遁光，雲鳳落地一看，那存身的所在乃是一個山腰的竹林，竹子都有碗口粗細，又當天色甫明之際，濃翠欲滴，眉宇皆青。耳聽江流浩浩，似在臨近，也不知是什麼所在。見道姑手捧定那圓盒般的東西，面有喜容，循著林中小徑面山而行，知洞府必在林外不遠，只得隨到地頭再行請問。

行不多久，便見一座竹庵，進庵一問，才知道這裡是雲南元江江邊大熊嶺苦竹庵，那道姑姓鄭，法號「巔仙」，便是庵中主人。一看那庵，位置在半山腰上，有百十畝平地，滿是竹林。前面竹林盡處，卻是危崖如斬，壁立千仞，下面便是元江。其他三面都是崇山峻嶺，茂林修竹。庵址較高，站在庵前，正望長江，波浪千里，濤聲盈耳，山勢僻險，人跡不到，端的景物雅秀，清曠絕俗。

進殿之後，雲鳳忙上前禮拜，並謝解救之德。巔仙喚起，說道：「我還有些事，要在今晚做完。徒兒江邊守望未歸，各雲房備有飲食果子，如若饑渴，自去取用好了。」說完，手向中壁間一指，一道光華閃過，壁下便現出一個丈許大小的圓洞，巔仙手持圓盒走了進去。

到得翌日，巔仙重由壁間出來，雲鳳又再拜見，巔仙才說起一段淵源。昔日「怪叫化」凌渾遊歷人間勝跡時，無意中發現元江水眼之中，有一前古金船，內藏無數異寶。原來，此乃前古金仙廣成子遺物，漢以前藏在崆峒山腹中，不知引起多少列代仙人覬覦，想下無窮方法，俱無一人得到。

後來毛公劉根聯合同道，苦煉五火，燒山八十一日，破了封山靈符，眼看成功，忽有萬千精怪聞得古洞異香，知道山開，齊來搶奪，結果精怪雖然被眾仙驅走，山腹中藏寶的金船金盆已從洞內飛出化去，眾仙人追攔不及，僅各在洞中搜得一兩件無足輕重的寶物。

那金船金盆，所謂前古金門寶藏，已沉入元江水眼之中，直至於今。寶物之中，最可寶貴的是廣成子所遺靈藥，服了可抵千百年功行！但是金船深藏水眼深處，離地千百丈，已被地肺真磁之氣吸往，只有下降，難於上升，此寶逐年沉落，已與地肺中磁母相近，如仗法力進入水眼，一不小心，或是有人從旁暗算，雖未必被陷在內，此中寶物決難全璧而歸，並還要洩穿地氣，引動真火為災，煮沸江濤，惹出空前大禍，造下莫大之孽！只想不出個適當下手之法。因寶藏處相離大熊嶺苦竹庵鄭巔仙的洞府僅有十來里路，怪叫化便就近請她相助，聯手取寶。

凌渾和巔仙詳參未來，知道要取此異寶，只有一種怪物能助，那怪物形似蜘蛛，名為「金蛛」，身子能大能小，乃前古遺留的僅有異蟲，所噴金、銀二絲，尋常法寶飛劍俱難斬斷，口中呼吸之力大到不可思議，與天蠶嶺所產文蛛同是世間毒物。曾在岷山白犀潭底地仙宮闕旁危石罅邊潛修了三四千年，未及出世害人，便吃韓仙子用一件前古至寶制伏鎖禁，性已漸趨馴善，只將此蛛得到才能取寶。

巔仙已為了元江金船至寶養了一隻小金蛛，在雲鳳往白犀潭之際，又借神禹令之力，將大金蛛擒來。一到了可以取寶之日，凌渾門下弟子都要前來參加取寶。寶物之中，最可寶貴的是廣成子所遺靈藥，服了可抵千百年功行！

巔仙還說了藏寶的來歷，原來「金門遺寶」，乃前古仙人廣成子遺物，漢以前藏在二峒山腹，不知引起多少列代仙人覬覦，想下無窮方法，俱無一人得到。後來毛公劉根聯合同道苦煉五火，燒山八十一日，破了封山靈符，眼看成功，忽有萬千精怪聞得古洞異香，知道山開，齊來搶奪，結果精怪雖被眾仙驅走，山腹中藏寶的金船金盆已從洞內飛出化去，眾仙人追攔不及，僅各在洞中搜得了一兩件無足重輕的寶物，那金船金盆，所謂前古金門寶藏，飛沉入元江水垠之中，直至於今。

那金蛛愛吃一種毒果，喚著「七禽果」，巔仙也已命門人弟子種植，用仙法催生，以供金蛛吸寶之際，供牠食用，二人也算出，至寶出世，必有妖邪前來侵犯，金門至寶，關係重大，實非早作布置不可。雲鳳聽得凌真人門下，以及許多正派中好手要來，恨不得能留下來趁這一場熱鬧，只惜未奉師命，只好告辭離去。

卻說巔仙明知前古至寶即將出世，必招妖邪覬覦搶奪，早將苦竹庵置於仙法禁制之下。凌渾門下各弟子，已先期來到，連「摩伽仙子」玉清大師也被請來襄助。凌渾門下「七星真人」趙光年、「白水真人」劉泉、「陸地金龍」魏青，在山下和魔教中一個餘孽相遇，惡鬥一場，眼看不支，幸得玉清大師聞聲趕到，誅了妖邪。卻不料所殺的妖人叫林瑞，和「赤身教主」鳩盤婆門下女弟子鐵姝是相識。被三人所破的魔教法寶之中，有從鐵姝處借來的以凶魂厲魄煉化而成的九個魔頭，魔頭一破，鐵姝便自有了感應，立時趕來。

魔教遁法快絕，劉、魏等人才在庵前和玉清大師相見，便聽異聲傳來如遠如近，玉清大師一聽異聲，便知定是鐵姝前來生事，異聲才一入耳，忙即低囑三人速隱身形，千萬不可上前。隨即向來路空中喝道：「妖人林瑞乃我誅戮，何方道友，請來相見！」鐵姝的來勢真快，先聽怒喝：「何人傷我教下神魔?!」聲如梟鳴，聽去約有五、七十里遠近。

玉清大師匆匆低囑幾句，隱身飛落，只是瞬息之間。遙望來路，高雲中似有黑影微掣，少說相去也在十里以外，等玉清大師話才說了兩句，立即應聲出現。面前黑煙飛動處，突然多了一個身圍樹葉，手持一鉤一劍，披髮赤足，裸臂露乳，面容死白，碧瞳若電，周身煙籠霧繞，神態服飾無不詭異的長身少女！

劉、魏等人聞得赤身教主大弟子鐵姝之名，竟未看出從何飛落，玉清大師既囑隱身旁觀，也就不便妄動，暗中戒備，不提。

魔女鐵姝一現身便怒喝道：「傷我神魔的就是你麼？林瑞不是我赤身教下，以前因他苦求，情不可卻，始行傳授，又不聽我良言，自取滅亡，我不管他。我那神魔百煉精魂，不易消亡，不知被你用什麼方法收去。這不是甚法寶，你收了去無益有害，省事的，快放出還我，萬事皆休，不然叫你死無葬身之地，做鬼都受無邊苦難，休說我狠！」

玉清大師見她情急，也不插話，容到說完，才從容笑道：「聽你說話，想是『赤身教主』門下弟子鐵姝道友了。貧道玉清，家師『神尼』優曇。我與令師鳩盤道友曾有一面之緣，與你卻未見，彼此兩無干犯，何苦說此狠話？」

鐵姝一聽敵人師徒姓名，微微一驚，突又搶口怒道：「你就是『玉羅剎』麼？以前果然兩無干犯，可是今日你所收魔頭乃是我借與林瑞的，你得去無用，即速還我，彼此交個朋友多好。」

玉清大師笑道：「我既未輕涉魔府，也未冒犯道友，就是誅殺妖魔，也與貴教無干。那九個魔鬼我只當是林瑞所煉妖魂厲魄，不知道友所借，如在自然奉還，無奈已然被我用佛法連妖人一併化去，現已形神俱滅，隨風吹散，如何還得？事出無知，改日再行登門負荊吧。」

鐵姝聞言，眼閃凶光，大怒道：「你說得好輕鬆的話！憑你會不知我所煉神魔來歷？再說你殺林瑞或者還可，要將我神魔消滅，諒你無此本領！」

玉清大師冷笑道：「區區魔頭豈值一擊，我才放出『離合神光』，便即消滅，不然我身在佛門，留它何用？」

鐵姝益發暴怒道：「是真的麼？」

玉清大師道：「誰還騙你不成！」

鐵姝暴怒道：「該死賊妖尼，我因師父不許和你們這夥人爭鬥，好意相商，免傷和氣，誰知竟敢如此大膽妄為，將我苦煉多年的神魔化去！再不殺你，情理難容！」嘴裡說著話，手揚處便是三股烈焰般的暗赤光華飛出。

玉清大師將手一指，先飛起一道金光，將三道血光一齊圈住，喝道：「你休不知好歹，這子母陰魂和汙血煉就的『血焰叉』，只能汙穢尋常飛劍法寶，卻奈何我不得！看在令師面上，不與你一般見識，不願毀你師傳之寶，此時知難而退，勝負未定，兩俱不傷情面，如再不聽忠言，執迷不悟，你就悔之無及了。」

鐵姝又驚又急，大罵道：「賊尼有本領只管施展出來，哪個和你講什麼情面！」隨說冷不防暗運真氣，奮力一吸，欲將飛叉急收回去。玉清大師因知鳩盤婆厲害，此時數運未終，不願輕於和她結仇，打好主意，處處容讓留心，不使對方過於難堪，以為日後與乃師見面好有話說。上來只守不攻，不俟鐵姝再三逼迫，決不還手。知那「血焰叉」共只九根，乃鳩盤婆鎮山之寶，新近才傳給門下三姝，最是珍重。看出鐵姝恐叉為己所毀，暗中行法收回，心想就此被她收去，必不承情，也暗運玄功，將手一指，金光立即大盛，將血光裹了個風雨不透。

鐵姝見又被金光困住不能收轉，方識敵人真個厲害，如若失去，何顏回見師父？一時情急，正待施展魔法與敵一拼，忽聽玉清大師笑道：「鐵姝道友無須惶急，我決不傷害令師所煉之寶，你如不願用，自收回好了。」說罷，將手一指，金光便自舒開，停在空中，只將叉光擋住，不再圍困，鐵姝反被鬧了個急惱不得。念頭一轉，突又大怒，一面收回飛叉，更不答話，回手挽過腦後秀髮，銜在口內，咬斷數十根，櫻口一張，化成一叢火箭噴出。

玉清大師料她是想將金光引開，暗中還有施為，表面仍作不知，故意用金光將那數十枝火箭敵住，果然鐵姝是看出金光諸邪不侵，恐敵人用以防身，借此絆住須臾，以便乘隙下手。這裡金光飛起，剛將火箭圍住，忽然天旋地轉，陰風起處，面前光景頓晦，無數夜叉惡鬼帶起百丈黑塵潮湧而來，那瀰空黑霧竟似有質之物，彷彿山嶽天崩，凌空散墜，來勢更是神速非常，如響斯應！

玉清大師身上倏地湧起一幢金霞，那妖煙邪霧為金霞所阻，不能近身，也是愈聚愈多，霧影中鬼物更是大肆咆哮，怒吼不止。金霞映處，看出聲勢也頗驚人，只奈何玉清大師不得。隔不一會，飛劍將火箭消滅，金光掣回，立即伸長，化成一圈，圍在諸鬼物外面。

玉清大師見無敗理，方大喝道：「鐵姝道友，你不聽良言，苦苦相迫，我因看在令師面上，不願傷你，即速收法回山，再不見機，我為脫身，只好發動『離合神光』，即使道友能免佛火之厄，你這些修煉多年的妖魂惡鬼又要化為烏有了！」

鐵姝因師父曾說現時煉就「離合神光」的共不過五人，「神尼」優曇雖是五人之一，但是佛光奧妙，非真正功候精純、反照空明，將證佛家上乘功果的，無此功力。玉清大師出身異派，拜神尼為師只有數十年，起初還是記名弟子，近年因她勤於修為，才許改去道裝，允入佛門。「離合神光」何等神妙，豈是短期中所能煉成？聞言暗忖：「『離合神光』只是聞名，並未見過。即便所說是真，也須一試，何況未必！至多使這些魔鬼為飛劍所斬，靈氣絕不能就此消滅，不過再受二次煉魂之苦，仍可使其還原。本門『血焰叉』已然收回，自己行動神速，來去如電，有何可畏？只悔來時輕敵匆忙，好些法寶和應用之物不曾攜帶，眼看敵已被困，依然傷她不得！」自料勝算占多一半，敗亦無妨，哪把玉清大師警告放在心上，不但不肯停戰收手，反而口中喝罵，加急施為，上下四外的妖煙魔霧直凝成了實質，排山倒海般齊向那幢金霞擠壓上去！

玉清大師覺出金霞之外重如山嶽，寸步難移，暗忖魔女果然厲害，如非年前恩師因飛升在即，特傳本門心法，功行俱各精進，真難抵敵！情面已然盡到，照此不知進退，就有甚傷害，將來遇見鳩盤婆也有話說，真要耳軟護短，憑著師傳道法，至多不勝，也吃不了什麼大虧。

主意打定，大喝道：「鐵姝道友，我實逼處此，你須留意，免為佛火所傷，我要施為了！」說罷，雙手合攏一搓，往外一揚，那護身金霞立如狂濤崩潰，晃眼展布開千百丈，上面發出無量金色烈焰，往所有煙霧鬼物兜去。佛光聖火端的妙用無方，光焰到處，所有妖煙魔霧宛如輕雪之落洪爐，無聲無嗅，一照全消，前排鬼物首先慘嘯，一連消滅了好幾個。

鐵姝所煉鬼物，俱以心靈相通，一有傷亡，立即感應，到此方知「離合神光」果然厲害，不由又驚又怕！匆匆不暇思索，一面收轉殘餘鬼物，慌不迭行法遁走。那些鬼物俱被飛劍圈住，因魔女行法強收，又畏神光威力，紛紛拼受一劍之苦，化為殘煙斷縷，由金光圍繞中穿隙遁去。

玉清大師本來未下絕情，見魔女來得猖狂，去得狼狽，一面止住神光，用千里傳音喝道：「道友只管慢走，我如有心為難，你已為佛火所傷，那些妖魂惡鬼也全化為灰煙了。」語聲才住，便聽遙空中回應道：「賊尼今日之仇，生死難解，不出三日，自會來尋你算帳！如不將你生魂攝來受那無量苦處，誓不干休！」聲音淒厲，微帶哭音，甚是刺耳。

玉清大師知她憤怒已極，忙接口道：「你不必悲苦，見教甚易，我在此相候便了。」說罷，又聽答了一個「好」字，聲如梟鳴，搖曳碧空，聽去更遠。劉、魏等人自隱藏處走出，劉泉道：「魔女竟有如此神通，如非大師，我們豈是敵手？別的不說，單那來去神速，就非其他左道旁門所能及了！」

玉清大師答道：「適才放她逃去，只兩句話的功夫，已出三百里外。我用千里傳音，她二次應聲相答時少說也是八、九百里遠近，赤身教下像鐵姝這樣能手，已能附聲飛行，聲音入耳，人便立至，如何不快？不過這類飛行最耗真氣，不到萬分危急，不輕使用，鐵姝還有兩妹，金姝、銀姝，同事一師，生性仁柔，既不妄殺生靈，又不肯用惡法驅役妖鬼，和鐵姝大不相同。今日如非恩師所傳『離合神光』，勝負正自難料，此女天性刻毒，無仇不報，乃師也未必壓制得住，近日內必來生事！」

各人回到庵中，談論一陣，巔仙飛走，去江邊沉寶處布伏設置。第二日方歸，說中途遇到「神駝」乙休，告知她「妖屍」谷辰到時會和另一厲害妖人前來奪寶，所以將他昔年所煉鎮山之寶「伏魔旗門」和一道靈符借給巔仙應用，並教約芬陀大師再世愛徒楊瑾前來相助。說罷，取出法寶，傳了用法，又商取寶之事。聚了半日，又復飛往川邊去訖。

巔仙走後，眾人見那旗門共有五架，每一旗門高四寸九、寬五寸五，上面滿是符籙，乃修道人煉丹入定時防身禦害之寶。按五行方位如法陳列，隱插地上，敵人一入陣，立生妙用；臨時施為，也可應用。

眾人因聽說得十分神妙，俱想玉清大師在庵前如法試習，就便用以等候鐵姝到來入網。玉清大師也想試試，當下同去庵外一試，果然妙用無方。因算計魔女不久來犯，索性如法施為，各按門戶排好，不再收回，又把陣形隱去。剛剛佈置停當，便聽西北遙空梟聲怪嘯，厲喝道：「玉清賊尼，出庵納命，免我入庵，玉石俱焚，殃及旁人！」

這時天已垂暮，大半輪血也似紅的斜陽浮在地平線上，尚未沉沒。萬道紅光，倒影反照，映得山中林木都成了暗赤顏色。四面靜蕩蕩的，只有危崖下面江波浩淼，擊蕩有聲。景物本就幽晦淒厲，怪聲一起，立時陰風大作，倦鳥驚飛，哀鳴四竄，江濤也跟著飛激怒湧，愈發加重了好些陰殺之氣。

玉清大師因鐵姝已然嘗到「離合神光」滋味，才隔一日夜便敢前來，必有幾分自信。儘管戒備周密，又有法寶埋伏，依然未敢絲毫輕敵。仗著旗門妙用，想先略殺仇敵威焰。聞聲並不答話，只把陣法微一倒轉，地上仍是空空，人卻隱去，又吩咐各人避入庵內。還未一半盞茶的工夫，黑煙起處，魔女平空出現！

玉清大師見鐵姝已換了一身裝束：上身披著一件鳥羽和樹葉合織成的雲肩，色作翠綠，俱不知名，碧輝閃閃，色甚鮮明。胸臂半露，僅將雙乳虛掩。下半身也只是一件短裙，齊腰圍繫，略遮前陰後臀。餘者完全裸露，柔肌粉膩，掩映生輝，彷彿豔絕。

第八回 力挫魔女 元江取寶

鐵姝只是滿臉獰厲之容，凶眉倒豎，碧瞳炯炯，威光四射，隱現無限殺氣。左肩上釘著九柄「血焰叉」，右額釘著五把三寸來長的金刀，俱都深嵌玉肌之內，彷佛天然生就，渾沒一點痕跡。滿頭秀髮已然披散，髮尖上打了許多環結。前後胸各掛著一面三角形的晶鏡。左腰插著兩面令牌，右腰懸著一個「人皮口袋」，其形也和人頭一般無二。右手臂上還掛著三個拳大骷髏，俱是紅睛綠髮，白骨晶晶，形象獰厲已極。通體黑煙圍繞，若沉若浮，凌虛而立。

玉清大師暗笑：「魔女定是毒恨入骨，把她所有家私全搬出來以備決一死戰，照此行逕，也許鳩盤婆未必知道。此時不便傷她，但也須使她師徒知道厲害！」存心試她斤兩，依然穩立不動，靜以觀變。

鐵姝這次再來，已將鳩盤婆近年煉就的九件魔火神裝帶了兩件來。她趕回魔宮，乘著鳩盤婆入定之際，暗入法壇，盜了一個披肩，一件圍裙，又暗向金、銀二姝將「人皮袋」和所分得的六口「血焰刀」強借了來，連同自有法器異寶和三個鎮宮神魔，齊帶身上趕來。將到時還見全庵在望，落地以後全庵忽隱，人影全無，也無應聲。先還不知身已入伏，誤認仇敵不敵，臨時隱去庵形，暫避片時，所以聲都未應。自恃法力高強，毫不在意，估量庵門所在，戟指大喝道：「我不肯無故上門欺人，無知賊尼，你隱藏不出就完了麼？快些出頭便罷，再有藏頭縮尾，便用魔火連你和全庵一齊罩住，玉石俱焚，再不出現，休怪辣手！」

庵中終無回應，鐵姝勃然暴怒，將手一拍腰間「人皮口袋」，人頭口內立即飛出數十團碧煙，飛起空中，互相擊撞爆散，化為百十丈烈焰。晃眼之間，血光熊熊，凝成一片，將所虛擬的庵址照定。跟著左右兩肩搖處，九柄「血焰叉」化為九股血焰飛起，直投火中，飛梭穿擲，倏忽若電。那三個魔頭也脫臂而起，大如車輪，口、耳、眼、鼻各射出無盡赤、黃、黑、白四色妖光邪火，飛入火內，那魔火蓬蓬勃勃，勢益強盛。

似這樣約過有半個時辰，鐵姝覺所燒之處空無一物，三魔也未遇見一個敵人。暗忖：「是什麼法兒，如此厲害，竟能護住全庵，不但魔火無功，連飛叉神魔也攻不進去？」一面加急施為，口中亂罵，心中甚為奇怪。

玉清大師看了片刻，現身冷笑道：「鐵姝道友，那是一堆山石，苦苦燒它做什麼，莫非石頭也與你有仇麼？」

鐵姝聞聲大驚，側臉一看，仇人正站身側魔火圈外不遠，笑語相嘲。忙收魔焰一看，所燒之處，果是一堆寸草全無的山石。當時又愧又忿，急怒攻心，更不答話，一指魔焰，連同飛叉神魔，潮湧一般向玉清大師卷去。玉清大師終是小心，話才出口，先將「離合神光」放出護身，隨又將本身真靈化為一團青光，升出頭頂，運用玄功，盤膝入定，直不理睬。

二人相持到了子夜，鐵姝見那青光晶瑩明徹，流輝四射，知是仇人元神。碧血神焰所化魔火雖不畏「離合神光」消滅，仍傷仇人不得。尤其三神魔空自怒嘯發威，一個也不敢挨近。驚異之餘，心想：「事已至此，索性一不作，二不休。」方欲另施邪法。玉清大師已倏地收轉真靈，一笑而起，在金光護身中指住鐵姝，笑道：「你看如何？我再最後忠告，趁早收風回山，免得又遭無趣，否則你這次就逃走不脫了！」

鐵姝咬牙切齒，大罵道：「賊尼，你公主法力無邊，尚未施為，況你此時已被我『碧血神焰』困住，還敢說此大話！今日不是你死就是我亡，休想活命！」

玉清大師笑道：「既這樣說法，我先把這些魔火鬼頭收去，看你還有甚花樣。」說時暗中倒轉陣法，在金光護身之下衝焰往前飛遁。鐵姝仍不信有此神通，忙即催動魔焰飛叉和魔鬼追去。滿擬這三樣都是如影隨形，神光微有縫隙，魔頭立即侵入，仇人非死不可！

眼看一幢金虹激動起千尋血焰，電馳潮奔向前飛去，仇人只顧上身，雙腳已露出在外，魔頭已然追近，快要乘虛而入。心方狂喜，正追之間，猛瞥見面前祥光湧處，倏地現出一座旗門，仇人又復現身含笑而立。那些焰叉魔鬼無影無蹤！自己少說也應追出四、五百里，追了一程，竟在十丈以內，這一驚真是非同小可！心神一怔，玉清大師已笑道：「你不用惶急，那些東西已被我收去，等我幾時有暇，自會交還令師，你是拿不去了！還有什麼花樣，便請使出來吧！」

鐵姝自知重寶連失，何顏回見師父，怒喝一聲：「我與你這賊尼拼了！」說罷，拔出腰間令牌，雙手各持一面，朝前心所懸三角晶鏡上一拍，口誦魔經，朝外一揚，鏡上面便箭一般射出兩股青焰，落地便自爆散，現出九個赤身美女和九個赤身嬰兒，都是粉滴酥搓，一絲不掛，各有一片極薄彩煙圍身，豔麗絕倫。再看魔女神情也轉怒為喜，秀眉含顰，星目流波，面如朝霞映雪，容光照人，再襯上一身柔肌媚骨，玉態珠輝，愈顯得儀態萬方，迥不似先前那張死人臉孔。

玉清大師一見鐵姝情急，竟將「九子母陰魔」拘來，不敢大意。一面暗移旗門，將她隱隱困住，一面忙用「離合神光」朝她照去。原意「離合神光」生死由心，就算陰魔乃赤身教主親身禁煉，曾下百年苦功，雖不能除去，但可先行制住，免有疏虞。不料鐵姝也早防到，陰魔才一現形，便與會合一起，神光照到，身形滴溜溜一轉，所著雲肩圍裙上便如箭雨也似向四外射出，兩圈碧色光華，一上一下合攏，連人帶九女九嬰全包在內，神光竟然一毫也傷她不得！

碧光晶瑩，再吃外面神光金霞一照，頓成異彩，照眼生輝。鐵姝將身護住以後，突發嬌呻，一個眼風朝外抛去，那些赤身美女嬰兒立即聯翩起舞。鐵姝站在女嬰當中，舞過了陣，做了不少柔情媚態。暗覷敵人，竟站在旗門下面，微笑相看，毫不為動，心中忿極！倏地格格媚笑，自身也加入女嬰之中，一同起舞，舞到急處，忽然頭上腳下，連身倒轉，粉臂雪股，緻緻生光，時顛時倒，時合時張，加以嬌喘微微，呻吟細細，端的妙相畢呈，備其妖豔，令人見了蕩魄融心！

玉清大師道心堅定，暗忖：「人言這『九子母陰魔鎖魔大法』陰毒無比，只心一動，元神便被攝去，萬劫不復。鐵姝已差不多盡得乃師真傳，也只如此，看來受害人還是道淺魔高之故。倒是那護身法寶和先用碧魔神焰，連佛火都難奏功。現時她那魔焰也只被旗門隔斷禁住，不能消滅。異日她師徒如受許飛娘等妖人蠱惑，實是各正派門下一件大患。」為想長點經歷，觀察這魔法除用淫相媚態迷人外，到底還有無別的妙用？只將心神鎮懾，任其施為。

這一念好奇，到了後來，鐵姝和諸赤身美女舞得又由急而緩，聲色愈發妖淫，內中還雜集著許多意想不到的怪狀。玉清大師暗笑：「魔教妖邪太也無恥，為了害人，什麼都做得出！年來已悟徹色空之境，神智瑩明，任多做作，其奈我何？」念頭一動，不覺略為多看了兩眼，誰知才一注視，猛覺心旌微蕩，前面神光立即微弱！鐵姝和赤身女嬰跟著容光煥發，聲色愈加曼妙淫浪，那護身魔光也暴漲開來！神光金霞竟被蕩開了些。心中大驚，知道不妙，忙即收攝心神，手指鐵姝喝道：「你這些醜態，我已領教，早服輸回山，還可饒你不死，否則你已身陷伏魔旗門之內，我略一施為，你便形神盡滅了！」隨說隨運玄功，元神重又升起，前面神光分外強盛，往小處逐漸收緊。

鐵姝先見仇人幾為所乘，方自心喜，及見元神升起，青光晶明，籠罩全身，神光又復大盛，才知玉清大師只是一時輕敵，略為疏忽所致，徒憑魔力並攝制仇人不住。又聽身陷埋伏，愈發惶急，再如施為下去，徒多獻醜。把一心橫，左手令牌一晃。那「九子母陰魔」照例出來，不嚼吃一個有根行的生魂，永不干休。見要收回去，一齊暴怒，就地一滾，各現原形。一時雪膚花貌、玉骨冰肌、全都化為烏有，變成身高丈許、綠髮紅睛、一口獠牙、遍體鐵骨嶙峋、滿生白毛、貌相猙獰的赤身男女魔鬼，厲聲怒叫，齊向鐵姝撲去。

還算鐵姝收時已先準備，不等撲到，已將身懸轉，以背相向。右手令牌照定後心一擊，那三角晶牌上便發出一股黑氣，眾惡鬼立被裹住，身便暴縮，一陣手腳亂掙，怒聲怪叫，橫七豎八，跌跌翻翻，化為十八道青煙，往鏡中投去，迅速異常，轉瞬立盡。鐵姝匆匆插好令牌，重又回身，在光中戟指大罵，一面伸手去拔額上金刀。

玉清大師見她牙齒亂挫，面容慘變，知已勢窮力竭，欲用她本門「分身解體大法」，拼著以身啖魔，將真正天魔驅來與己拼命。這天魔與所煉妖魂惡鬼大不相同，行法人稍一駕馭不到，便受其殃，自己也無必勝把握，如何容她拔刀施為！忙即發揮旗門妙用，大喝：「鐵姝道友休得任性妄為，犯些奇險，天魔也傷我不得，何苦反害自己！」

鐵姝刀剛拔到手內，正待如法先斷一足，再拔餘刀依次分身，忽聽仇敵警告，圍身神光倏地撤去，略一驚疑，跟著便見祥光湧現，定睛四外一看，環身五個高約百十丈的旗門，祥雲繚繞，霞光萬道，齊向身前湧來。那護身碧光立即逼緊，上下四外，重如山嶽，休說拔刀行法，手腳都難移動！

憤激中，耳聽玉清大師喝道：「我看令師面上，不為已甚，否則旗門一合，你便成了劫灰！如知悔悟，我便網開一面，放你回山如何？」鐵姝明知死生在於一言，無如賦性凶橫，妄想拼送此身，默用本門心法自破天靈，將元神遁回山去，向師哭訴，三次再報前仇，終不輸口！

這時天已大亮，玉清大師接連曉諭數次，鐵姝仍是怒目切齒，厲容相向。兩人正在相持不下，忽然遠遠傳來一種極尖厲刺耳的怪聲，叫道：「玉清道友，孽徒無知，請放她回山受責如何？」玉清大師知道是鳩盤婆所發，忙答：「令高足苦苦相逼，本在勸她回轉，教主令到，敢不惟命！」又聽怪聲答道：「盛情心感，尚容晤謝。」說罷寂然。玉清大師知魔宮相去當地何止萬里，竟能傳音如隔戶庭，並還連對方答話也收了去，好生驚異！

再看鐵姝，已是神色沮喪，凶焰大斂，知道魔母已然另有密語傳知，不會再強。忙把旗門移動，斂去光華，笑道：「鐵姝道友，令師相召，你那法寶焰光和三魔鬼未動，現在收聚一處，禁法已撤，我不便奉還，請你收回。歸見令師，代為致候，改日再容負荊吧。」祥光一斂，鐵姝立即行動自如，師命不敢違逆，垂頭喪氣，滿臉激憤，逕自收回法寶魔焰，道聲：「行將再見！」化為一道黑煙沖霄而去。

玉清大師逐走了魔女鐵姝，回到庵中，正與各人閒談間，殿中又來了二客，一是「髯仙」李元化的弟子「白俠」孫南，一是「追雲叟」大弟子岳雯。

引見敘禮之後，玉清大師道：「明晚子時便是取寶之期，『妖屍』谷辰定來作梗，因為金船之內有一異寶，叫作『歸化神音』，是他的剋星之故。此寶形如一個透明圓卵，內發陰陽兩儀妙用，任多厲害的妖魔鬼怪，當之必無倖免，可惜此寶用後即與所誅妖邪同消。此次取寶，諸位道友到時不可貪得，第一先收此寶，不然日後無物可制谷辰。」

眾人謹慎應命，玉清大師還待吩咐幾句之際，巔仙已經趕回，凌雲鳳也討了師命跟來相助，各人盡皆大喜，且候取寶時刻來到。

巔仙早已派弟子多人，在庵後不遠處的空地之中，種植金蛛的食物，七禽毒果，也全已收下，由巔仙弟子歐陽霜、辛青二人負責，再由凌雲鳳相助，將七禽果載在三艘船上，行法運來，以備到時應用。

二人正押運毒果前來之際，忽聽破空之聲。回頭一看，前面一團濃煙裹住一個小黑人，身後一道匹練般的彩虹，星馳電掣疾飛而來，眨眼已越過。

辛青見那黑人比自己飛高數倍，勢絕神速，並未與己為難。身後彩虹看不出是何路數，照那神情明是追逐妖人無疑，已將飛出舟前，既未來犯，樂得旁觀不去招惹。

那小黑人已然過去有里許，雙方均未發動，以為不會有事。三人仍然在溪中催舟前進，正前進間，三人猛見黑人手上發下萬道碧焰，直射前面溪流之中，一閃即滅。同時那度經天彩虹也自追上，相隔黑人約有十丈，倏地分射出兩道紅光，朱芒映日，奇光照耀，其長經天，並不向小黑人直追，各朝兩旁遙空射去，比電閃還快得多，眼才一瞬，前端已自交合，化為一個梭格形光圈，將小黑人去路擋住。

辛青、雲鳳等看出情勢不佳，急切間也分不出是敵是友，護舟要緊，不願多事。雖然瞥見小黑人朝前路溪中發下一片「陰雷」，一則並未爆發，辛青又自恃木舟上有師父靈符妙用，尋常「陰雷」不能侵害，只想早離險地，依舊行法催舟向前急駛。

眼看相隔小黑人施放「陰雷」的水面不過一箭之地，瞬息便要駛過，猛覺彩虹耀目，由眾人頭上電馳飛過。因為勢太迅速，辛青等三人剛看出彩光中一個美若天仙的少女用手連朝下指，還未及明白來人用意，猛覺木舟微一震動。倏地凌空騰起！溪水隨著木舟底高湧，帶著粗約丈許的飛濤朝前飛去，三人不知吉凶，俱都大驚！

雲鳳看出前後所見兩人都非尋常，早存戒心，除飛劍外更連飛針、「神禹令」一齊取出。就這晃眼功夫，彩虹中少女已電閃星馳，往側面原路上射去，同時那三隻木舟也由空中飛墮前面溪水之上，直似魚躍龍門般，由來路中自行跳出百十丈高遠，更無別的動靜。辛青知道木舟關係大局，對方用意不測，惟恐木舟出了什麼花樣，連忙招呼雲鳳往前趕去，剛剛落到木舟的上面，彩虹倏又飛臨！

辛青、雲鳳立指劍光上前，那少女由護身彩虹中飛出青白二色兩道霞光，將兩人飛劍敵住，同時高聲喝道：「我非妖邪，諸位道友休得錯認。木舟適已遇險，如不是我，適才業為妖孽『陰雷』炸成粉碎。現在前途埋伏甚多，千萬不可再沿流駛行，務必小停，待我捉到妖孽，自會送這木舟回去，決不誤事！」

辛青忙喝：「道友尊姓大名！」未容再往下說，少女已接口答道：「我乃小南極金鐘島主葉繽，與令師大顛上人素識，追尋妖孽已非一日。這廝乃九烈神君孽子黑丑，此時被我『冰魄神光』困住，稍縱即逝，無暇多言，擒到妖人自會詳告。」說罷，彩虹電掣，重又朝前側面飛去。

辛青往昔曾聽師父說過少女來歷，知她隱居小南極已三百年，道法高強，所煉飛劍與眾不同，乃兩極玄冰精英凝煉而成，用時能化為千億，妙用無方，為各派女仙中異軍獨立的數一數二人物。相隔數萬里外，不知因何追尋妖人來此。料無差錯，忙即收回飛劍，將舟止住。

三人朝前細看時，前側不遠那梭形方格光圈將前逃小黑人圈在當中後，小黑人本意還想由上下兩方遁走，不料前途紅光才一交頭合攏，光圈上立即爆起無數朱芒，奇光如雨，上下齊發。上面的射向天空，晃眼由細而粗，下落的也是如此，晃眼自相融合，結成一個梭形方格光籠。小黑人被困在內，一聲長叫，先由身上飛出千百道黑氣，遠看鐵柱一般將上下四外紅光撐住，不使由大而小，往裡縮攏。緊跟著化身為三，回手一拍命門，發出筆也似直三股碧焰向紅光燒去。

少女已然飛臨光籠上空，將手一指，護身彩虹中又是五顏六色射出十幾道各色晶芒，罩向光籠上面，一層層布散開來，圍在紅光外面。那小黑人先是急得在裡面梟聲怪氣，盡情辱罵，後又全身赤裸，露出瘦小枯乾、黑如墨煤三具怪身，不住在內倒立旋轉，周身俱是碧焰黑氣圍繞。少女彩光雖將他困住，急切間也奈何他不得。

辛青見時辰將至，前途妖人埋伏尚多，葉繽警告當非虛語，雙方仍在相持不下，既恐延誤事機，又恐妖屍靈警機詐，長於天視地聽，乘隙趕來，就是葉繽也未必能抵得住，行止俱在兩難，好生惶急！

雲鳳早就躍躍欲試，見辛青滿面愁容，忍不住說道：「辛師姊，我看妖人雖非葉道友之敵，但頗長於防禦，似此相持下去，妖人如再蓄有詭謀，或是故意延捱，豈不更是可慮？妹子所得這面『神禹令』，韓仙子賜時，曾說專破各種妖煙彩霧，還有兩柄『鉤弋戈』也有好些妙用，與其坐誤時機，何如試試？能早脫身，豈不更好？」

辛青旁觀不動，固然為了守護木舟要緊，一半也因平日常聞師言，「九烈神君」神通廣大，睚眥之怨必報，招惹不得。妖人是他愛子，雖然有意為難，畢竟彼此尚未交手對敵，他自犯我，我未犯他。難得有人出頭，正好假手葉繽將他除去，免給師門日後樹此強敵，留下隱患。再看敵人來勢，葉繽如不能勝，自己也決不是對手，樂得靜守在旁，專護木舟。真要不行，便用靈符告急，將師父請來，比較穩妥，於是一味小心謹慎。

因和雲鳳初見，總以為末學新進，不會有甚過人之處，雖然飛劍也不弱，畢竟不是妖人之敵，只管愁急，從未想到。及聽雲鳳一說韓仙子傳有法寶，心中一動。暗忖：「人家如無本領，師父怎會命他前來？怎底細未知，便這樣輕看人？差點誤事，真是該死！」連忙笑答道：「凌師妹如能往助葉道友除此妖孽，再妙不過。但聽葉道友說此乃九烈神君之子，妖法高強，適才見他『身外化身』，必擅玄功變化，迎敵之際務要小心。」

雲鳳不知怎的，一見葉繽便覺投緣，無形中生了親近之心。及見所放彩光，雖將妖人黑丑層層包圍，但持久無功。哪知葉繽另有用意，恨不得立刻上前助她一臂，才稱心意。無如修為日淺，知道辛青是巔仙門下大弟子，修為多年，功力深厚，她既旁觀不動，必有原因。護舟之事，關係全域，不便冒昧啟齒。待到此時，實忍不住，試一開口，竟蒙應允。也說不出是甚緣故，心中一高興，連辛青的話也未聽清，口中諾諾連聲，人已駕了遁光飛上前去。當著外人，急欲求功自見，還沒飛到，首將二寶取出施為。

葉繽本擬用「冰魄神光」將黑丑煉得三屍全化，形神俱滅，不料黑丑看出形勢不妙，用本身所煉地煞之氣將神光擋住，一面施展玄功妖法將身形合一，手按脅插三劍，準備能全身遁去更妙，萬一逃走不脫，便拼四十九年苦煉之功，捨卻一個化身，藉遁逃走。同時為報仇，臨逃走時將身背大黑葫蘆的「陰雷毒火」全數施放出來，即使敵人不遭慘死，傷必不免，至少也可以出一點氣！

葉繽見黑丑煞氣妖法竟將「冰魄神光」擋住，心中一留意，便將陰謀窺破，知道黑丑已得乃父九烈神君真傳，加以天生戾質奇資，煉時極肯下苦功夫，這次奉命出尋乃父所寵妖姬「黑神女」宋香娃，又將乃父多年聚煉的「魔火陰雷」帶了一大葫蘆出來。

這「九烈陰雷」，自成一家，全是地肺中萬年陰鬱戾煞之氣煉成，專汙飛劍法寶，無堅不摧，不論人物山石，中上立即全消。未用時，看去只梧桐子大小，發時化為一溜碧焰，一粒「陰雷」之力，能將百十丈方圓的山石地面震為灰煙。修道人如被打中，始而中毒，幾個寒噤過去，身上逐漸寒熱交作，終於本身真元連同骨髓精血全被陰火燒乾，通身化為白灰而死。除非受傷人功力深厚，能以本身純陽之火將之先行消滅，或是中了以後能以真元之氣屏除體外，始能遠害，端的陰毒已極！

尤其厲害的是，別人使用此雷，只能隨手發放，九烈父子已煉得與心靈相感應。只管將雷發出，中在人身，或是埋伏要路，並不一定隨手爆發，可以由心運用，到了時機方始發揮妙用，來時雲中遙望，沿途已埋伏不少「陰雷」，這一大葫蘆，何止百粒？如彼情急，儘量發出，有「冰魄神光」護身，不畏傷害，無如為數太多，這附近千百里內山川地域，固然難免齊化劫灰，同時地底必受巨震，那時地火怒湧，江水倒流，不知要傷了多少生靈！

但若就此放他逃走，又於心不甘，想來想去，只有仍用神光將他緊緊包圍，注定所煉三屍元神，任其變相搗鬼，不等「陰雷」齊爆，決不絲毫鬆懈。這樣一來，縱令防不勝防，三屍元神不能悉誅，那「陰雷」卻可在空中一舉消滅，自己再運玄功加以戒備。至多耗去一些「冰魄神光」，決不致傷害生靈。主意打定，為防黑丑化形遁走，又將護身神光分出幾片彩虹，往上下四外飛去，晃眼不見。

黑丑也知敵人立誓除他，不料事隔多年，竟會狹路相逢，又急又忿。情知無幸，驚懼萬分，只管在光籠中聚精會神，苦苦支持，不敢驟然發動，不覺挨了些時刻。葉繽見他業已準備停當，引而不發，以為最後所設羅網被他看破。適才已向護舟諸人誇口，時久豈不誤事？也是心中發急，正待冒險誘敵，略放一絲縫隙，先破去他的「陰雷」，等到二次入網，再施辣手，便無顧忌！

忽然雲鳳飛來，心笑來人不識深淺，猛瞥見雲鳳手中持一形制奇古的令牌，上面發出一片青濛濛的光華，電馳而來。那光初出現時才照丈許，晃眼長達百丈以上，發處粗仍不滿一尺，看去並不強烈，可是飛劍光華一點也掩它不住。方覺不是尋常，那道青光已然射向圍困妖人的光籠之上，竟被透射進去。

方自驚奇，這時黑丑也早把玄功運好，一見敵人來了助手，目光旁注，左手拔出脅下所釘寶劍，咬破舌尖，噴出一片血光，身子一晃，三條黑影分合兩次，倏又化成一體，帶著一身黑煙，硬往光籠上撞去！乍見似要衝破光層逃走，實則黑丑共煉有三個元神，此乃三屍之一，主神和另一元神已被變化時隱去。如若不知底細，只將「冰魄神光」加緊一壓，一神雖傷，主神和另二元神必被突圍遁走。

葉繽原已防備及此，無如他這血光化身之法也極厲害，又是拼死而來，稍一失措便被衝破光層，連這一神也被逃走！葉繽將暗伏外面的光網合攏，以免「陰雷」為害。說時遲，那時快，三方動作都是捷逾影響，青光到處，一聲慘叫，先是黑丑分化出來的元神，繞身黑煙，一齊消散，吃「冰魄神光」往下一壓，立即消滅！緊跟著黑丑的本身已然脫出光籠，待要飛起，吃青光透射過去，照了個原形畢現！

雲鳳只知「神禹令」專除妖邪，還沒料到如此神妙。那兩柄「鉤弋戈」是專誅邪魔的異寶，恰又取在手內，一見妖人現身，立即揚手飛出，化為兩股金光，蛟龍剪尾，電射上前！黑丑見一神已滅，本身又現，妖法也被破去，料定無有生路，驚懼忙迫中，正待將黑葫蘆內的「陰雷」全發將出去，恰巧葉繽看出他變化神奇，恐有疏失，一面發動埋伏，就勢又把原困妖人的神光合圍上去，擬連妖人帶「陰雷」一齊圍住，同歸於盡。

也是雲鳳貪功太甚，又將兩柄「金弋戈」發出，黑丑看出今日之局，一半敗在雲鳳手裡，恨切入骨，又見神光還有外層，電一般合圍上來，知道「陰雷」也已為神光所阻，不能損傷仇人！忽見金戈穿光而入，正合心意，反正必死無疑，樂得藉此報復一點是一點。百忙中咬牙切齒，二次行使妖法，咬破舌尖，噴出一道血光，暗將手中所持備用的幾粒「陰雷」順著光起處，朝敵人金弋戈上發去！

黑丑周身時有碧焰飛揚，「陰雷」又有妖法遮掩，匆匆之中，二女誰也不曾看破。黑丑法才行使，金弋戈已蕩散血光，雙雙圍身一絞。同時葉繽的「冰魄神光」也裡外合圍，高喊：「道友速收法寶，容我破這『陰雷』！」跟著黑丑殘屍餘氣帶那大黑葫蘆一同擁起，直上青雲。眼看升高數十丈，只見白雲層裡千百道霞光似電閃一般連掣了幾下，猛聽一片輕雷之聲，密如擂鼓，少響即息。隨見滿天碧螢紛飛，一閃即逝。

面前彩光飛斂處，葉繽現身說道：「有勞諸位久等，又蒙這位道姊相助，報了妖人殺徒之仇，十分感謝。時已不早，我也還有事他去，待我略施小技，先送諸位起身，就在舟中敘談請教，並破妖人沿途埋的『陰雷』吧！」

葉繽說罷，不俟答言，逕請眾人各自登舟。行法將手一指，溪水忽又湧舟上騰，直升天半。三隻木舟全被舟底飛濤湧著，連舟帶水，凌空飛騎。不消多時，便到苦竹庵前江邊飛墮，竟自直沉下去，沉時四外的水紛紛奔避，環舟丈許自成空洞，舟過後上面的水隨即自合。雲鳳不知末一段乃巔仙禁法妙用，好生欽佩。

木舟才一落下，玉清大師忽由水洞中迎出，逕請葉繽由地底直達後洞，並令餘人相助運蛛糧入舟，以備夜來應用，只雲鳳一人同往。

三人一同到了後洞，巔仙和葉繽敘見，一眼看到雲鳳臉上，不由驚道：「你妖氣業已入骨，定中妖人暗算，莫非路上出了事麼？」

雲鳳還未及答，玉清大師先行接口道：「適才葉道友由水洞進來，也為此故，雲妹受害實是不輕。」葉繽道：「適才路過此間，空中遙望九烈神君孽子黑丑正在前面亂放『陰雷』，是我趕到將他困住，多蒙凌道友用『神禹令』相助，得報殺徒之恨。妖人原想將所帶『陰雷』全數放出害人，被我看破，未容出手。我用『冰魄神光』連他殘屍一齊裹住，飛往高空之中爆散了！」

雲鳳聽說自己受傷，不由大驚，葉繽又道：「我先未想到凌道友會中他暗算，後在舟中相見才得看出。這廝『陰雷』有許多感應，一經說破，受傷人發作更快，因此不曾對凌道友提起。乘凌道友與我敘談之際，用神光祛邪之法，由身後直透體內，暫將凌道友真神保住，免遭慘劫。仗有神光護體，所以凌道友一時尚未覺查，無如神光只能護住心神，保他暫時無害。二位大師道法通玄，想必能有解救。如若不能，聞得川邊青螺峪『怪叫化』凌真人有一至寶，名為『九天元陽尺』，專破邪教中的『陰雷』魔火，凌真人性情又極古怪，不知他肯借與否？」

雲鳳先頗驚惶，聽到這裡，心方一動，巔仙已接口道：「這類『陰雷』，我等即被打中，也無妨礙。雲鳳畢竟修道日淺，怎能禁受！如使我所煉『先天純陽之氣』穿行周身骨脈，未始不可驅除，卻須要多日調養。今夜元江取寶，她那『神禹令』關係重大，所幸她乃凌真人的侄曾孫子，又是崔五姑的愛徒，『九天元陽尺』手到借來。無如相隔太遠，只玉清道友前往，可在期前趕到。但是這裡又在用人之際，玉清道友職掌重要，無人能代，葉道友如能稍留半日，便可兩全了！」

葉繽先聽雲鳳是「怪叫化」凌渾侄曾孫女，「九天元陽尺」手到借來，方自欣慰，忽聽巔仙留她幫忙，自己恰有要事，於誼又不便推辭，正在作難，雲鳳已將芬陀大師所賜靈丹取出，對巔仙道：「玉清大師怎可離去，弟子雖受妖人『陰雷』暗算，仗有葉道長的神光護體，直到如今也未覺出一點動靜。記得由倚天崖起身往龍象庵去時，楊瑾師叔曾示先機，並賜靈丹三粒，靈符一道，許能祛毒復原也未可知，待弟子試服下去，如能醫治，豈不是好！」

巔仙將靈丹接過，看了喜道：「此乃芬陀大師『渡厄金丹』，廣集十州三島海內外名山靈藥而成，成道數百年，共只煉過一次，功能起死回生，區區『陰雷』之毒更何足計，只服一粒足矣！」

說罷，玉清大師仔細朝著雲鳳看了又看，等將靈丹服下，隨問靈符安在？雲鳳取出，玉清大師笑道：「想不到今日我們三人俱都看走了眼。我原說雲妹去時，眉間煞氣，只主凶煞，應在敵人，至多樹一強敵，怎會應在本身？適才見她臉上妖氣籠罩，彷佛邪毒入骨，還在奇怪。原來懷中藏有芬陀大師靈符護體，『陰雷』並未侵入，所以受傷人毫無覺察。只因雲妹不知底細，懷寶未用，妖人『陰雷』又極厲害，儘管不能侵入，依舊附身未退。葉道友愛友心切，也和我們一樣，只當邪毒已經深入體內，只顧救護傷人，沒想到破它。否則神光一照，早已化為烏有了。此符含有佛法妙用，威力非常。既然不曾用過，正好留備將來。雲妹丹藥服後，百邪不侵。只剩身外這點陰毒殘氛，索性一客不煩二主，就請葉道友運用神光將它除去了吧。」

葉繽知道玉清大師有意相讓，不便謙遜，手揚處，一片五色毫光飛起，罩向雲鳳身上，只閃得一閃，便自斂去，再看雲鳳身上邪氣便自淨盡。

葉繽立即告別，巔仙、玉清大師知她殺了九烈愛子，須早作準備，並未十分挽留。反是葉繽看出雲鳳情若夙契，意頗依戀，笑對她道：「凌道友，你我一見傾心，必有夙緣，相聚日長，無須惜別，況我異日還有借重之處，正不在此一時，此去能如我預料，今晚也許能來參與取寶除妖盛舉呢！」說罷，巔仙已將洞門開放，葉繽將手一舉，一片彩雲騰空而去，巔仙隨又行法將洞封閉。

玉清大師笑道：「金鐘島主在小南極修道三百年，為方今女仙中有數人物，不特道妙通玄，所煉『冰魄極光劍』和太陰元磁精英煉成的『兩極圈』，更有無窮妙用。人甚謙和，凡她相識的俱以平輩相交，看她今日意思，與你極為投契，她那小南極金鐘島上，終古光明如晝，與不夜城大小光明境相隔最近，產有許多靈藥仙果，以後常時往返，必有許多益處。」

談了一會，巔仙便往水洞行法，將那裝蛛糧的三隻木舟隱藏水底，以備夜來應用。又和玉清大師隱身同出，前往兩邊江岸，仔細查看了兩次，眾門人後輩早已奉有密令，各自分頭行事，隱身埋伏去訖。

一切停當，洞中只剩巔仙、玉清大師、凌雲鳳、辛青四人。到了亥初時分，玉清大師按照預計，先往陣地等候妖屍。巔仙對雲鳳授了機宜，也同起身，逕由地底直出水洞。由巔仙自攜大小金蛛和雲鳳、歐陽霜同立當中主舟之上，「怪叫化」凌渾眾門人，以及岳雯等人，分駕左右二舟，滿載蛛糧毒果，先由江心水底暗中逆源潛行，到了沉沒金船的水眼地竅前面停住。跟著手往面上一指，一聲雷震，江心波濤飛雪一般，往四外散去，同時三股金霞將三隻木舟緊緊包圍，升上水面。

所有人都在全神戒備，猛聽西北遙空一聲極尖銳刺耳的異嘯，緊跟著明月光中現出一簇煙雲，星飛電舞而來。煙中裹定有一個火眼金睛、通身墨綠、瘦骨嶙峋、長臂長爪、形似殭屍、通身紅綠火光、黑氣圍繞的怪物，厲聲嗥叫，晃眼飛近。玉清大師知道來者乃「妖屍」谷辰，方欲暗運伏魔旗門迎上前去，身剛現出，空中倏地一片碧綠火花冒過，又一妖人相繼出現！

眾人見那後來的妖人身高八尺、又瘦又長、道裝赤足、手持長劍，一張狹長臉子，方目碧瞳、尖鼻尖嘴，臉和手足都是又瘦又白，通沒一絲血色，背插九枝長箭，腰插三把短叉，左脅繫一革囊，手持丈許長旛，通身都在煙霧之中，才一照面，一聲厲吼，將手中長旛一擺，立時發出一幢綠陰陰的邪光妖火，照得附近山石人物皆成碧色，光到處，諸人的隱身立即破去！

玉清大師認得妖人是白骨神君，與「妖屍」谷辰同是勁敵。當時專門妖屍，其勢不能兼顧，惟恐諸人不是敵手，一面將「降魔旗門」發動，接引妖屍入伏，一面暗運「太乙神雷」，將手一揚，朝妖人手中妖旛打去。

這時下面巔仙已將禁法發動，放出一片光霞籠罩江面，將上下隔斷。三隻木舟也分品字形，相隔三、四丈，按步位排開。大小二金蛛各自離盒，飛向水面，定身箕踞，目閃奇光，注定水底，各將口一張，那亮晶晶、粗如兒臂的蛛絲便如銀濤也似直往江心水底射去！

幾方面動作都快，「妖屍」谷辰隔老遠便伸出長臂大爪，待向玉清大師抓去，一眼瞥見下面光霞橫江，金蛛離船，不由暴怒，立捨前面敵人，兩條瘦長手臂一晃，立即暴長十餘丈，上面碧焰火光，亂爆如雨，身子往下一墜，朝著江面光霞舉爪便抓！

玉清大師恐有疏失，一面暗中運用「伏魔旗門」，一面放起飛劍，又將佛門「離合神光」發動。妖屍本不畏飛劍，一見金光飛到，並未在意，一面伸手去抓，一面還待衝破下面光霞。不料玉清大師乃佛門降魔真傳，與尋常飛劍不同，才一交接，便覺難禁，手臂雖未被絞斷，已吃不住。

妖屍見金光神妙，不敢硬抓，剛把長臂碧焰將金光抵住，「離合神光」倏又發動。妖屍任是神通廣大，也不敢再為忽略，氣得滿嘴獠牙亂挫，沒奈何捨了下面，往上一縱，全身倏隱，化為一團半畝方圓的碧綠光華，光中射出萬道黑絲，直向玉清大師撲去！

玉清大師原意要他如此，因見「離合神光」也困他不住，便連飛劍一齊收去，一縱遁光，往左崖上空飛遁，就這微一遲延之間，江面上霞光已是密佈，精光閃耀，上徹雲衢。妖屍明知玉清大師有心誘敵，自恃元神凝煉成形，玄功變化神妙無方，竟自怒吼一聲，飛身追去！

玉清大師見妖屍身已入伏，立即如法施為，先將旗門倒轉，將妖屍引出十里以外。妖屍心急性暴，恨不得一舉成功，果然上了大當。正追之間，忽見前面祥光湧現，敵人手指自己大罵。先只當是敵人又在施展法寶，心中又氣又笑，忙運玄功「身外化身」，表面仍是一團碧綠光華，真身卻在暗中遁出，化為一隻大手，在妖法隱蔽之下朝祥光中敵人抓去，眼看抓到，倏地前面金光亂閃，刺眼生疼，敵人倏地失蹤，定眼四下一看，敵人已在身後出現，飛也似往來路江面上逃去。

妖屍又當玉清大師怯敵，仗著護身光華遁走，如何能容！口中連聲厲吼，回身便追，哪知旗門已倒轉，早離原地老遠！由此幻相時起，敵人只隨心念隱現，只是捉摸不到。

玉清大師見妖屍已被困入旗門以內，知他百煉元神，堅定非常，急切間還難傷他。回顧江心，諸人正和白骨神君苦鬥，本就勉強，忽又添了不少妖人。江中波浪山立，兩隻金蛛所噴蛛絲已漸停止，將往回收。估量江底金船已被網住，待要升起，時機瞬息，關係重大。白骨神君妖法汙穢，所使白骨叉箭均附有不少凶魂厲魄，十分厲害，況又加上好些妖黨，惟恐眾人有失。以為妖屍身陷埋伏，無足為害，那伏魔旗門無人主持，雖然功效稍差，但是一經發動，便能自生妙用，變化無窮，料定妖屍無法脫出，便趕往江上應援。

玉清大師念頭才轉，瞥見「白水真人」劉泉、「七星真人」趙光斗、「白俠」孫南、戴湘英四人已經飛向一旁迎敵新來諸妖黨，只剩「陸地金龍」魏青一人獨鬥白骨神君，不是敵手，法力相差太已懸殊。幸仗持有「五鬼天王」尚和陽的「白骨鎖心鎚」，以毒攻毒，不特將白骨神君敵住，那四個惡鬼頭在魔火妖雲簇擁中飛上前去，反將妖人的白骨箭一連毀去四支，引得妖人連聲厲吼，怒發如雷。

起初眾人合鬥妖人時，俱將各人飛劍放出，沒想到此。後來劉泉覺出眾力不支，又見妖黨紛紛來鬥，知道只有魏青的「白骨鎖心鎚」能夠暫敵一時，明知犯險，迫於無奈，還是暫顧目前要緊。便令魏青收去飛劍，取鎚應用，眾人分頭迎敵新來妖黨。

也是魏青福大，那柄「白骨鎖心鎚」恰是對方惟一的剋星。白骨神君和「五鬼天王」尚和陽原有夙仇，又知青螺峪挫敗之事是因尚和陽臨陣先逃，回山之後，便閉洞虔修，煉寶復仇，不常在外走動，並不知此寶已落人手；又是多年妖法祭煉，與身心相應的法寶，外人不能使用。因為近年常有異派中人改邪歸正，投身各正派門下，一見魏青施為，認準魏青是尚和陽的門徒，新近乃師降了正教，奉命來此助戰。否則便是正教門下向尚和陽借用。只不知五鬼為何少一個？

此寶還有極厲害的妙用，一經全力施為，自己除非拼損功行、法寶，決難抵敵。尤其一切妖術邪氛俱敵不住鬼口中所噴魔火。加以上來先葬送了幾枝白骨箭，銳氣大挫，一心謹慎，不敢驟然施為。哪知怪叫化凌渾初得此寶時，因它太已狠毒，重經祭煉，交與魏青，不特用法沒有全傳，當中主魂又在事前摘去，仗倆僅此。他這一持重，卻便宜了魏青，等到發覺，敵人救援已到，來不及了。

玉清大師看出情勢危急，別人尚可，尤其魏青一人獨鬥強敵，更是險到萬分，事在緊迫，不暇深思，竟駕遁光飛去。手揚處，先是連珠般的雷火金光直朝眾妖黨打去。同時聲到人到，大喝：「魏道友收寶速退，待我除此妖孽！」說時，恐傷魏青法寶、飛劍，金光先自飛出，將白骨叉所化三道灰白色的光華敵住。

白骨神君見飛叉竟將四鬼敵住，毫無遜色，已漸發覺「鎖心鎚」不如預計厲害，正在心中盤算，再試一回。先是一口妖氣噴將出去，「白骨鎖心鎚」又威力大減，四惡鬼漸有不支之勢。不由又氣又忿，正在施展惡毒妖法，想連敵人帶「鎖心鎚」一齊收去。忽瞥見一道金光，宛如匹練橫空，電射飛來，不特不畏陰火邪煙汙穢，反將內中一道灰白光華截住，只一絞，立起一片鬼嘯之聲，化為流熒，四散如雨。

所幸魏青貪功心盛，見敵人飛箭被「鎖心鎚」毀了四支，只覺惡鬼猙獰，鬼口魔火邪焰呼呼亂噴，自己勢盛，哪知對面妖人何等厲害。一會兒便看出此寶弱點，就要施展。只管聚精會神按照師傳一心運用，玉清大師的話，倉猝間並未留意。

那四惡鬼剛覺敵人勢盛，倏地金光飛來，將叉破去，恰好兩打一，雙雙飛迎上前。兩個鬼頭迎著一柄飛叉，力量剛剛扯直，鬥在一起。玉清大師恐傷此寶，連喝魏青收寶時，白骨神君見勢不佳，忙運玄功，張口一吸，乘隙收入。魏青這才明白玉清大師心意。

玉清大師駕遁光一到，用太乙神雷連珠發出，眾妖人驟不及防，連被打倒了四五個。手揚處，又放出「離合神光」，一片祥霞，罩向白骨神君。白骨神君一見祥光罩來，通體由一片慘綠妖光轉繞簇擁，人卻雙手據地，頭下腳上旋風般倒轉翻飛，毫不停歇。

妖光之外薄薄一層金霞閃閃不停，似有若無。片刻之間，戰場上形勢驟變，眾妖人紛紛傷亡，只剩下遼東二魔陶氏兄弟、侯曾、汲占、方玉柔五人，見同來妖黨多受慘戮，本就怯敵驚心，哪禁得住又添了這四個敵人。魏青一柄「白骨鎖心鎚」更是大顯威力，所向披靡。

白骨神君先見門人紛紛傷亡，又急又怒，無奈身被強敵絆住，分身不得。眾人一算，只逃走一個妖黨，餘俱伏誅。妖屍谷辰又已入伏被困，不死必傷，好不喜出望外。又見江面之上彩霞燦爛，玉清大師由一片金霞托住，盤膝坐定，通身金光圍繞。白骨神君身帶白骨煉成的諸般邪寶俱已無存，似被玉清大師一併破去。各人均知玉清大師用「離合神光」將白骨神君困住，正在施展佛法妙用煉化妖人神體。

眾人再隔著護江光層下視，大小兩隻金蛛相對箕踞水上，水底寶光上燭霄漢，金船已快吸出水面。蛛糧毒果分兩行由左右木舟內飛起，直投二蛛口中，二蛛似氣力不加，一面厲聲怒嘯，一面奮力運氣吸那金船。所噴蛛絲粗如人臂，每蛛不下百十根，白光如雪，銀索也似，又勁又直，分注水內。

鄭巔仙在當中木舟上披髮赤足，仗劍當先而立，全神貫注水內，面帶驚疑之容。左立歐陽霜，也是仗劍赤足，披髮侍立，周身都有靈符神光護體，看神氣少時要作巔仙替身，代師主持行法之狀。右立凌雲鳳，一手緊按寶囊，一手持「神禹令」指定二蛛，也是全神貫注，眼都不瞬。

巔仙倏地手往江中一揚，一道紅光隨手飛下，隨聽一片輕雷之聲，二金蛛怒叫愈厲，晃眼之間「呼隆」一聲巨響，金光耀眼生花，那條藏有前古金門諸寶的金船，已由江波中飛舞而上。當時江面上雪濤千丈，駭波壁立如山，當中數根銀鏈，網起一條數丈長短、形容奇古的金船，只覺霞光萬道，金芒射目。

這時左右木舟上蛛糧毒果去勢反緩，急得二蛛厲聲怒吼，十分刺耳，血口開合之間，白牙森森，不住顫動，迥不似先前寧靜專一。凌雲鳳「神禹令」上已發出青濛濛一片光華，照向二蛛身上，勢雖靜止，卻是不住哮喘，大有力竭之勢！巔仙已由歐陽霜代為主持，身向金船中飛去。

眾人料知蛛糧將竭，蛛力難支，事機瞬息，稍縱即逝！所幸妖人只剩一個白骨神君，又被玉清大師「離合神光」困住，巔仙身已上了金船，決無寶山空入之理，全都欣喜非常。說時遲那時快，就在巔仙剛上金船後，眾人在上面似聽遠遠「啪」的一聲爆音，猛又聽「嘶嘶」兩聲，左近不遠的光層，忽然現出了一個漏洞。

眾人只當是巔仙有意開放門戶，令眾人下去取寶，劉泉、魏青、趙光斗三人已向洞中飛去。其中岳雯道行見識最高，大叫道：「去不得！」手揚處，震天價一聲霹靂，夾著千重雷火直打下去。下面妖屍立現出形來，周身碧光紫焰，兩條怪臂長有十丈，手大如椽，怒吼如雷，口噴數十丈烈火毒焰，正在飛舞而下。劉、趙、魏三人已遭毒手，被妖屍挾在脅下，朝江心金船上飛去，聲勢甚是嚇人！

當中木舟上凌雲鳳聞得雷聲，抬頭一看，正瞥見妖屍連擒三人飛舞而來，一時情急，不及施展飛劍，順手將「神禹令」往上一指，跟著發動牌上妙用，數十丈光華飛射上去。那神通廣大、獰惡非常的妖屍，驟出不意，幾為所傷。因是一心想將兩隻金蛛抓死，飛往金船奪取寶物，想不到會有這等厲害法寶阻路，口中怒嘯連聲，一時情急，竟將所擒三人用手抓起，直朝青光中打去！

雲鳳不知「神禹令」前古至寶，與寶主心靈相應，不傷自己人，惟恐三人為寶光所傷，忙將「神禹令」往側一偏，一面放起飛劍時，妖屍已乘機在空中一個翻折，就勢朝下飛去。三人屍首也同墜入江心，只剩三道劍光浮沉空中。

總算蛛糧毒果剛完，二蛛受制於「神禹令」，不敢倔強，實則早已力盡精疲，雲鳳「神禹令」一撤，便如皇恩大赦，立即收回蛛絲飛起。二蛛那樣凶野，見了上面妖屍也自膽寒，竟不俟主人相逼，直向原存身的朱盒中飛去，一點也未費事。歐陽霜忙將朱盒封蓋，行法將手一招，劉、趙、魏屍身立即如飛浮到，匆匆拉上木舟，展動靈符，竟往水底沉去。

巔仙一上金船寶塔之內，剛將「歸化神音」尋到，順手攝取了數十件寶器仙兵，見上面幾層塔門俱有禁制。正待行法破禁而入，忽聽雷聲大震，金船也往下飛沉，塔門金光亂閃，不敢再留，忙即飛出，船已沉入水中數十丈，剛出水面，迎頭便遇妖屍。

這時雲鳳身劍合一，「神禹令」發出百丈青濛濛的淡光隨後追來，巔仙知道妖屍長於玄功變化，所有法寶飛劍均不能傷，手上現有新得數十件寶器仙兵，多半未明用法，萬一被他奪去，立成巨害！沒奈何，只得運用玄功，將本身純陽真火先發出來，抵擋一陣，再打主意。

妖屍見金船木舟俱已沉水，方自暴怒，意欲直穿水底，倒翻地肺，將元磁真氣點燃，把全江化為火海，使金船永沉地竅，然後再尋仇敵拼命。一眼瞥見鄭巔仙滿身霞光點點，由水中飛出，以為可仗玄功強奪，抱著必得之念，毫不尋思，加急前撲。不料巔仙拼損真元，竟將「先天太乙純陽丹」劈面噴出！此乃修道人的本命純陽真火，沒有數百年功力將內丹修成，不能煉到。煉成以後珍逾性命，除了抵禦自身天火，不到萬分危急，決不輕用，比「太乙神雷」還要厲害得多。

妖屍全仗陰煞之氣凝煉修成，此火正是對頭剋星，任多大神通也難禁受，驟出不意，撞個正著，護身綠火紫焰先消滅了一半，臉胸等處也被燒焦，受了重傷。惟恐敵人還噴此火，一面行使妖法防護，停得一停，身後雲鳳的飛劍、「神禹令」也自飛到。

妖屍不畏飛劍，那「神禹令」卻有無窮奧妙，不敢硬敵，兩下一延誤，巔仙早攜所得諸寶運用玄功遁走。氣得厲聲咆哮，震撼山嶽，想用玄功變化，避開「神禹令」，將雲鳳抓裂洩恨！

第九回 佛門心燈 桃林孽緣

一旁岳雯見妖屍猖獗，玉清大師不能分身，雲鳳一人決非其敵，久了恐遭毒手，忙縱金光上前去。岳雯飛劍乃追雲叟常用之寶，威力甚大，與眾不同。

妖屍雖然自恃玄功，見了也自驚心。岳雯更是深悉玄功變化之妙，仗著身有乙休所賜防身法寶，又將身劍合而為一，妖屍稍有動作，便搶在頭裡，防範十分周密。再加上雲鳳「神禹令」，妖屍急切間萬難施展毒手，急得咬牙切齒，一雙火眼碧瞳凶光四射，口裡不住亂噴妖火毒煙，頭上尺許稀落鋼針般的黃色短髮，根根倒豎，蝟立若箭，髮尖上的碧綠火星似彈雨一般朝眾人打去，兩條長臂已暴漲了十餘丈，在眾人飛劍叢中上下飛舞，倏忽若電。

岳雯見妖屍如此厲害。稍一疏忽，必定有人遭殃，巔仙久去未來，不知如何，預定的救援也一個未到，好生憂急！知道妖屍所發陰煞之氣和那陰火，只一打中，便難倖免，只雲鳳一面「神禹令」還能抵擋。忙令大家聯成一體，不要單獨上前，由雲鳳用「神禹令」抵擋陰火邪氣，自率眾人運用飛劍合力應戰。

這一來果然較為穩妥，可是想傷妖屍，卻是萬難！相持片刻，妖屍見歷久無功，不能取勝，同來還有一妖黨不曾露面，疑已得手走去，愈發暴怒，厲喝一聲，竟自拼受「神禹令」的傷害，往上一縱，直上雲空，倏地將身隱去，化為數十丈方圓一團碧影，發出千萬道箭一般的黑絲，內中隱隱出現兩條長臂，向眾人頭上漫天蓋落，張開兩隻畝許大小的碧綠利爪，亂抓下來！

岳雯不料妖屍情急拼命，一面運用玄功變化，施展陰魔毒爪，同時又將「黑眚沙」發動，自己還可不致受害，眾人實是難保，不禁大驚！忙喚眾人速退，待要運用全力，拼犯奇險，將飛劍金光展開，迎上前去阻擋須臾，好放眾人遁走，免受傷害。當這危急之際，說時遲，那時快，金光剛似飛天長虹，暴長百餘丈，迎上前去，眼看瞬即相接，猛聽霹靂一聲，一個雷火金光，首先打向碧影黑煙之中。

妖屍吃了一雷，本就怒發如狂，再一看那發雷的人，正是適才取寶遁走的鄭巔仙，如何能捨，怪叫一聲，竟捨岳雯等人，改向斜刺裡江岸一面撲去！巔仙原見岳雯等危急，特地運用全力先發一「太乙神雷」，明知妖屍已將元神顯化，只能受挫，決不能傷，一雷之後，趕緊將降魔之寶，三枝「金龍梭」連珠發出。本意也只借此抵擋延時待援，沒想取勝。

那三枝「金龍梭」發出時，約有三丈來長一道兩頭尖的梭形金光，前頭後尾均有火星飛射，平常妖邪只要被打中，火星立即化為迅雷爆散，將身化成粉碎。差一點的飛劍法寶十九撞上便折，隨人意上下左右飛去，不中不止。巔仙也為妖屍厲害，故將三梭連珠齊發。妖屍飛撲過來，恰好迎頭撞上，竟一點也未躲閃，碧影中兩條長臂微一舞動，利爪竟將當頭一梭抓去！

巔仙見狀大驚，知道此寶必毀於妖屍之手，忙運玄功收回時，第二金梭又被抓去！總算手下還快，救回了一梭，巔仙一面收梭，急縱遁光假敗，乘著妖屍抓著兩道金光欲毀不捨，略一遲疑之際，就勢暗中行法，手掐靈訣，猛回身朝後一指。妖屍原因此寶神妙，雖被捉到手內，光華未斂，百忙中心想留下，不捨毀去，念頭才動，猛覺手上金光微一掣動，誤當敵人想要收回，抓得更緊。誰知上了大當，「叭」的一聲，金光忽在手中爆裂，飛起萬點火星！

那雙怪手原是妖屍本身元神幻化，真身隱在手後碧霧之中，由元神隨帶行動，渾如死物。巔仙拼捨至寶，爆力奇強，又是驟出不意，妖屍一個把握不住，竟吃金光打了好些在身上，將真身一眼打瞎！

妖屍性多疑忌，永遠身神不離，每值運用玄功變化之時，總將真身藏在元神的後面，以防為人所傷，自恃法術高強，前有魔手，後有魔光，藏身在當中，必無一失，做夢也未曾想到敵人法寶已然到手，會鬧得引火焚身，受此暗算！

尤其是元神雖然飛劍雷火所不能傷，真身卻並不然，兩下一體，如響斯應，真身一經受傷，元神立受其害，這一炸縱非致命，也實不輕！一面行法護傷止痛，重又放起成千道「黑煞絲」，疾風暴雨一般朝前追去！

巔仙回顧追急，又由寶囊中取出一個金珠，正要回身打去，忽聽老遠空中厲聲怪叫：「『歸化神音』已被我毀去，永絕後患，谷道友只管放心，待我殺這老賊婆！」尖銳刺耳，聽去直非人言，語隨聲近，晃眼巔仙前面高空中，掛下匹練般一條白氣，當中出現一個奇形怪物。

那東西形似山魈，高約丈許，頭如山嶽，綠髮紅睛，闊口獠牙，鼻塌孔掀，面生寸許綠毛，周身雪也似白。最奇是頭頸後面又生著一隻瘦骨如鐵的長臂，手生七指，大如蒲扇，高擎腦後，掌心裡冷森森射出一片灰白色的寒光。通身皮包骨頭，看去卻極堅強，自腹以下，雙股合而為一，天生成的一條獨腿，也不見動，逕由空中倒掛的白氣擁著迎面飛來，其疾如電！

巔仙知是「妖屍」谷辰的死黨，大雪山底潛伏多年、新近逃出的老魅「七指神魔」。一個妖屍已夠應付，何況又來一個飛劍法寶所不能傷的勁敵！正待隱身遁去，暫避一時，岳雯、凌雲鳳看出巔仙勢絀，雙雙重又飛起。未及趕到，忽聽「哇」的一聲慘叫，空中祥光閃處，一縷黑煙上沖霄漢，晃眼無蹤，江面上空「白骨神魔」不知去向。玉清大師人未上前，祥光先已電一般飛將過去，將神魔阻住。跟著一縱金光，正待朝妖屍飛去。

這原是一瞬間事，兩下裡方要接觸，先是東北方金霞電轉，夾著一道長有百丈的朱虹，流星飛馳般直射過來。晃眼臨近，忽然分而為二，各現出一個韶齡少女，一取妖屍，一取雪山老魅。就在這一分一合之間，正北方又是一片五色霞光電捲而來，老遠便嬌聲高叱道：「二位道友除那雪山老魅，我斬這妖屍。」

先來二女中手持金輪的一個百忙中答了一句：「葉道友別來無恙，少時斬妖後再見！」邊說手中金霞飆輪電轉，已連那手發百丈朱虹的少女，同往雪山老魅「七指神魔」飛去。

巔仙遙見先來的兩女是楊瑾、余英男，知無敗理，不想以寶試險，便即乘機隱身遁開。岳、凌二人也不再上，旁立觀看。玉清大師和白骨神君苦鬥多時，妖屍又忽然出困，心中念記伏魔旗門，也收神光飛去。老魅先見巔仙隱遁空中，忽來二女，雖知強敵，先還自忖神通，沒怎在意，余英男下來先取老魅交手在先，老魅剛看出少女手發朱虹異樣，又想先給敵人一個厲害，腦後怪手七指一彈，發出冷森森七股灰白色光華。

這原是老魅採取雪山地底萬年陰寒之氣煉成的內丹，人在百步以外便中寒而死，如被打中身上少許，能將人全身爆裂粉碎，比起「陰雷」還要厲害得多！

英男來時，曾經高明指點，手指處，經天朱虹迎著那股灰白光華只一絞，一聲爆音，紛紛散如殘雪。老魅見狀，猛想起此是對頭剋星「南明離火劍」，不由大吃一驚，他生性機智，一見不敵，便想逃走。楊瑾「法華金輪」發出百丈金霞，「般若刀」同時飛起，衝將過來。老魅靈警絕倫，知進知退，情知不受點傷，難於逃走，忙將腦後七指怪手隱去。原擬捨卻一臂給「般若刀」，化身逃走，楊瑾兩世修為，何等靈敏，一見怪手隱去，反舞左臂上擋，暗罵：「任你怎狡猾，也須教你受回重傷！」故意把刀光一頓，卻使「法華金輪」寶光先衝上去。

老魅因通身已被劍光、刀光、寶光罩住，只有拼捨一臂用「化血遁法」逃走較為上算，否則不是受傷更重，便是勉強全身遁起，被敵人寶劍追上，愈發難當。忽見刀光停頓，恐為南明離火劍所傷，不好復元，驚慌忙亂中，運用玄功，突地將臂伸長，向刀光抓去。不料「法華金輪」寶光直朝前胸衝來，百忙中飛身縱起，胸前要害雖然讓過，右肩已被寶光掃中，方自乘勢欲逃，南明離火劍、般若刀，朱虹、銀光雙雙飛來！捨上就下，攔腰捲去。老魅已縱血光遁起，那條奇形怪腿齊腳面被銀光斬折，那道朱虹又電射追來，嚇得連附身飛行的白氣都未及收回，便自遁走！

余英男還要追趕，楊瑾攔道：「老魅化血遁法瞬息千里，你怎追得上？這條白氣乃地底陰煞寒毒所淬，還不用你南明劍助我將它毀去？」說罷，二人一同下手，朱虹、寶光一轉一絞，晃眼消滅淨盡。

那後來的女子正是金鐘島主葉繽，原是楊瑾前生好友。和「妖屍」谷辰交手，發出「冰魄神光」將妖屍圍住。葉繽見妖屍在彩光層層包圍之中，碧影大手突然縮小，知道妖屍法寶飛劍難傷，獨這「冰魄神光」乃兩極元磁精英凝煉而成，中間復藏有五行生剋妙用，變化由心，妖屍突將元神縮小，定是自恃神通，打算運用玄功震散。自己正恐神光傷他不了，樂得將計就計，給他一個厲害，免被全身逃走，當著新朋友不好看相！

她想到這裡，暗將適才向好友謝山索還的法寶取在手內，覷準妖屍動作，相機而發。妖屍果然由數十丈方圓一團碧影縮到丈許長短，神光自然隨著下壓，碧影停了一停，倏地暴漲百倍，葉繽覺著神光震撼甚烈，也頗驚心。因早料知神光散後，妖屍必定乘機撲到，施展毒手，有意賣個破綻，始而暗中運用神光，緊緊壓逼，等妖屍運足全力，元神暴漲，待要施為之際，故作不支，乘機把真氣一散，耳旁聽楊瑾大喝：「葉道友千萬留意！」

說時遲，那時快，「叭」的一聲極清脆劇烈的爆音過處，包圍妖屍的層層彩霞，竟吃碧影震碎，化為千萬縷彩絲，花雨繽紛，滿天四射！明月清波，交相映射，幻麗無儔，那震裂的聲音又極猛烈，震得江水群飛，壁立數十丈，千山萬壑齊起回應，似欲相繼崩裂，愈顯得天搖地撼，聲勢驚人！葉繽先聽楊瑾大聲示警，已恐弄巧成拙，格外小心，真沒料到妖屍玄功變化如此厲害。

葉繽方自驚心，妖屍元神幻化的碧影已如飆風般在滿天光雨之下迎面撲來。葉繽又急又怒，連神光也不及收攏，左手一揚，由一個小燈之中飛起一件法寶，直向碧影中大手飛去。那法寶只是三寸大小一團淡黃色光華，邊上另外射出紅、白、藍三色奇光，也只尺許長短，晶芒四射，光卻強烈異常。才一出手，三條奇光便以黃光為軸，轉風車一般成一圈金紅藍白的四色風輪，往碧影中投去。

妖屍也是驕敵太甚，一見神光震散，立乘敵人驚慌不備，運用玄功將那隻大手伸長了百十丈，飛星下射，迎頭抓下。這時葉繽神光為妖屍震裂，自然不免驚急氣憤，妖屍卻誤看成了伎倆已窮，光遁不及，欲使法寶先擋一陣。那四色光華雖有些強烈奇怪，共總不過三尺方圓，適才所破神光也是五顏六色，不過一是層層相間各自為色，一是轉若車輪諸色混雜，大小強弱卻不逮神光遠甚，尤其光華強而不大，不似神光有無窮變化，妖屍乍見自然不在心上。

這時雙方勢子都和電一般急，不容眨眼，便自相接，哪還有尋思觀察的機會！光華飛起，妖屍怪爪已自抓到，本意敵人已智窮力竭，連這類毫無變化的尋常法寶都施展出來，不但沒有閃避，反倒加急想連人帶寶一齊抓住。

怪手剛將寶光抓到，百忙中一眼瞥見那四色光華來處的敵人手上，還托著一個七寸多高、形式奇古的玉石燈檠。燈頭上還結著一個金黃色的圓燈花，大僅如豆，周邊也有寸許長短、紅藍白三色光焰，已由燈頭飛起，猛的想起一事，敵人所持十有九必是此寶，不禁大驚！忙把右手一鬆，遁光也隨停住。

儘管妖屍神通廣大、機警神速，等他看到葉繽手上的古燈檠，那團佛家的三光神火早將元神打中！當時只見奇光在妖屍右臂之間一閃即滅，別無異處，猛聽碧影中一聲極淒厲的號叫，仿似電一般掣轉，「妖屍」谷辰已由影裡現出原身，左手緊托右臂，轉瞬碧影由大而小，妖屍原身又隱，星丸飛渡，直向遙空射去，一晃不見！葉繽第二朵燈花化為同樣四色光華，隨即飛出，竟未打中，便沒了影！

這時滿空中盡是適才被妖屍震破的神光，上下浮沉，緩緩游動，也未遠去。這第二團光華發出，妖屍已逃，仍在空中和那些破碎神光般自在浮沉，並不回到葉繽手裡。葉繽面上反有難色，眾人見了俱覺奇怪。

楊瑾忙令英男去與岳雯等會合，由光隙中飛穿過去，葉繽已喜叫道：「道友竟是我以前好友凌雪鴻姊姊轉世的麼？這佛燈神火專化我的『冰魄神光』。適才發出一個火頭，已給妖屍重創，恨他不過，不合連發二次。佛燈所存前古神油有限，火頭發一回便少一回，糟蹋了可惜。神光為妖屍震散，已經飛逸不少，雖然能收，頗費氣力。我今日又樹下九烈老妖一個強敵，惟恐趕來暗算，又以先收為是。無如佛火收取至難。適才真氣幾為妖屍震傷，不便造次，心難二用，不宜兼顧。難得姊姊轉劫在此，煩勞幫我一臂，並請護法如何？」

葉繽隨說，隨將手中燈槃遞過，囑咐楊瑾按芬陀大師所傳「天龍禪法」重燃「心燈」，引火歸原，收起來必然容易。萬一妖邪來犯，運真氣朝燈頭上一噴立燃，便可隨意使用，發出佛火禦敵了。

楊瑾邊接邊答道：「妹子今生改名『楊瑾』，心念前生至好，久意欲往小南極仙島拜訪，不想在此幸會，且等取寶之後再作詳談吧。」說罷，手指處飛起一片金光，將身托住，上用「法華金輪」護身，手持古燈檠，盤膝坐定，默運禪功。

約有半盞茶時，忽睜雙目，注定空中四色光華。那佛火在空中，起初葉繽手掐靈訣，用燈檠指住，雖然不往滿空破碎神光撞去，卻是不住浮沉閃動。及至運用佛門心法，目光注向上面，突然靜止不動。一會光華驟亮了一下，忽然由大變小，漸漸三色奇芒盡縮，仍為豆大一點火頭，光彩晶瑩，竟隨楊瑾目光注視，隨著往下移來，由緩而急，轉瞬佛火移向燈檠火頭之上，又是一亮，立即隱去。

楊瑾起身看葉繽，盤膝坐在五彩光華籠罩之中，不住運真氣向空連吹不已，神光仍自廣布天空。知她受害不淺，神光已為妖屍震散，須運玄功真氣，由少而多，由緩而速，逐漸重為凝煉，至快也須天明以後始能復元。因聞新與九烈神君結仇，恐有侵害，便請眾人一同等候，明是陪伴，實則防備萬一。正敘談間，玉清大師和鄭巔仙也先後趕來，各說前事，才知妖屍此番奪寶，除白骨神君，暗中還有一個極厲害的雪山老魅在內。

三個妖邪原定兩明一暗，三面夾攻，老魅奸狡，事前恐人知覺，特在妖屍洞中暗做手腳，用妖法顛倒虛實，並和妖屍言明，真個置身事外，去往遠處閒遊。到了正日，突然心動趕來。他這種以念主形、形又能夠制念、倏忽生滅、令人不可捉摸的「二心神功」，厲害非常，連鄭巔仙俱被他瞞過，老魅隱身之法更為神妙，誰也不曾覺察！

這三個妖邪原本以利相結，各有私心。老魅到得最晚，正趕上「妖屍」谷辰炸破「神駝」乙休的「伏魔旗門」，運用「元功陰火」破了巔仙五彩光層禁制，傷人劫寶之際。老魅一雙鬼眼能深燭九幽，見金船回沉水眼，廣成子仙法重生妙用，將金船封禁，老魅立時追入水底，卻不料水底早有各種禁制，老鬼一入水底，便入了幻境之中，自以為登上金船，取到了「歸化神音」，並將之破去，這才破水而出，大聲呼叫，與妖屍會合。妖屍雖然用盡心機，破了「神駝」乙休的「伏魔旗門」，但仍不免和老魅雙雙重傷而遁！

玉清大師仗著「離合神光」，使白骨神君受傷逃走之後，知道妖屍既已逃出，「伏魔旗門」不毀必傷，此寶如能尋回殘餘，交還「神駝」乙休，重行祭煉，仍可復原。誰知趕去一看，只見當地山石林木好些化為劫灰，「伏魔旗門」哪有絲毫蹤跡！不知殘寶就在到前被別人無心中路過，冒險強收了去，當時只以為被妖屍炸毀消滅，不曾想到飛空眺望。

那人撿了便宜之後，先望見前面妖氣寶光，上沖霄漢，哪一面俱不好惹，剛剛撤身往回路飛退，又見一道金光匹練橫空，往得寶之處電掣而來，作賊心虛，益發不敢停留，連忙收斂遁光，加急飛駛。玉清大師一意尋回法寶，微一疏忽，竟被逃去！玉清大師遍尋無著，重返原地，「妖屍」谷辰和雪山老魅已相繼受傷逃走了。

眾人互相談了一陣經過，念記被妖屍所傷的三人安危。巔仙說玄真子接凌渾書信，告知此事，已命諸葛警我帶來當初東海三仙合力同煉的起死靈丹，正在後洞施治。

眾人知金鐘島主葉繽日間誅了妖人九烈神君愛子黑丑，遲早必要來尋仇，偏生用兩極真磁精英煉成的「冰魄神光」被妖屍元神震散，急於運用玄功收斂還原，須時甚久，惟恐九烈老妖此時趕來，難於兼顧，俱都不曾離開，旁觀相待。約有三個時辰，天已大明，傷者也經諸葛警我救轉，同眾趕來，那浮空千萬彩絲霞芒才漸漸由散而聚，經葉繽一一收盡。

各人均久聞「冰魄神光」之名，俱欲見識一回，便托玉清大師、楊瑾二人代為關說。這時楊瑾見大功告成，未生變故，好生代為欣幸，正要將手中古燈檠交還，聽三人一說，笑道：「葉姊姊人極好說話，我又和她兩世至交，想必不致見拒。」

正談笑間，葉繽已從空中飛落，楊瑾照實說了。葉繽笑道：「你我至交無妨，眼前鄭道友、玉清道友和另外幾位俱是方家，本來不該班門弄斧。妹子適才元氣稍有傷耗，以致收時艱難，本想試為施展，看看運用如何，是否復原。既蒙諸位道友謬賞，說不得只好獻醜了。不過妹子道淺力弱，萬一元氣消耗太甚，此時尚未覺察，為博諸位道友一笑，妄自竭盡全力，一個不能由心運用，雖已凝為一體，不致出大差錯，終恐全數施為，其力太大，一個駕馭不住，反倒貽笑大方。姊姊劫後重來，法力高深，佛門心法尤為靈妙，仍勞在旁照看如何？」

巔仙在旁靜觀，見葉繽以三個時辰的功夫，竟將「妖屍」谷辰震成粉碎的兩極元磁精英煉成的「冰魄神光」收聚還原，功候精純，豈是尋常同道可能學步，好生讚佩。忽聽諸葛警我等三人託楊瑾、玉清大師要她施為，以開眼界，跟著心靈一動，有了警兆，正想勸阻，葉繽已自一口答應，那警兆感應更急，大有立即發動之象，方覺奇怪，忽見葉繽朝楊瑾使個眼色，又打了一個手勢，楊瑾笑說：「姊姊太謙，神光何等神妙，又是試演為戲，並非遇敵，要人照顧，豈非笑話？」說罷，身形一閃，便帶了古燈檠一同隱去。

巔仙再一尋思葉繽所說的話，明似謙虛，實則故意那等說法，才知葉、楊二人必有甚警覺，大敵將臨，一個借著演習神光為由，故作毫無防備神氣，又當新挫之餘，示人以隙，卻令一個手持佛門至寶，隱身極高雲空中，暗中戒備，等敵人一到，立即各施全力，上下夾攻！

看二人行事如此機密，來者必是九烈神君等極厲害的強敵無異了！巔仙修為多年，她深知九烈神君邪術自成一家，極其厲害，便也加緊準備，靜候發難，不提。

原來那九烈神君雖是一個極厲害的妖邪巨魅，得天獨厚，所居洞府四時皆春，景致極佳，有無窮享受。又明白利害輕重，極畏天劫，深知邪不勝正，從不自恃法術高強，與人樹敵，雖然貪淫好色，供枕席淫樂的多是各異派中有姿色的蕩女淫娃。近數十年來，更因正邪各派群仙劫運將臨，靜中參悟，推算出本身大劫不久快到來，起了戒心，長年用禁法深鎖洞門，只在宮中同了姬妾女徒淫樂享受，一步不出。一則惡跡不彰，二則他的妖術法寶也真厲害，委實不易克制，因此各正派老少兩輩中人對他均不甚理會。黑丑是他獨子，天生戾質，喜動惡靜。

九烈神君因黑丑不耐在洞中久居，便告誡道：「現值各派群仙應劫之期，峨嵋一派正秉教祖長眉真人遺命，在凝碧崖開通五府，廣收門人，聲勢極盛。當此正教昌明，正勝邪消之際，你性喜動，又有你母縱容，時常出遊，好在你已得父母所傳十之六七，我與各派中人均無仇怨，只你不在外面胡來，各正派中人無故決不與你為難。各異派中小一輩的敵你不過，長一輩比你強的，無一不知我父子來歷，就非素識，也決不願與我結仇，只你不故意生事，當可無礙，一有事故，只怕身敗名裂！」

黑丑秉性奇戾，如何聽得進去？在外閒遊，交了不少異派妖邪，約同向各正派中尋釁，一次路上遇衡山「金姥姥」羅紫煙的門徒向芳淑，欲用妖法擒住淫樂，幸而向芳淑人極機智，身旁又帶有師門至寶「納芥環」將身護住，未為「陰雷」妖火所傷。正在相持不下，被「極樂童子」李靜虛走過看見，用「先天太乙神雷」震散妖氛，還打死了他兩個同黨妖人。總算黑丑見機得早，看那「太乙神雷」威力迴異尋常，仗著「身外化身」玄功變化逃回山去。

黑丑滿擬父母平素鍾愛，必能為他報仇雪恨，誰知九烈神君一聽仇人形相和所發雷火光，竟是群邪聞名喪膽的極樂童子！此人與峨嵋教祖「長眉真人」任壽尚是同輩，現已煉就嬰兒，成了真仙，道法高深，有無上威力，為方今各派群仙中第一等人物。愛子得逃回山，尚是看他惡跡不彰，手下留情，如何敢去招惹！不由又驚又急又怒，大怪黑丑不該與各派妖人交往，重重責罰了一頓，禁閉洞中兩三年不許外出一步，鬧得黑丑心煩意亂，萬分難耐！

黑丑之母梟神娘，對獨子異常鍾愛，屢屢求情，九烈神君才准黑丑下山。九烈神君又告誡一番，說道：「你反正在外遊蕩無事，就是採補一層，也只能學我以前的樣，不可強求。你又素無長性，遇見好的，玩上幾天便即生厭，永不帶回山來。日常多是宿娼，有何真陰可採？我所煉的道法本非玄門正宗，飲食男女均非所禁。海外不少女散仙，如機緣湊巧，能物色到一個仙妻，豈非快事。比在中土亂交損友，惹事生非，到處都是荊棘不強得多麼？」

黑丑雖應諾，心裡卻想著一個情人，她就是華山教下妖婦「香城娘子」史春娥，她丈夫也是一個華山派有名人物，名叫「火太歲」池魯，煉就本門烈火，性情比史南溪還要暴烈。黑丑與金姥姥門下弟子相鬥，被極樂真人嚇退，也因這妖婦而起。史春娥性最淫凶刁悍，閱人甚多，黑丑本相瘦小奇醜，生得比鬼還難看，按說史春娥決看不中他。也是孽緣湊巧，二人相會之時，恰值黑丑掠了一個美女，在終南山深山之中攝取元精。那女子長得甚美，又是綠林出身，武功頗好。黑丑淫心極重，覺著對方昏迷，任人擺佈，無甚興趣，心想美女難得，打算留著多玩幾天，再行採她元精。用邪法幻一美少年，勾引上手，一直是用幻相交接，沒有現原形。

（注：下文一大段，寫桃林中宣淫一段，不但是全書之中，風光最旖旎的一節，且對於道家採陰補陽的修煉之術解悟得相當透澈。文字描述，更遠在《肉蒲團》之類的作品以上。）

那女子也未受妖法迷禁，只當仙緣遇合，極意交歡，這一來黑丑愈覺有趣，居然連淫樂了十多天，沒捨得將她弄死。地當終南山景之佳處，時已春暮，繁花似錦，碧草如茵。這日黑丑尋了一片繁茂盛開的桃林，男女同脫了個精光，席地幕天，白晝宣淫。先交合了兩次，興致猶覺未盡，特意又從所寄居的山洞內將用妖法攝取來的酒肉鮮果取出，放在桃林山石之上，互相擁抱飲食了一陣，又起來繞林追逐，那女子也頗淫蕩，引得黑丑性發如狂，兩人互相糾纏謔浪，極情盡致，淫樂不休。

適值妖婦史春娥為一面首被丈夫殺死，發了悍潑之性，大鬧了一場，由相去百餘里的梨花峽洞中出來。心上人慘死，急怒攻心，負氣出走，任意所之，本沒一定去處。飛行中無意中發現下面桃花盛開，妖婦最愛此花，又當氣憤心煩之餘，下來隨意觀賞，解悶袪煩，落地以後便往桃林深處走去。剛剛緩步前行，隱隱聞得男女笑淫之聲。心中一動，立即行法將身隱去，悄悄探頭出去一看。正趕上那一雙男女精赤條條在花林中，始而互相追逐了一會兒，女的被男的擒住，按倒在豐茸茸地上，糾纏做一堆，不可分解。晃眼之間入了妙境，漸漸酣暢淋漓起來。

這時黑丑變的是一個仙骨英姿、相貌絕美的少年，固非原來鬼物形象，便那女子也是上等姿色，端的妾比花嬌，郎同玉映。

四周景物是那麼美妙，又當著日麗風和、動人情思的豔陽天氣，目睹這等微妙奇豔之景，箇中人再妖淫放浪一些，妖婦儘管曾經滄海，見多識廣，似此光天化日之下的活色生香，尚是初次入目。看不片刻，早已目眩情搖，心神都顫，只覺一縷熱氣，滿腔熱情，宛如渴驥奔放，按捺不住，哪還顧得稍微矜持。看到中場，毫不尋思，便現身出去，口中故意嬌叱：

「何方無恥男女，汙我仙景？快起來見我！」隨手指處，一縷紫熒熒的血光已隨手飛出，打向那女子左太陽穴上。只聽哼了一聲，玉軀一側，歪倒在黑丑身上，當時畢命。

黑丑一時疏忽，瞥見紫光一線電射而來，想抵禦已自不及，不由勃然大怒，赤身縱起，待現原身殺敵洩憤時，目光到處，見對面桃花樹下站定一個滿面嬌嗔、似羞似怒的絕色女子，論起容光，竟比死女還要妖豔得多！不特眉目眼角無限風情，便是全身上下都無一處不撩人情致，黑丑出山不久，幾曾見到這等人物！當時淫心大動，沒問對方姓名，立施邪法勾引。

妖婦法力本領雖然不如黑丑，對於各種迷人妖法卻都在行。黑丑用的是尋常迷人邪法，妖婦自然一見即知，暗笑這等淺薄伎倆，稍有烈性的女子也迷她不動，何況於我！倒是你這天生的仙根玉貌，異秉奇資，比什麼法術都強，怎不知道呢？

妖婦往日遇見這事，非故意破法引逗取笑一場不可，此際情急萬分，恨不能一下將他緊緊摟住，融成一體，才得稱心，哪有心思功夫矯情作態！對方既是行家，尤妙是先怒後喜，分明新歡勝於舊愛。這一下來不特省事，還可掩飾自己淫浪形跡，真個再對心思沒有，當下一拍便合，妖婦裝著本是好人，為黑丑妖法所迷，因而入彀，只是以假為真的裝著昏迷，軟洋洋橫陳地上，任憑作踐，不特沒想到採取心上人的真陽，連所擅房中絕技均未展出來。

誰知黑丑別有深心，因見妖婦下手毒辣，所施法寶極厲害，以為不是淫蕩一流，此時順從全因受了邪法禁制。一清醒過來未必委身相處，這等有道行的真陰極為可貴，樂得就此採取，連幻相都顧不得再撤去，一面恣意淫樂，一面施展家傳採補之術，吸取妖婦元精。

妖婦初嘗甜頭，覺出對方功力與平日所接面首迥不相同，方自稱心，喜出望外，猛覺對方發動一股潛力，當時心花大開，通體麻酥酥說不出的一種奇趣。正在極樂情濃、百骸欲散之際，忽然覺察對方不懷好意，知道不妙，忙把心神一定，趕緊運功，用全力將「靈關」要穴緊緊鎮住，真氣往回一收，總算見機尚早，勒馬懸崖，未將真元失去。因知對方功夫出奇，暫時得免，實是僥倖，再延下去仍恐難逃毒手，不敢再事矜持。一面保住真元，一面早施遁法，冷不防揚手打了黑丑一個嘴巴，俏罵得一聲：「狠心冤家！」人已縱身脫穎而起。

黑丑見妖婦似已迷住，並未施展全力，眼看探得驪珠，元陰就要吸入玉竅，也是猛覺一股潛力外吸，和饑嬰就乳一般，已然近嘴，忽又遠引，收翕吞吐之間奇趣橫生，幾乎本身元精也受搖動！方覺對方也是行家，待要加緊施為，妖婦倏地打了自己一嘴巴，脫身飛起，心中一著急，剛喝：「你想逃走麼？」

未及跟蹤追趕，妖婦已滿面嬌羞，一身騷形浪態，俏生生站在面前不遠一株繁花如錦的大桃樹下，手指黑丑嬌羞罵道：「冤家，你放心，我遇見你這七世冤孽，命都不打算要，只是話須說明了再來。」

黑丑聞言，才知她前是有心做作，假裝癡呆。妖婦本來生就絕色，這時全身衣履皆脫，一絲未掛，將粉腰雪股，玉乳纖腰以及一切微妙之處全都現出，都那麼穠纖合度，修短適中，肌骨停勻，身段那麼亭亭秀媚，偏無一處不是圓融細膩，再有滿樹桃花一陪襯，愈顯得玉肌映霞，皓體流輝，人面花光，豔冶無倫！妖婦又工於做作，妙目流波，輕嗔薄怒，顧盼之間，百媚橫生，甚人見了也要目眩心搖，神魂飛越。

黑丑幾曾見過這等尤物，不等話完，早挺身而出，撲將過去，仍舊溫存。妖婦見他伸手要抱，只一閃便自躲開。

黑丑先前是急先鋒上陣，一上來便據要津，一切未細心領略，這時人未抱著，只在妖歸背後股間挨摸到一點，立覺玉肌涼滑，柔膩豐盈，不容留手。連抱了兩次，均吃閃開，沒能得手，愈發興動，又不便再逞強暴，只得央告道：「好仙姊，既承厚愛，有話且先快活一回再說，不是一樣麼？」

妖婦見他猴急，知已入彀，動了真情，邊躲邊媚笑，吃吃的答道：「你不要忙，人反正是你的了，只是我還要問一句：你愛我是真是假？」

黑丑急答：「自然是真的。」

妖婦笑啐道：「我不是那死的賤婢，你分明是想害我，還說真愛！這樣愈發死也不依你了。」

黑丑知瞞不過，忙改口道：「先前因你太狠，不知你是甚心意，又不知你這等好法，實想盜你真元給那女子報仇。如今決捨不得傷你一絲一髮了。」

妖婦笑道：「照此看來還稍為有點愛，我也不知你是真愛或假愛，只是我愛你這冤孽極了，愛得連命都願斷送給你。但我非無名之輩，能有今日，也曾修煉多年，就此一回葬送太不值了，你真是無情無義要採我的真陰，那於你大有裨益，我也心甘情願，但是我得享受些時才能奉上，並且在我未死你手以前，你卻是我一個人的，不許再和別的女子勾搭。你如願意，就憑你擺佈，無不依從，否則我便和你拼命，我勝了與你同死，敗了也寧死在你的面前，不容你沾身。你只估量給我幾年光陰的快活吧！」

妖婦流波送媚，款啟珠唇，嬌聲軟語，吐出無限深情蜜愛，黑丑由不得魂消魄融，心搖神蕩。偏是只憑文做，撈摸不著，和饞貓一般，早急得抓耳撓腮，心癢癢沒個搔處。好容易盼她把話說完，又聽相愛如此之深，熱愛情急之際，未暇深思，惟恐所說不能見信，立即跪倒道：「我蒙仙姊如此真心垂愛，此後成為夫妻，地久天長，同生共死，永遠相親相愛，如若負心再與別的女子交合，形神俱滅於無限飛劍神光之下！」

黑丑本意是說到形神俱滅為止，話快出口，忽然想起本門修煉多仗採補，能得此女為妻，自是可以無憾，但是採補仍不能免，此誓如何起得？話到口邊，以為自己煉就三屍，有三個元神，真遇見厲害神奇的法術法寶，不過捨去一個元神，再費九年苦功仍可煉它復元，無論如何也不致形神全滅，覺著這誓決無應理，念頭一轉，隨把末幾句加上。

實則妖婦倒真是熱情流露，愛他如命，雖然欲與故拒，用了不少迷人手段，所說倒也不盡虛言。照這火一般熱頭上，黑丑許她十年歡娛，到期仍要攝她元精，當時也必點頭，情甘意願，不過水性楊花，將來難說罷了。黑丑這等答法，自然心滿意足，喜出望外，也沒回答，只將牙齒咬住珠唇，「嚶」的一聲嬌呻，柳腰微側，彷佛不禁風，似要傾倒。黑丑話一說完，早從地上縱起撲上，一把緊緊抱住，玉軟香溫，膩然盈抱，雙方俱各美滿已極，妖婦也不再抗拒，跟著一同雙雙側倒，橫陳在碧草茵上。這一來，泯去猜嫌，刻意求歡，各顯神通，均不施展殺手，只管賣弄本領，全無顧忌之念，端的男歡女愛，奇趣無窮，酣暢非常。

時光易過，不覺金烏西匿，皓魄東升。男女二妖孽又就著明月桃花之下，極情歡樂了一陣，方始坐起。另覓了一片乾淨草地，將先剩美酒肴果放在面前，相偎相抱，飲食歡嬉，妖婦笑道：「我沒見過你這猴急的人，連口氣也不容人喘，我兩人如此恩愛情濃，到了現在彼此還不知道名姓來歷，不是笑話麼？」

黑丑把妖婦摟住，緊了一緊，笑道：「先見時怕你不肯依我，急於上手，後雖想起，反正是我的人了，忙它則甚？」

妖婦道：「我本是想先說的，一則見你所學與我雖非一家，斷定彼此必有淵源。我又有個討厭的丈夫，均非無名之輩，我師父更是一派宗師，我向來行事無所顧忌，師父師叔們和我丈夫俱都無如我何。你美得出奇，令人一見動心，到底是哪位仙長的門下呢？」

黑丑又把妖婦極力溫存撫摸，逼令先說。妖婦便照實說了，先以為黑丑聽了華山派的威望，必要吃驚，誰知如無其事，只笑道：「心肝是烈火祖師門徒麼？你的來歷說了，我卻不能說呢。」

妖婦在黑丑懷裡媚眼回波，滿面嬌嗔道：「你還真心愛我呢！連個姓名來歷都不肯說。」

黑丑道：「不是欺你，是有不能說的苦。」

妖婦媚笑道：「有什麼難說的苦？我為愛你，命都不要，任你天大來頭，只要你不變心，我都不怕！」說時玉股不住亂扭，又做出許多媚態。

黑丑吃她在腿上一陣揉搓，冰肌豐盈，著實欲融，不禁又生熱意，趁勢想要按倒。妖婦一味以柔情挑引，執意非說出來不允所請。黑丑無奈，只得把妖婦抱緊，通身上下連咬帶吻先愛了個夠，然後嘆道：「我真愛你，想這露水夫妻能夠長久一些，所以不肯明說，你偏要我非說不可，我又不捨得和你強，說出其實無妨，只恐緣分就快滿了！」

妖婦聞言好生驚疑，想了想，仍是追問，並問緣滿之言由何說起。黑丑道：「我一說出真名，你就不會愛我，豈非緣滿了麼？」

妖婦手向黑丑額上一戳道：「我說你太嫩不是！我還當你有什麼大顧忌處呢，原來如此。實告訴你，你就是我的命，離了你我就活不成，無論你以前以後聲名多壞，為人多麼可恨可惡，粉身碎骨都所甘心，焉有為此不愛之理！」黑丑只是搖頭，妖婦奇怪道：「這又不是，到底為何？我決不變心，你只明說吧！」

黑丑吞吐說道：「我本是奇醜，這個不是本相。」

妖婦道：「這個我也早在意中，只沒看出罷了。照你的好處便醜得像個鬼我也愛你，何況你能變得這好，本底也未必差呢。」

黑丑道：「那是我看家本領，哪能當真？如照本來，真比鬼還醜呢，難道心肝全不嫌麼？」

妖婦脫口笑說：「決不嫌厭，只先不現出來，等心肝說完來歷，我還有話。」黑丑便把自己是九烈神君之子說了。

妖婦聞言大驚，暗忖：「難怪他聽了烈火祖師名頭不怎動容，原來竟有這大來頭！此人雖然奇醜，但他父子道法高強，房中之術尤為神妙，情分又如此深厚，與他相處，日後得益無窮。」為要堅他相愛之心，故意加做一些妖淫情態，笑答道：「你忒癡了，你當我是世俗女子麼？你有這等家傳本領，便現真形，也能使人愛而忘死，何況你所幻假形那麼美妙，還叫人看不出來呢！」

黑丑見妖婦不嫌其醜，可見情分之深，不禁愛極，重又摟抱在地，淫樂起來。妖婦一邊迎合，媚笑道：「久聞九烈神君獨子黑丑生具異相，身高不滿三尺，紅眼綠髮，膚黑如墨，你生相如此奇醜，我偏會和你成夫妻，捨身相愛，不稍嫌厭，真可算是捨其所短，而用其所長了！」

黑丑聽她語帶雙關，浪意十足，愈發高興，「心肝性命」喊個不住。

這一雙妖邪男女正在樂極情濃，不可分解之際，忽聽一聲厲吼，一道暗赤光華夾著十幾根細才如箸，長約七寸的黑光，直朝黑丑頭上飛到。妖婦聞聲便知丈夫尋來，必是看出雙方熱情，醋勁大發，由不得怒喝一聲，便待縱起去和丈夫拼命。誰知身被黑丑壓住，仍如無事，百忙中定睛一看，黑丑在身上，另外有一條三尺來高的小黑鬼在周身碧煙圍繞之下，已和丈夫對敵，鬥在一起。果然名不虛傳，玄功奧妙，生平初見，不由又是心愛又是佩服，愈把丈夫視若糞土，惟恐氣他不夠，竟裝著沒有看見丈夫在側，特意做出許多騷聲浪氣，醜態百出。

來人正是妖婦丈夫，華山派的妖邪，「火太歲」池魯。眼看法寶由仇敵頭上穿過竟若無事，同時比電還快，面前現出三幢濃煙，濃煙中各擁著一個貌相相同，醜怪無比，身高不滿三尺的小黑人。左脅插著三口短劍，腰間佩著一個上畫骷髏符籙的「人皮口袋」。儘管生得瘦小枯乾，神情動作之間卻是獰惡非常，倏忽如電。池魯久經大敵，法術高強，一見便知形勢不妙，連出惡聲都顧不得，惟恐敵人動作神速，慌不迭行法防身，人影一晃，遁向遠處，同時手拍命門，先發十餘丈赤陰陰的烈焰將身護住，然後返身迎敵。

那兩小黑人也真迅速非常，就在瞬息之間，已自追到，再看先放出去的飛劍，已被敵人兩道碧光敵住，頗有相形見絀之勢，知道遇上勁敵，只不知是甚來頭。初意追逼這麼緊，必有一場惡鬥，自料敗多勝少，哪知仇人上來雖是又猛又凶，等到回身返鬥，勢子忽然鬆懈下來。那元神分化的兩小黑人，各被百丈烈焰圍住，並未再有動作。

連先放出來的兩道碧焰也不再向自己寶劍壓逼，細一注視，兩小黑人雖為烈火所困，可是他那護身濃煙仍是原樣毫無動靜，放出去的幾件法寶只在煙外飛舞盤旋，也無一件可以近身，所施邪法更是一點靈效也全無，一任破口喝罵，只是微笑不答。

池魯正在疑惑，忽見前面草地上乃妻帶著嬌喘在和仇人爭論，百忙中忍不住向前偷看了一眼。

原來仇人似要由地縱起，吃乃妻用一雙玉腕緊緊摟著腰背，不放起來。淫聲浪態簡直不堪入目，正在悲憤填膺，難決去留之際，忽聽乃妻嬌聲浪氣罵道：「那死烏龜有甚顧忌，你這小冤家占了人家老婆，這時又做好人，偏不依你！你要說話，不會喊他過來麼？偏在這時離開我，往常他又不是沒有見過，今天鬼迷了心，偏有這麼多酸氣，我如不念在遇見你這小冤家是為今早和他嘔氣而起，這輩子也不會理他了！」

池魯聞言方自不解，忽又聽妖婦喊道：「不識羞的紅臉賊，這位道友乃是九烈神君愛子『黑天童』黑丑，我不過和他領教採補功夫，你吃什麼醋？方才你暗算人家，本意要你狗命，因聽我說出你來歷，人家看在師父分上才沒和你一般見識。你如識時務，乖乖地把你那些現世現眼的破銅爛鐵、螢光鬼火一齊收去，到這裡來與他相見，包你日後稱心。」

池魯聽說姦夫是九烈神君之子，不由心中暗喜，適才沖天酸氣早已飛向九霄雲外。喜得忙將法寶一齊收回，靦著一張老臉，飛身趕去，道：「事出無知，道友休怪冒犯。」

黑丑終是初次出道，有點面嫩，又因烈火祖師乃父知交，自覺占人之妻，未免理虧。再看本夫已然陪話，自己仍壓在妖婦身上，太已過意不去，知道妖婦貪而無饜，如果明言，必和方才一樣仍吃摟個結實，反更當著乃夫加上好些狂熱，又不捨得硬掙傷她，便乘妖婦星眼微揚，秋波斜睨，似嗔似怒之際，倏地暗運玄功，脫去柔鎖情枷，縱身飛起，手一指，衣服便自上身穿好。

妖婦驟出不意，一把未抱住，竟被飛脫。一看新歡已和舊好交相為禮，客套問訊起來，知道暫時不會再續前歡，兀自興猶未盡，氣得嬌聲俏罵：「小冤家，不知好歹情趣，教人掃興！你們一個小鬼、一個醜鬼，將來只負了我，包你不得好死！」罵了幾句才坐起，先向左近小溪中略為洗浴，方始穿衣結束，盤問池魯何處尋來。

原來池魯來尋嬌妻時，曾遇見金姥姥的弟子向芳淑，向芳淑入門未久，人又年輕貌美，池魯想趁機攝回去。可是對方法寶妙用無窮，動起手來不但人沒得著，反折了兩件師門至寶。適才遁逃路過桃花林，剛好碰見兩人在歡會。黑丑本心粗好勝，又因占了池魯愛妻，不甚過意。一聽之下，便自告奮勇，願代池魯去將此女尋來。三人一起借遁光飛行不遠，便遇到向芳淑正在前面。

向芳淑催動遁光正在行進，倏地眼前黑影一閃，突然出現一幢數十丈長黑煙，內中一個通身漆黑、醜怪如鬼的小人，攔住去路，手揚處便是一叢碧綠煙光雨一般迎面打來。黑丑「陰雷」乃九烈神君所煉，何等厲害。幸而芳淑自知道淺力薄，幾次向師父力請下山行道才得允准，深知目前各異派妖人猖獗，與諸正派勢不兩立，孤身在外，萬一遇險，無人相救。所以一向小心，只遇見仇敵，總是不求有功，先求無過，老早便把金姥姥的鎮山之寶「納芥環」放起護身，著實避過許多危難。這時一見敵人，早把「納芥環」取出應用。

黑丑元神現身時，芳淑已在彩圈籠罩之下，「陰雷」打將上去，只震了一震，並未傷著分毫。黑丑還覺奇怪，可是這一震，芳淑也是初次遇到，不由大吃一驚！看來後面還有不少敵人快要追上，兩下夾攻，定吃不住，哪敢迎敵！嚇得一縱遁光，又往斜刺裡飛去。不料黑丑戾氣所鍾，生具異秉，所煉三屍元神幻化，其速如電。敵人身形只被看見，晃眼便能追上，隨心所及，迎頭堵住，那黑煞之氣也四方圈攏。向芳淑才飛不遠，又是一幢妖煙擋住去路。跟著身後一幢妖煙也自追到，共是三個同樣小黑人連同池魯夫婦，將芳淑圍了個風雨不透。

黑丑「陰雷」已極厲害，加上池魯把妖術法寶儘量施為，晃眼之間，烈火騰空，邪焰妖氣，上沖霄漢，雷聲隆隆，陰風呼號，再雜著無數鬼聲魅影，震撼山谷。芳淑被困其中，早已身劍合一，在「納芥環」寶光環繞之下，急切間雖沒受到傷害，可是寶光以外四面重如山嶽，休想移動分毫！

黑丑見久不能建功，三個化身，滿空飛舞，陰雷發之不已。這一來，芳淑果然吃了大苦。陰雷每一發動，便被震盪出老遠。剛由東面震盪開去，西面的又復打到，照樣震了一下，緊跟著南北相應，循環不息。

這一來比適才四下迫緊不能移動，還要難禁。人和拋球一般隨著寶光上下四外翻滾不休，不消片刻便被震得頭昏眼花難於支持，自知心神一散，稍失運用，邪氣侵入，便無倖理，只得咬緊牙關，強自鎮靜，苦忍熬受。

眼看妖人越攻越急，心身漸失主馭，危機頃刻。倏地身外烈火黑焰中似有一道極強烈的金光射落，來勢快極，金光才閃，便聽震天價一聲霹靂，隨著千百丈金光雷火打將下來。同時眼前奇亮，金芒射目，天搖地動，受震太甚，再也支持不住，待要暈倒，猛覺金光照向身上，同時身上一輕，隨即落地，納芥環似被人收去，這一驚非同小可，不由嚇了一身冷汗！連忙睜眼一看，所有四外妖煙邪霧就在這瞬息之間全數消滅，直似一場噩夢剛剛醒轉。再往前一看，地面上倒著一具妖人屍首，身已斬為兩半。下餘周身俱為燒焦了一般。料定適才來了救星。

第十回　相贈陰雷　海竅枯僧

向芳淑正在又焦急又希冀之中，忽然前面人影一閃，現出一個年約十一、二歲的幼童。穿著一身鵝黃色的圓領斜襟，短裝道衣，項下一個金圈，肩插拂塵，褲短齊膝，赤著一雙粉嫩雪白的雙足。面如美玉，綠髮披肩，修眉插鬢，粉鼻堆瓊，唇如朱潤，耳似瑤輪，一雙俊目明若曙星，寒光炯炯。一身仙風道骨裝束形相，活似觀音座下善才童子，端的神儀內瑩，寶相外宣，令人望而肅然起敬，決不敢以年幼目之。

向芳淑本沒有見過這位仙長，忽然福至心靈，一見面便納頭跪倒。剛一跪下，猛想起這人相貌打扮和師父常說的「極樂真人」李靜虛相似，念頭一轉，且不說破，以防萬一猜錯，只恭恭敬敬先叩了九個頭，謝完救命之恩。然後跪請仙長賜示法號，以便稱謂。

此人正是極樂真人，自從成都破慈雲寺劍斬綠袍老祖之後，一直遊戲人間。這次原是無心路過終南，遠望數百里外妖氣瀰漫，上沖霄漢，料知正派中有人被困，也沒尋思占算，立即趕來。及至飛近一看，九烈神君孽子黑丑同了兩個華山派門人正在圍攻一個年才十四、五歲的少女。少女想是年輕道淺，妖法太強，雖有師傳「納芥環」護身，並不能完全發揮此寶妙用，已被群邪似拋球一般，在煙光邪火重重包圍之下，震盪翻滾，毫不停歇，人已萬分不支，眼看要遭毒手。

真人見此不禁發怒，動了義憤，揚手一「太乙神雷」打將下去。真人道法高深，所用「太乙神雷」自成一家，發時只就空中乾天罡煞之氣，連同空中原有的雷電一齊聚攏，用本身所煉太乙真火發動，同時打下，更能生死由心，妙用無窮。當時千丈雷火金光如雷海天墜，火山空墜，比電還疾。這一震之威，除將黑丑、妖婦有意放走外，池魯早為雷火所殛。

黑丑看出雷火厲害，惟恐逃時受阻，情急之下，抓起幾粒「陰雷」朝後打去。真人本意想破他「陰雷」，忽然想起一事，又見芳淑受震昏暈，隨手一指，金光照處，使其神智清醒，落向地上，同時收了她的「納芥環」，跟蹤追去。

黑丑見敵人跟蹤追來，自己那快遁法竟被追近，一時情急，回手亂放「陰雷」。真人將「納芥環」放起，隱去寶光，迎上前去，不等爆發，便已收去。每值一雷打到，便一停頓，黑丑驚惶匆遽之下只當是「陰雷」的功效，同時又想起這人與父親常說的極樂童子形相相似，總算自身瘦小，永不輕視幼童，敵人來勢又洶，不曾冒失迎敵，如真是他，稍遲一步，焉有倖理！愈想愈寒，惟恐追上，便將「陰雷」大把發之不已。

真到半葫蘆「陰雷」發完，真人才住了追趕，喝道：「速學爾父，閉門悔過，或者異日還能免死，否則你固難免誅戮，你父也受你連累了！」說罷，隨即回轉。見向芳淑虔敬知禮，根骨也是上品，愈生憐愛，含笑喚起道：「我是極樂童子。」

何芳淑口稱：「太師伯。」重又下拜。

真人笑道：「我與令師祖只有一面之雅，令師倒也見過幾面，怎可如此稱呼，禮更多了！快些起來，我有話說。」

芳淑起立恭答道：「太師伯修真在家師祖以前，又與峨嵋祖師長眉真人同輩至交，師侄孫入門不久，道淺力薄，本不該冒昧下山，只為家師不久兵解，惟恐侄孫等難於成器，只等峨嵋開府，便要引進到齊真人門下，照未來說，至少也該稱呼太師叔才是，豈可亂了班輩！」

真人笑道：「由你由你！那『納芥環』現在我手，無須愁急。令師既然傳你此寶，為何不將妙用傳全，只供防身之用，致你受此大險，是何緣故？」

芳淑躬身答道：「也是侄孫性情躁妄，因聽師姊們說，此次峨嵋開府，無論新舊門人，俱都積有好些外功，受業之時，並還自陳以前功過。侄孫入門年淺，平日只在本山採藥煉劍，惟恐入門之時無以自見，就不為同輩所輕，自己也不是意思，再三央告家師，出山積修外功。家師被磨不過，恐弟子只一口飛劍，難經大敵，師恩深厚，不惜以鎮山之寶相賜。因為時日已迫，立功心急，沒等煉到火候，便自下山。到此數日，僥倖除了幾個妖人，救了一些被害人民。中間雖遇險難，仗著小心應付和此寶防身，竟免於難，方自竊喜。不料近日先遇一個妖婦，為奪小雁谷地底藏珍，苦鬥三日夜，被她誘向妖黨洞外困住。幸蒙芬陀太師伯相助脫難，還得了一件前漢仙人張免遺留的『青蜃瓶』，因為不知用法，已交芬陀太師伯重煉去了。適才誅一妖人，剛剛被他脫逃。不料又被妖黨邀人尋來，如非太師叔賜救，幾遭不測。」

真人笑道：「難得你一個稚年弱女，孤身一人，因為向道心誠，居然不畏險難，於群邪四伏之區，暢所欲為，志固可嘉，尤堪憐愛。可惜我此時無以為贈。適才逃去的妖人名叫『黑丑』，他那『陰雷』雖是邪法，卻能以毒攻毒，別有妙用。將來有幾位散仙均需此物。無如他們得道多年，決不肯向妖邪拉攏張口，你們後輩得了獻上，他必笑納。我故意追趕黑丑，便為收取此物。因是收發由他心意，一觸即裂，原意收它甚為費事，為省手腳，故將此『納芥環』借去一用。現收不少在此，我已有禁制，非那幾位道友的功力，不能隨心應用。現以贈你。到了開府時，只要當眾取出，自有人來向你答話，只對方不是異派中來的外客，便可送他一半，不可全送，等第二人來索，還可多做一分人情。這兩人決不負你，必有好意，無論何物只管收下，到時我也許暗中代你為力，只休對人說起好了。」一說罷，連環帶那「陰雷」一齊遞過。

芳淑還欲請示先機和他年成就，只見金光滿眼，真人已無蹤跡。當時驚喜交集，出於望外，連忙望空拜謝。起身一看，那「陰雷」每粒只綠豆大小，晶翠勻圓，甚是可愛，想不到竟有那麼大威力。再看妖人屍首，連同先那一具，俱無蹤影。知是真人行法掩埋，自己就在面前，一絲也未覺察，敬佩已極。滿心歡喜，逕向城市中飛去。不提。

黑丑當時嚇得連頭也沒敢回，哪還有心思再顧妖婦，逕直逃回山去。滿擬向父母哭訴，下山為他報仇，不料反吃禁閉宮中，關了許久。每日思念妖婦，無殊饑渴。所以一出山，便去尋找，卻未尋到。妖婦當年亡魂逃走，下落不明，黑丑打探多時，也無消息。

後在夜明島小仙源偶遇島上散仙「明霞神君」韋熛，得知妖婦受人挑唆，同了道友鍾璕往金鐘島尋人鬥法去了。黑丑以為散仙中還能有甚可畏人物，並未詳問金鐘島上有何人物，便自飛去。未料二人已死於「冰魄神光」之下，適值島主葉繽不在，黑丑用「陰雷」傷了島上幾個女侍，結下仇恨，終於被葉繽追尋到蹤跡，惡滿伏誅。

九烈神君全仗悍妻梟神娘援引入道，加上自身種種遇合，才得今日。修道數百年，一意採補，只應悍妻之請，生此孽子一點精血，又是生來異質，夫妻二人愛如性命，不料為人所殺，連所煉三屍元神全都消滅，不曾逃回一個！葉繽知道，此事就算九烈神君知難忍隱，乃妻也不肯甘休。恐非敵手，便去武夷絕頂，將生平唯一男道友謝山借去的一盞佛家心燈索了回來應敵。

那謝山是一位介在仙佛之間的散仙，既通禪悟，又曉玄機。與峨嵋掌教妙一真人兩世至交，俗家本是一位文雅風流的貴公子，嗜酒工吟，年甫三十便積詩萬首，傳誦一時。後來棄家學道，為散仙中有數人物，隱居武夷山千石帆潮音小築自建的精舍以內。地當武夷絕頂，四外俱是危峰層巒，飛鳥不渡，仙人多居名山窟宅，他獨喜樓居，仗著仙法神妙和原來的天生奇景，把一座潮音小築佈置得靈淑清麗，美景無邊！葉繽未成道前便和他是通家世戚，所以兩人交誼最深。

那心燈形制古雅，乃是萬年前美玉精英所製，葉繽原是無意而得，到手不滿十年。這日因往武夷去訪謝山，路過澳門附近，時當月夜，風靜無雲，碧海青天，空靈境界。

忽見遠遠碧浪如山，突湧天半，浪頭上有一形似夜叉又脅生雙翼的怪物，正由海內衝波而起，已離海面百十丈高下。先是身後青熒熒飛起指頭大小一點星光打向身上，一閃即滅。跟著便聽「叭」的一聲爆音，慘嘯聲中，怪物立被炸死。怪物一死，水面微微蕩了一陣，也就平息，依然是萬里晶波，光明景象，更不再有異狀。而先前那點青光小而不強，又為飛濤所掩，如換常人，直看不見。

葉繽因仗得道多年，見多識廣，看出是件奇珍異寶。暗忖：「目前水仙只紫雲三女、『翼道人』耿鯤、陷空島陷空老祖等有限幾人是在海底居住，餘者名為水仙，所居都是陸地。並且這幾處分在東、南、北三海，地絕幽遠，最近的相隔中土也數萬里。這鄰近省治，平日市舶往來，帆檣成陣的海口衝要，繁鬧之區，怎會有這類高明之士在水底隱居？那青光雖看不出路數，生平僅見，但極靈異神奇，正而不邪，決非異派妖邪和水中蛟蜃所煉法寶丹元之比。看那神氣，分明是有人在彼清修，怪物前去侵擾，看出對方不大好惹，逃遁不及，吃寶光追來打中，登時誅卻。」

葉繽不由動了好奇之心，竟欲入海探看，到底是什麼人物。便把身形隱去，行法辟水，直下海底。

她初意離海岸近，必不甚深，哪知怪物起處的下面竟是一個海竅，深不可測，直下有三千多丈才到海底。只見白沙平勻，海藻如帶，搖曳紛披，深海中的怪魚修鱗，千奇百態，栩栩浮沉遊行於斷礁珊樹之間。心中懸忖：「適才許是一位水仙在海底路過，與怪物相遇，誅卻以後已自走去，否則怎會不見一點形跡？」

正在徘徊欲上，忽然覺得那些怪魚只在身前一帶游行往來，心中微動，回身細一查看，那地方已離海竅盡頭邊壁不遠，廣只百畝，地面上有著不少五顏六色的珊瑚樹，大都合抱，糾曲盤紐，形態奇古，各色皆備，尤以翠色的為最好看，從未見過，光怪陸離，燦爛非常。

心想：「原來這裡竟生著這麼好的珊瑚，如此粗大，世間所無，至少也是萬年以上之物。」方欲拔起兩株帶贈好友，猛一眼瞥見正中心倒了一片畝許大小的礁石，將兩株大珊瑚壓倒折斷，石頭也凌空擱在珊瑚之上，分明新倒不久。知道當地最是寧靜，微沙不揚，礁石乃海底沙蟲所積，堅附海底，怎會無故自拔，形勢又和人掀起一樣？

一路循蹤趕去，直到壁竅之下，忽發現地底有一洞穴。上面仍是重波，齊著地面以下，並無滴水，大小形式俱與前見礁石相等，越知有異。再定睛一看，洞穴靠壁一面，凹將進去，內裡有一六尺高的佛龕，龕中盤膝坐著一個枯僧，左手持著一個玉石古燈檠，右手掐訣，斜指燈芯，面帶愁苦之色。同時又看出先前原有幾層禁制，已破去了一半，封洞大礁石也被揭去，最奇是那燈芯並未點著，卻有一穗虛焰影，勢絕飛舞，人只離洞口一近，燈焰便漸明顯，現出極淡的青光，人一退後，又復如初。知是一件至寶，適才殺死水怪的青光必由此出！

要換別人，早起貪心入洞盜寶，惹出事來。葉繽畢竟修煉年久，道心清寧，又見那枯僧已在海底坐化千年，現時雖然受了怪物侵擾，門戶大開，看水怪死時悽狀，人雖坐化，靈異神通猶存，此事萬萬不可造次！並且對方在此埋藏法體，用心如此周密，他能保持不壞之身，不為海水蟲沙所蝕，未始不是仗此法寶，就能取去也於理未合。不過今日幽宮洞啟，劫運也是將臨，所以面容如此愁苦。

自己本是來訪謝山，近在武夷，頃刻可以往還，何不把他尋來，商量看是給他照樣行法封固還是造埋別的隱僻之處，免得怪物同類又來擾害。想到這裏，再看那枯僧面上愁容漸斂，似現微笑，益知所料不差，心中高興，便即合掌通誠祝告。

（按：這裡一段敘葉繽、謝山兩人間的關係，最是隱晦，與本書中最有趣的人物「小寒山二女」，有莫大關係。「小寒山二女」的故事，下文有詳述，此段也不可忽略。」）

枯僧除口角似帶微笑之外，並無別的朕兆。試作欲下之勢，青燈火焰忽明，光景熒活，似欲離燈飛起。不敢冒昧，只得離海急往武夷飛去。到時見謝山手裡拿著一片舊黃布正在出神，面有憂色，見葉繽來，便隨手收起。

葉、謝二人由總角戚友變為數百年同道至交，彼此極為親敬，雖覺謝山平日夷曠沖虛，生平又無一個仇敵，不應面有憂容，因為急於述說海底奇事，略問兩句，謝山飾詞，一說也就丟開。隨即葉繽便說了海底所遇。謝山聞言大喜，忙說：「枯僧所持古燈檠乃前古佛門至寶『散花檠』，又名『心燈』，來歷詳情此時當難全知，如得到手，將大是有益！」

葉繽先還覺得無故奪人防身護體之物，不是正經修道人的行徑，謝山卻力說無妨，道：「這位道友藏真海底，當時必是防有仇人傷害，事隔千餘年，冤怨已消，仇人也自轉劫，無力相害。他既不願永淪水底，更防懷寶傷身，受別的妖邪水怪侵害，我們只消將他法體移埋，至於所設禁制和佛燈神焰，我俱能夠抵禦，此時蹤跡已現，速去勿延。」

葉繽不便過於攔阻，只得同往，回到原地，收起來果是容易非常。念先是謝山在洞口喃喃默念，手又掐訣，看不出是在念咒還是通誠祝告。念完，手指處水便分開，下面禁制全失靈效，燈上佛火快要飛起，吃謝山掐訣制住，卻令葉繽收取。到手以後，枯僧雙手垂下，落向雙膝蓋上，玉燈檠也不再生異狀，一點沒費事，便連佛龕攝起移向武夷絕頂千石帆謝山仙居左近，叱開石壁，埋藏封固，還拔了好幾株萬年珊瑚回去。

葉繽知彼此法力道行相差無幾，這次謝山獨有成竹在胸，事若預定，好生奇怪，再四盤問，終是飾詞遮掩。後來僅說：「那枯僧和我二人必有前因，無如事隔千餘年，毫無端緒，我二人此時法力尚算不出，不久齊道友峨嵋開府，內有不少佛門神僧神尼，到時轉託詢探，始能深悉。」葉繽不知他是否藏有難言之隱，只得作罷了。

謝山說此寶乃葉繽發現，堅欲相讓，葉繽自是不肯，才商定在未問明來歷因果以前暫為葉繽所有，但是用法不明，暫時只好各按本身法力一同習煉，使彼此均能運用。等到二人悟出玄機，可以隨意應用時，才知此寶內藏前古神油，始能發生佛火妙用。檠柱藏油本來不多，又經兩人習煉時糟踐了一半，發覺已自無及，因為此寶有伏魔之功，法力不可思議，二人僅悟出了一半，已有絕大威力，因此互相珍惜，輕易不肯妄用。前兩月謝山將寶借去，尋一神僧參詳，沒有送還，葉繽因將黑丑殺死，恐九烈神君尋仇，特去取回，不料卻無意中給「妖屍」谷辰一個重創。

葉繽在重創谷辰後，以本身真氣收回谷辰震散的「冰魄神光」，巔仙等人全在一旁觀看，岳雯等人又請她施展「冰魄神光」，一新耳目。葉繽忽然心動，知道仇人來尋，連忙飛起。剛到上空，便聽東南方遙空中起了一種極尖銳的鬼嘯之聲，淒厲刺耳，愈來愈近，令人聞之生悸。跟著便見天際有一黑點移動，展布開來，立時狂飆大作，晴日無光。眼見天遮黑了半邊，直似黑海飛空，萬重黑雲疾如奔馬，漫天蓋地而來。眾人一看大驚，暗道不好，紛紛飛起，各將法寶飛劍迎上前去。

余英男自從日前得了南明離火劍，因是教祖回山，親授本門心法，妙一夫人又憐她向道堅誠，身受多日寒冰凍髓之慘，小小年紀備歷災危，特降殊恩，代向妙一真人關說，將微塵陣中長眉真人遺留的仙丹賜了一粒。她以前打的底子原好，回生以後，又經眾同門日夕指點，自顧開府在即，惟恐入門太淺，到時百不如人，用功極勤。這一服靈丹，更平添了若干年的功力，雖只短短時日，已然身劍合一。適才南明離火劍一舉成功，竟使那麼厲害的老魅受傷逃去，不由心雄氣盛起來，首先駕遁光飛起。

余英男一起，凌雲鳳敵愾同仇，又自恃有「神禹令」前古至寶威力，也跟著飛身而起。巔仙未及攔住，方替二人擔心，待要攔住下面眾人，再行飛身上去防護時，先後不過分許功夫，天邊黑影已自飛近，快要飛到元江上空。猛由黑影裡射出千萬點金綠色的火星，隱聞爆音，密如貫珠，直似灑了一天星雨，飄空急駛而至。對方敵人卻一點也看不出，這時天地晝晦，如非眾人俱是煉就慧眼神目，已然伸手不辨五指！

余、凌二女所御一紅一白兩道劍光，連同凌雲鳳手上「神禹令」所發出來的一股青濛濛的寶氣，正朝對面黑影星光飛迎上去，黑暗中宛如兩道經天長虹，看得逼真。眼看兩下就要接觸，倏地空中一亮，竟在余、凌二女面前現出千百丈彩光，將來的黑影妖火一齊擋住，層霞撐空，頓成奇觀。可是動作快極，兩下裡才一接觸，未及看清，猛又聽「叭」的一聲，一點酒杯大的淡黃光華忽在黑影深處閃了一閃，便即爆裂，化為紅、白、藍三色千萬道奇光精芒，滿空飛射！

只聽一聲極淒厲的怒嘯過處，黑影中現出一個披頭散髮、烏面赤足的妖婦，破空飛去，晃眼無蹤。前半黑雲妖火被佛光爆散，現出日影，漸復清明。那後半黑影妖火卻似雨後狂風之掃殘雲，疾如奔馬，齊向來路退去，真個來得迅速，去得更快，一眨眼便到了天邊，等定睛仔細再看，已然不見痕影。

余、凌二人只見到妖婦形影，稍縱即逝，連想掃蕩黑影妖火都未做到。共總不過半盞茶時，重又清光大來，復了光明景象，空中五人也相繼飛落。原來葉繽見來勢如此急驟，必是仇人想乘自己新挫之餘，驟出不意，猛下毒手。正好將計就計，迎頭給她一個重創，和楊瑾到了空中，飛升極高，隱身埋伏。等敵人一到，由葉繽先放「冰魄神光」出去，等敵人施展全力發動妖法，楊瑾再將佛燈上神焰飛射出來。

那來的敵人乃九烈神君之妻梟神娘，果然神通廣大，機警已極。佛火神光一經爆裂，便知敵人有此至寶，今日難討公道，竟不再交手，怒吼一聲，施展妖遁破空逃去。那滿空黑影，全是九烈夫婦多年來所煉地煞之氣，連同萬千「陰雷」，均與妖人心靈相應，有無窮妙用。

在這等形勢之下，不特沒有全軍覆沒，反被她隨身收去，一任施展法寶飛劍，一點也沒有追上，眾人都驚異不置！

當下鄭巔仙便請眾人同往苦竹庵小聚，就便分賜眾後輩金船中得來的寶物，於是同往前殿中坐定。巔仙笑問：「葉道友可還有事嗎？」

葉繽道：「貧道因峨嵋開府，群仙盛會在即，亟欲一往觀光。無如與峨嵋諸長老素昧平日，未接請柬，不好意思作那不速之客。因謝山道友與極樂真人知好多年，意欲托向妙一真人致意，本打算此間事完，再往武夷絕頂千石帆潮音小築去和道友商量，不料遇到楊姊姊是我前生骨肉之交，她與峨嵋諸老兩世淵源，正可不必捨近求遠！」

諸葛警我忙接口道：「這次峨嵋開府，遍請海內外諸仙道友，事前惟恐遺漏，諸位師長曾經四出訪問，近已會期在即，信使四出，葉仙姑的請柬尚在途中，便許是離島日久，已然送去，沒有見到。」

楊瑾笑道：「諸葛道友哪裡知道！如是別位道友，峨嵋諸位長老尚不至於遺漏，獨於這位葉島主卻是難說。她所居於金鐘島在南極盡頭，相隔太遠，極少人知，加之葉島主與峨嵋素無淵源，我看請柬十九不曾發出，無須掩飾。葉島主決無怪主人疏忽之理。不過這次局面之大，獨步千古，到日不問何派中人，只要自問夠得上去觀光的，雖然未受延請，一樣也可前去觀光。似葉島主這樣道力高深、人品純正的，正是座中佳客，何況又是我的兩世至交。就連今日在座諸人，就非峨嵋門下，也都聲息相通，異途同歸，任何一人去一提說，請柬便立刻飛到了。」

正說之間，忽然一道紅光直飛進來。眾人看出那光正而不邪，但又眼生，看不出是何宗派，微一驚奇，葉繽手揚處已接了下來。竟是謝山自武夷發來的一封飛劍傳書，內中並還附有峨嵋的請柬。大意是說，昨日葉繽取了「散花檠」走後，今早極樂真人忽然來訪，說起新近路過峨嵋，偶遇玄真子邀往凝碧崖小敘。聽妙一真人說起葉繽，早欲奉請，以所居小南極一帶島嶼如林，修士甚多，梟鸞並集，派門人送柬，恐生出波折，飛劍傳書，微嫌冒昧。知極樂真人將有武夷之行，謝山又是葉繽的好友，請轉託向葉繽致意。真人剛到不久，二人請柬也由峨嵋飛到。因真人約同訪友，恐葉繽趕回相左，算出人在苦竹庵，故以飛書相告。

葉繽為人外和內傲，雖然亟欲觀光開府之盛，不請而赴，終覺不甚光輝，這一來正合心意，甚是高興。將紅光放還以後，決定同了楊瑾先去川邊倚天崖拜謁過芬陀大師，同往峨嵋赴會，不再他去。

巔仙笑道：「葉道友既無甚事，現在開府期近，諸位師侄均須趕往，且等我打發他們走後再談吧。」說罷，便命諸女弟子將昨晚元江所得寶物取出。

巔仙先取了九口長劍交給「怪叫化」凌渾門下劉、趙、俞、魏四人道：「此劍乃黃帝大戰蚩尤時用以降魔的『九宮神劍』，煩交令師重行祭煉傳授，自有妙用。」另外又取出了十餘件長短大小不等的戈、矛、刀、劍之類出來分給在場諸人。說道：「金門至寶為數甚多，此次剛剛進了頭層塔門，便為妖屍所擾，加以金蛛力竭，除『歸化神音』外一切奇珍異寶均未取出。可是這些古兵器均是神物利器、非比尋常，各憑師傳心法，便能與身相合，具大威力，『九宮神劍』如若會用，更是神妙，此時不及詳說，眾弟子有不明白的歸問各人師長，自知源流用法了。」

分時，巔仙因葉繽、楊瑾、玉清大師三人出力最多，葉、楊二人更是同輩客體，曾請自選。三人始而謙謝不取，巔仙再三勸讓，才各取了一件小件的。葉繽得的是件形似戈頭的短兵器，到手便轉贈給凌雲鳳。

玉清大師所得，恰與葉繽相同。起初二人隨意拿取，到手才看出是一對形如符節、陰陽兩面可以分合之寶，索性一併轉贈雲鳳，道：

「此寶名為『戈符』，原分陰陽二面。既可辟邪驅祟，復能陰陽分佩，互為告急，無論相隔多遠，均可趕來應援。此外妙用尚多，一時也難盡說。不過尚須重新祭煉，始能應用。歸告凌師叔，自會詳為傳授。此次峨嵋開府，門下諸弟子所得法寶均須呈獻，由諸師長一一傳授，指點用法，到日自知究理。」

楊瑾取了一塊黑鐵，長不及尺，約有二指來寬，一指來厚。上面滿布密鱗，腹有古篆，形似穿山甲，腹下卻倒拳著十八隻爪鉤，刻制極為精細詭異，通體烏黑，諦視並無光華。那古篆文也是初見，在座諸人自鄭巔仙以下，竟無人識得此寶名稱用法。

楊瑾料非常物，因與余英男一路同來，見她根骨既厚，人更謙婉，甚是投緣，知道三英二雲各有仙劍隨身，多有奇遇，得了好些奇珍異寶，內中只英男一人受苦最深，入門較晚，新近得了一口南明離火劍，別無長物，便笑贈她道：「此寶我雖不知來歷，看這形制當非常品，我送給你，回山再求掌教師尊傳授用法吧！」

英男大喜拜謝。

此間事已完畢，各人分途離去，葉繽和楊瑾雲鳳同往川邊倚天崖飛去。

請續看《紫青雙劍錄》第五卷　血影・開府

天下第一奇書

紫青雙劍錄 4 幻波・妖屍

作者：倪匡 新著 ／ 還珠樓主 原著
發行人：陳曉林
出版所：風雲時代出版股份有限公司
地址：10576台北市民生東路五段178號7樓之3
電話：(02) 2756-0949　　傳真：(02) 2765-3799
執行主編：朱墨菲
美術設計：許惠芳
行銷企劃：林安莉
業務總監：張瑋鳳
出版日期：2023年2月
版權授權：倪匡
ISBN ：978-626-7153-61-1
風雲書網：http://www.eastbooks.com.tw
官方部落格：http://eastbooks.pixnet.net/blog
Facebook：http://www.facebook.com/h7560949
E-mail：h7560949@ms15.hinet.net
劃撥帳號：12043291
戶名：風雲時代出版股份有限公司

風雲發行所：33373桃園市龜山區公西村2鄰復興街304巷96號
電話：(03) 318-1378　　傳真：(03) 318-1378
法律顧問：永然法律事務所 李永然律師
北辰著作權事務所 蕭雄淋律師

行政院新聞局局版台業字第3595號 營利事業統一編號22759935

定價：299元

國家圖書館出版品預行編目資料

天下第一奇書之紫青雙劍錄／還珠樓主 原著；倪匡 新著. -- 臺北市：風雲時代出版股份有限公司, 2022.11
冊；　公分.
ISBN : 978-626-7153-61-1（第4冊 : 平裝）

857.9　　111016918